新世纪东南亚华文诗歌精选

朱文斌 ［泰］曾 心 主编

浙江工商大学出版社
ZHEJIANG GONGSHANG UNIVERSITY PRESS

图书在版编目（CIP）数据

新世纪东南亚华文诗歌精选 / 朱文斌，（泰）曾心主编. —杭州：浙江工商大学出版社，2018.9
（新世纪东南亚华文文学精选）
ISBN 978-7-5178-2970-6

Ⅰ. ①新… Ⅱ. ①朱… ②曾… Ⅲ. ①诗集－东南亚－现代 Ⅳ. ①I330.25

中国版本图书馆 CIP 数据核字（2018）第 216682 号

新世纪东南亚华文诗歌精选

朱文斌　[泰]曾　心　主编

策划编辑	任晓燕
责任编辑	沈明珠　白小平
责任校对	贺　然
封面设计	林朦朦
责任印制	包建辉
出版发行	浙江工商大学出版社
	（杭州市教工路 149 号　邮政编码 310012）
	（E-mail:zjgsupress@163.com）
	（网址:http://www.zjgsupress.com）
	电话:0571-88823703,88831806(传真)
排　　版	杭州朝曦图文设计有限公司
印　　刷	杭州五象印务有限公司
开　　本	710mm×1000mm　1/16
印　　张	27
字　　数	428 千
版 印 次	2018 年 9 月第 1 版　2018 年 9 月第 1 次印刷
书　　号	ISBN 978-7-5178-2970-6
定　　价	81.00 元

本书编委会

序　华韵与蕉风

　　由朱文斌、曾心主编的《新世纪东南亚华文诗歌精选》和《新世纪东南亚华文小诗精选》两部诗选出版,实在是新世纪华文诗坛的一件盛事。除了东帝汶,东南亚 10 个国家,不管是半岛国家还是海岛国家,都有代表性诗人入选。诗选编者的眼光精准,入选诗人的确是该国华文诗人的翘楚,有好些也是我的朋友,不少诗人还来过重庆,到访过中国新诗研究所。两部诗选以国家为单位,以诗人年龄排序,每位诗人的作品都由简介、诗作、诗歌赏析三个部分组成,的确便于读者品读,值得点赞。

　　东南亚有 90 多个民族,其中,华侨、华人有 3000 多万,如果把中国除外,占了全世界华侨、华人总数的 70% 还要多,是世界上除中国外华侨、华人最多的地区。所以,我们星球的华文诗歌,由中国、东南亚、欧美澳的三个板块组成,这就毫不足怪了。东南亚是当今世界经济发展最有活力和潜力的地区之一,是中国的南邻,也是世界华文诗歌正在成熟的一个富有特色的组成部分。像菲律宾云鹤这样的东南亚诗人,在中国也有名气,他的《野生植物》在 20 世纪 80 年代的中国就流传很广。早在 1989 年,我主编的《外国名诗鉴赏辞典》(河北人民出版社)中,就选入了几位东南亚诗人的作品。

　　在东南亚,除了泰国,大多数国家都曾经沦为殖民地,因此,独立运动是前辈诗人共同的难忘记忆。在东南亚的华文诗人中,就有些令人景仰的独立斗士,像马来西亚的已故诗人吴岸就是一位为沙捞越的独立而献身的人。他曾和妻子同时被关进政治犯集中营长达十年,囚禁于同一监狱,两夫妻却不得见面。他告诉我,集中营每两年就给一次忏悔机会,然后释放。他坚持不认错,直到第十年,得知狱外的独立运动早已风消云散,才踏出狱门。我最后一次遇见他的时候,他的健康状况已经很差,肾切掉一个,胆囊也割了,还得了肺癌,他幽默地笑着对我说:"我是个缺斤短两的人呀!"吴岸的诗写得非常出色,我们应该永远记住他。更多的华文诗人在自己国度的经济、文化发展中做出了显著贡献。

东南亚华文诗歌有两个文化来源:华族文化和本土文化。东南亚诗人既有母土诗学,又有本土情结。二者的交融构成东南亚华文诗歌的基本特色。尽管东南亚各国华文诗歌有"同中之异",但是有更多的"同":它们都拥有母土和本土的双重诗歌遗传,我把它称为华韵和蕉风的双重诗学。我们从母土诗学和本土情结出发就可以大体解读东南亚的华文诗歌。

华韵首先来自诗歌的文字,来自华文。华文是世界上使用人数最多的文字。华文也是非常丰富的文字,从古代的象形文字发展到今天,积累的文字数量颇多,1994年版的《中华字海》就收入87019个字。华文是天生的诗歌文字:语法规则最少,所以在词类变化、文字搭配上最灵活;省略最多,所以最含蓄、最多义、最简洁。同时,华文一个字就是一个音节,而且有字调,所以最富音乐美。所有这些,使得华文成为世界上最富有诗歌特质的文字之一。

华韵还来自几千年的母土诗学的浸润,比如小诗就是中国诗歌的一个传统:从唐代小令到现代小诗。从新诗来说,冰心的《繁星》和《春水》奠定了小诗在中国新诗史上的地位。此后的近百年,小诗一直在发展。2006年,在泰国出现了"小诗磨坊":岭南人、曾心、博夫、今石、杨玲、苦觉和蓝焰,7位泰华小诗诗人吹响了集结号。加上作为指导者的台湾诗人林焕彰,这"7＋1"的队伍"十年磨一剑",使得泰国成为东南亚华文小诗的重镇,队伍也扩大为13人。"小诗磨坊"的诗人运用华文的纯熟程度,令人惊叹。生于曼谷的坚谐·塞他翁(曾心)是"磨坊"的代表性诗人,他的《凉亭》是泰华诗坛的第一部小诗诗集,我尊称他为"小诗的泰华诗圣"。近年由曼谷留中大学出版社出版的曾心著、吕进点评的《曾心小诗点评》,在东南亚热销,先后再版三次,销售超万册,打破了近一百年来泰华新诗销售量的记录,创造了一个奇迹。中国的报纸也为此做了大幅报道。

曾心曾请我为他的《凉亭》题词,我写了佛家语的"不可说",这三个字其实就是小诗的精髓所在:口闭则诗在,口开则诗亡;肉眼闭而心眼开;诗是无言的沉默;等等。

本土情结是东南亚诗歌的情感走向。

诗人站立在本国的土地上倾诉着爱恋与心动。从移民意识到身份认同,是华人诗人的共同轨迹。他们的诗作里,有蕉风扑面的南洋风情,有对所在国弱势群体和底层人民的关注。

华韵与蕉风的交织,催生出当今世界的东南亚华文诗歌,这是一片神奇土地长出的神奇花朵,它的前景必然辉煌。新加坡近年涌出了一批年轻的华文诗人,如陈志锐、周德成、舒然,舒然到过中国新诗研究所,她的诗集《以诗为铭》是陈剑先生和我写的序,台湾诗人洛夫题签。这里用舒然的诗句来结束这篇序言吧:

今天,每一个枝丫都是撑开的手掌
触摸阳光,于是阳光不再流浪
等待时间饱满的果实,如约而来
像六月的树一样挺拔,幸福
像纯净的水一样自然

吕　进①
2018 年 5 月

---

① 吕进,中国著名诗评家,国家级有突出贡献专家,国务院政府特殊津贴专家,西南大学二级教授、博导,中国诗歌学会常务理事。

目　录

马来西亚卷

新加坡卷

周　粲

周粲,原名周国灿,新加坡公民。1934 年出生于中国广东澄海。1960 年从南洋大学中国语言文学系毕业,1964 年获得新加坡政府颁发的奖学金到新加坡大学深造,取得第一等文学学士学位,继续于 1969 年取得文学硕士学位。曾担任中学教师、教育部专科视学及教育学院中文系讲师,目前为新加坡课程发展署的华文专科顾问。用过林中月、周志翔、艾佳、江上云等笔名,已出版著作近 90 本,包括诗集《孩子的梦》《青春》《云南园风景画》《捕萤人》《会飞的玻璃球》等,散文集《铁栏里的春天》《五色喷泉》《玲珑望月》《只因为那阳光》等,短篇小说集《最后一个女儿》《魔镜》《雨在门外》等,论文集《宋词赏析》《华文教学论文集》等,游记《踪迹》《江南江北》《摩登逃难记》。

蝴蝶梦

我是庄周　你是谁
我是蝴蝶　你是谁
到我梦里来吧
来这儿做一个梦

我的梦很轻
像翅膀扇动时的一阵风
我的梦很浓　像午阴里流出的一霎沉醉

你看见什么

在我的梦里
是千千万万彩色的眼睛
抑或闪着金光的鳞片

你嗅到什么
在我的梦里
是百花盛开的幽香
抑或果子熟透的甜蜜

瞧　太阳还在笑着
我已经睡了
我要从楼阁的窗前
飞到你草木离离的园里
什么是梦
什么是醒
哪儿是来路
去路又在哪一端

你忘了　我是庄周
我忘了　你是蝴蝶
当你睡时　我醒了
我们在梦的夹道上撞见

🌴 诗歌赏析

　　《蝴蝶梦》全诗分为六节，第一节主要引出对象，第二节主要讲述"我"的梦，第三节主要说"你"在"我"的梦里看到什么，第四节主要说"你"在"我"的梦里嗅到什么，第五节主要讲述梦与醒，第六节主要讲述"你"和"我"都忘了。该诗歌化用典故——庄周梦蝶，在无形中给诗歌增添了几分神秘色彩。诗人匠心独运，把"我"比作庄周，做了一个梦，有欢快也有迷茫。"什么是梦/什么是醒"，现实与梦境的对立；"哪儿是来路/去路又在哪一端"，梦醒时分,无路可走。诗中也流露出些许感慨和迷茫,对未来不知所措。

　　周粲的诗歌多喜欢化用典故和古诗,还采用一些修辞手法,这些都为诗歌增添了几分意蕴。诗人喜欢独辟蹊径,走自己的路,写一些比较新颖的东西,融入诗歌当中,这也正是诗人的高明之处。周粲的诗歌比较注重营造意境,将一些美好的事物填充到诗歌中去,从而为诗歌增添几分靓丽的色彩。

(李笑寒)

旭 阳

旭阳,原名杨宝泉,祖籍福建同安,1938 年生于印度尼西亚苏门答腊峇眼亚比渔村。1946 年因种族离乱举家迁居新加坡,现为新加坡公民。现任东南亚华文诗人笔会财务,新加坡音乐家协会、新加坡词曲版权协会、新加坡文艺协会及国际汉诗总会会员。著有诗集《哀葡萄牙》《旭阳诗词选集》《旭阳短诗选(中英对照)》《美丽的小岛——萍踪诗旅》,散文集《林玉琴女士纪念集》《一路走来——从苏岛到狮城》,与作曲家冼国栋出版《唱不完的歌》范唱光碟,与作曲家萧淳元于 2016 出版《远航》声乐作品集。80 首诗词被 11 位作曲家用于谱曲,2017 年荣获新加坡词曲版权协会颁发的卓越才艺奖。

难忘的故乡

沙滩白如霜
海水清又蓝
潮声澎湃海鸥纷飞
啊,梦里的故乡

渔舟来靠岸
鱼虾满箩筐
椰林下鸡鸭成群
渔村茅舍花果飘香

问故乡,我的故乡
是否别来无恙
我已走遍了天涯路
尝尽人世的沧桑

故乡的井水清又甜
故乡温暖像阳光
快抹干游子的泪
重回你的身旁

啊,故乡,
我亲爱的故乡
难忘的故乡
故——乡

🌴 诗歌赏析

　　《难忘的故乡》共分为五个小节,其中前两节描述了诗人心中或者说梦中的故乡印象,第一小节以"沙白""海清""潮声""海鸥"等形象具体地描述了故乡自然环境的美丽,第二小节则通过"渔舟""鸡鸭""茅舍"等事物形象,体现故乡的生活和人文环境的美好,诗人通过描写这样两个小节,从自然和人文两个方面对故乡进行了描绘,将一个环境美丽、生活富足的小渔村生动地呈现了出来。而第三、第四小节,则话锋急转,讲述游子的思念。第三小节开始,诗人停住描写故乡的笔转而以第一人称问候故乡,"天涯路"和"沧桑"则形成同前两节美好故乡生活的对比,表现出身在异乡的游子对故乡的眷恋。第四小节则以故乡水的甜和故乡的温暖,表达出诗人对故乡生活的向往,从而引出诗人想要回到故乡的愿望。最后一个小节则通过反复对故乡的呼唤,表达出诗人内心深沉的对故乡的爱与眷恋。

　　旭阳的诗歌情感丰富,多是表达身处异乡的游子之情。这些诗歌像《难忘的故乡》一样,直抒胸臆,用美好的词汇和意象,明确地表达出对故乡的赞美和怀念。旭阳的诗歌,环境多是热闹的,但这种热闹又与我们常见的热闹有所区别,像《难忘的故乡》中靠岸的渔舟、满箩筐的鱼虾一样是温暖的,虽然是在想象中却是能够真切感受到的热闹。这热闹更加体现了诗人内心之中对故乡的热爱与向往,体现出旭阳渴望回到故乡的内心愿望。

(于　悦)

静　心

静心，原名洪龙万，1940 年生于新加坡，退休公务员，文艺协会、作家协会永久会员，新风诗协会等会员。从小爱读书写作，小学开始投稿报纸杂志，作品以散文、诗歌为主，偶尔也写微型小说。至今已出版《黔驴集》《石榴树》《那天在云顶》《留下过去》《魁换星移》等作品，与文友合著《共享新风诗缘》《我衔着童诗飞来》等。

生老病死

（一）生

不知生
从何说起
自儿时起贪念
知快乐痛苦
及长稍懂是非
晓得自己的家境
有钱人家子女
幸福多彩
自家父母是劳苦众生
吃住都比人差
基本上有苦也有乐啦

（二）老

父母先后离去
生活独立自主

有两子无女儿
都因唯命是从
两个就够了
明白子女少
分享越多的道理
后来才知晓
同学好友三四个子女
生活还是能挨过去
甚至受完高等教育
早明白老化的害处
就不必向外"引进"
如今要多生积习难改

（三）病

小病是福
大病等死
尤其是老弱
天天进出医院
人生乐趣皆殆尽
得了慢性病癌症
拖累后代
于心不忍
送进老人院
不必依赖子女
安心放下
有吃有住有护士
私房钱足够
能活多久
听天由命

（四）死

能活至耄耋之年

已算天命

要走就走吧

不必想太多

老人想后人者多

后人想老人者少

儿孙自有儿孙福

希望来生会更好

众生皆平等

不必羡慕他人

衣食住行

诗歌赏析

　　诗人静心的这组诗《生老病死》表达的是诗人对"生"的思索,对话"生存",同时,这生存和生活不是抽象的普遍意义上的概念,而是生发自作者自己个人的人生经验,尤其具体,尤其实在,尤其能使人心有戚戚焉。

　　在《生老病死》中,"生"是穷苦人对生存的感受——"有苦也有乐"。"老"则象征着一种生命的历程,有父母的离去,也有对儿女的养育。"病"则既有穷苦人的辛酸——"小病是福/大病等死",也有一丝看透之后的豁达——"能活多久/听天由命"。关于"死",诗人将这种豁达一以贯之,并上升到一种超脱的境界——"众生皆平等/不必羡慕他人"。

　　读静心的诗,需要有一定的人生阅历才能懂得其中的好。他诗中的语言都是极普通和平常的,诉说着最普通的生活感悟,就像用简单的食材烹饪出的清新淡雅的一道家常菜。我们都说诗与远方,仿佛眼下琐碎而平凡的生活中总是难以孕育出诗来。而诗人静心的可贵之处就在于,他的诗,全来自于这眼前的生活。他在属于他自己的日常生活中,用最实在的话语挖掘着平凡生活中的诗意。

（任金刚）

史　英

史英，原名陈磐绪，新加坡当代著名诗人、中医师、学者。1940年出生于新加坡，祖籍广东丰顺。17岁在《南洋商报》上发表处女作《尘归星岛》后，对诗歌的爱好一发不可收拾。一直以写诗为主要创作活动，间或写小说、散文及诗论。著有《花草集》《三弦弹指下》《史英诗歌精选》《马华诗歌简史》等。

亮　节

把人格细雕
成水晶
以心作为琢磨之器具
明亮过钻石
洁如冰
聚光为发亮的源泉后
吐锋芒不已
纵使有尘埃掩盖
也无损亮丽
灰蒙里
犹能做出永恒的闪耀

诗歌赏析

《亮节》这首诗歌运用不同的比喻将亮节的形象塑造出来，同时又暗示纵使有中伤引发误解之迷雾也掩盖不了亮丽人格的光芒，从而表达了对亮节的赞扬之情。诗歌一开头就想用心作为琢磨的器具来将人格细细雕刻成水晶，而雕刻成的水晶，白洁如冰，比钻石耀眼，吸聚光亮后散发出耀眼的光芒，锋芒毕露，令人久久沉迷。哪怕会遇到尘埃的掩盖，也对其自身毫无影响，仍能在灰蒙中散发出永恒、耀眼的光芒。在这首诗歌中，有浓郁的文学韵味，同时其想象也做了数度空间的飞跃。此外，这首诗歌也在人心易变的今天，起到了种种的警醒作用。

　　史英的诗歌大多借鉴外国文学中通感、时空跨越、意象重叠等写作技巧，也吸收传统诗艺中旁入别意、反衬托意、明断暗续、巧于起句、画龙点睛等妙技而用于创作中。因而他书写的诗歌在给我们带来审美享受的同时，也值得我们对其诗歌进行细细的推敲与学习。

（金　莹）

陈 剑

陈剑,1940年生,新加坡著名学者、诗人。国际诗人笔会发起人及主席团成员。曾任美国跨国技术集团亚太副总裁,新加坡南洋理工大学及新加坡公共服务学院特约教授,上海华东师范大学国际冷战史研究中心客座研究员。曾任新加坡作家协会理事长、五月诗社顾问、澳洲华文作家协会顾问、亚华作家基金会副主席、新加坡书籍理事会副主席、澳洲国立大学南方华裔研究中心顾问、新加坡亚洲研究学会荣誉会长、南洋学会理事、新加坡国家档案馆理事等职。著有《无律的季节——陈剑抒情诗选一集》《火凤凰》《等在风中》《神州踏月行——陈剑抒情诗选二集》等诗集及文论《陈剑诗文论稿》等。

四方街——丽江踏月之七

数着蛛网街巷的地砖
步步追寻
远去的踏踏蹄声
不知所终

驼马一路摆动铃铛
捐过来千里疲惫
泡一夜四方城的清流
洗净日月的风尘

明日或攀山

今夜不需眠

借醉狮子山下

连柳条溪流都喝得通红

张开蒙眬的双眼

才知昨夜拾级枕包做醉翁

趴在摊开的地图上

追赶着茶马古道随蹄声逝去的过山风

🌴 诗歌赏析

　　《四方街——丽江踏月之七》这首诗歌总共四小节。诗人从诗的开头就把我们带入丽江的小道中,"蛛网街巷"给了读者极清晰的阅读视觉,远处的马蹄声又给予了听觉,同时更加凸显了小道的清净与悠长。第二段中驼马驮着疲惫的旅人,行走在四方城中。四方城中的清流,映衬着日月,这清新恬静的夜晚仿佛也洗去了旅人的疲惫。第三节中"明日或攀山/今夜不需眠",诗人被这美丽的丽江小城俘获,放肆地释放着自己的快意,在狮子山下彻夜快饮,将柳条溪流都喝得通红,种种放肆,无不体现了诗人对这小城之夜的喜爱。一夜快饮后醒来,发现手边是自己昨夜随手拿在怀中的枕包,而自己正趴在摊开的地图之上,徐徐山风拂过身体,仿佛正追赶这茶马古道上的驼马,这小城还是无比美好。

(王思佳)

王润华

　　王润华,新加坡人,1941年8月13日生于马来西亚。美国威斯康星大学博士,曾任新加坡国立大学人文社会学院助理院长、中文系教授兼主任,台湾元智大学人文与社会学院院长与中文系主任,新加坡作协主席。现任南方大学学院资深副校长、讲座教授。获得新加坡文化奖(文学类)、亚细安文化奖(文学类),泰国的东南亚文学奖与台湾元智大学杰出研究奖。已出版文学创作包括《重返马来亚》《王润华南洋文学选集》《重返诗钞》《王润华诗精选集》《重返集》《榴梿滋味》等多册。学术著作有《越界跨国》《王维诗学》《司空图新论》《越界跨国文学解读》《鲁迅越界跨国新解读》《华文后殖民文学》等。

重返淡马锡

重返淡马锡
重返淡马锡
鱼尾狮还蹲在河口
游客惊讶地、兴奋地摄影
没有人会问
它为何拼命吐苦水?
我看见鱼尾狮
很敌视对岸
浮出水面
巨大的莲花下
豪华的赌场

进进出出

豪赌生命的人

诗歌赏析

　　《重返淡马锡》以淡马锡象征新加坡，所以重返淡马锡就是重返新加坡。淡马锡公司成立于1974年，是由新加坡财政部负责监管，以私人名义注册的一家控股公司。政府赋予它的宗旨是：通过有效的监督和商业性战略投资来培育世界级公司，从而为新加坡的经济发展做出贡献。新加坡政府在20世纪70年代初成立这么一家公司，与新加坡的历史背景有着很大的联系，它是新加坡的象征也是代表；诗歌中出现的鱼尾狮现在也成了新加坡的标志性建筑。而走马观花的游客只看到了新加坡光鲜的表面，只有当地人才会思考这繁华背后的种种。正如诗歌中所写的鱼尾狮口中所吐出的都是苦水，是这个国家艰难发展背后的心酸。世人只看到万丈高楼平地起，却总是看不到高楼下堆积如山的工人尸骸。就像进出豪华赌场的人，其实赌的都是自己的命啊：成功了出来，衣着光鲜；失败了倒下，谁能看得见你。王润华作为新加坡人，却对华文写作情有独钟，努力把新加坡及东南亚华文文学带向国际文坛。他的诗歌以回忆为主，带有浓厚的历史性，从他的诗歌中，我们可以读出其丰富的阅历和沧桑的人生之感。

（吴　悦）

长　河

　　长河，原名陈川波，1941 年 12 月出生。笔名长河、山河、南海客、夏木青、乙家军、郁南竹等。1963 年毕业于南洋大学中国语言文学系。曾任南洋大学中文学会秘书及该会出版的文艺刊物《大学青年》编委。20 世纪 60 年代末 70 年代初，任《星洲日报》编辑，主持《青年园地》《青年知识》等副刊编务。业余主编综合性月刊《建设》。20 世纪 80 年代起任职于中国银行新加坡分行，主持办公室与调研部工作，为助理总经理，2003 年年底退休。20 世纪 90 年代初迄今，负责文艺刊物《艺术天地》编务策划工作。1999 年以来，担任新加坡热带文学艺术俱乐部会长，2017 年引退，任会务顾问。已出版叙事诗《无名河，哼哀歌》、诗集《掠过夜空的彗星》及评论集《事在人为》《木石集》《文坛刍议》《文艺与人生》等。

青春不老，生命有价

十年不过像过眼云烟，
今年我们又在吉隆坡聚餐逢面。
怀着自家兄弟姐妹般的情义，
两千多名共患难同甘苦的战友喜悦团圆。
热烈地握手，欣慰地端详，
硬朗的笑声宣告了身体康健。
十年发生了许多变故，出现了许多新事，
两千多颗相通的心催放相同的甜美欢颜。
尽管看来大家不免老态龙钟，

有的白发苍苍,有的步履蹒跚,

有的患上重耳,有的眼力大不如前;

但我们的血还热,心还红,

几十年来坚持的信仰和理想也没有改变。

像马六甲海峡澎湃的波涛,

载船运货,把滴水汇集的能量全面展现;

像纵贯南北的群山,横亘东西的绿原,

放送氧气,调节温度,贡献稻米、油棕、榴梿;

岁月在我们身上留下老迈的痕迹,

却掩不住我们心中闪烁的青春火焰;

我们像染红天边云海的夕阳,

我们生命有价,长年增长生活智慧、人生经验。

我们走过了几十年风雨路程,

为了把母亲大地建设成美好家园。

我们流血流汗,跌倒了再站起来,

我们推动国家社会前进的心火光芒冲天。

在过去多少黑暗日子里,

我们高举独立、民主、自由的旗帜走在队伍前线。

我们与工人兄弟姐妹并肩战斗,

揭露阿沙汉、泉成、直凉园资方的吸血鬼嘴脸;

为了合理生存、养家、医病、反对压迫,

大伙儿不怕恐吓、逮捕,穿街过巷,徒步请愿。

我们支援槟城浅海渔民维护生存权利的斗争:

反对浅海拖网滥捕,鱼种灭尽,断了渔民生活来源;

反对蛮横的拖船撞翻渔舟,造成渔民落水身亡。

两千多艘渔船海面奔驰示威,像怒发的箭,

箭头指向不顾渔民死活的官商,抗议声浪震天,

警方却妄想用催泪弹打消渔民求生的意愿……

现实这样冷酷,悲观畏缩不能使狼心仁慈起来,

我们只能联起手来讨回公道与尊严！
于是较量一轮接连一轮，抗争一波促进一波，
为劳苦大众的利益，我们站在风口浪尖。
觉醒的人民奋起摆脱身上的枷锁，
在半岛各地涌现游行队伍，呼号维护基本人权！
反对外国驻军，反对新老殖民主义，
反对造成百姓生活困苦的杂税苛捐，
反对言论、结社不自由，反对团体被无理封闭，
反对内安法令乱抓民众领袖、干部，反对好人坐监！
槟城民众罢市，抗议旧马币随英镑贬值而大缩水，
反对当局转嫁财政损失，把重担压在百姓的双肩，
波澜壮阔的反压迫斗争浪潮席卷全马，
霹雳河咆哮，吉兰丹河翻滚，彭亨河奔流向前，
膠林呼啸，大汉山振臂呐喊，
我们贴标语，挂布条，上街游行，集会讲演，
各族民众团结的心声像晴天霹雳，
让当权者吓破了胆，害怕丧失不得人心的政权，
他们急忙开动国家机器，阻止反压迫怒火燎原；
一声令下，警棍雨般落在民众身上，
大街小巷弥漫催泪弹刺眼的毒烟，
黑暗的牢房关进了大量的斗士，
罪恶的黑枪更让人民好子弟血洒街边！

啊，喷出火山口的岩浆是挡不住的，
觉醒人民的正直腰杆压不弯，好心明眼不受骗。
我们要在祖国大地实现社会主义理想，
各族人民要创造民主、自由、平等、和谐的幸福家园！
没有什么力量可以阻止历史前进的步伐，
没有什么霸权可以抹掉我们心许的祖国美好明天！
即使是在最不人道的监狱，
也不能使我们坚强领袖、斗士的赤胆忠心有所转变。

不管是饭里掺进沙粒对肠胃的损伤，

还是冷气冻僵肢体加疲劳审问的考验；

不管几百天被关在只让人伸展四肢的小牢房，

还是逼供的野蛮拳脚，侮辱人格的下流语言；

我们人身受了损伤，但我们意志更坚强，开展绝食斗争！

卑劣伎俩不能动摇忠于人民忠于理想的高贵信念！

得到广大各族民众的支持，

胜利总站在真理正义这一边。

但当权者仍然千方百计堵住民主的发展道路，

用种族主义蛊惑人心，再加内安法令来保住虚弱的政权。

啊，经过了多少年的风雨飘摇岁月，

我们遭受了许多打击、磨难，面对生死巨变。

孩子被剥夺了父母的爱护、提携教养，

夫妻长期忍受别离，牵肠挂肚的思念；

更有唐保光、王忠、林顺成等英勇烈士，

被罪恶的枪弹夺走生命，含恨蒙冤。

烈士生得光荣，死得伟大，

他们证明了当权者继承法西斯的残暴阴险。

我们活下来的人继续高举真理的旗帜，

渴望自由、民主像大红花在祖国大地开遍。

啊，经过了多少风雨飘摇岁月，

我们的青春发热有力，推动了祖国社会走向民主、平等、种族多元，

我们的生命有价闪光，照明了历史黑暗现状与光明前景。

觉醒的民众曾经在不民主的选举中艰难突破垄断，

把许多反对党代议士送进市议会、国会议院。

在掌控一些州县地方议会，市议会时期，

我们照顾民生福利，民众喜地欢天；

我们为百姓补屋盖房，设水喉，拉街灯，

还筑路通沟，让民众交通安全方便；

我们真正当了人民公仆,为民服务,
还筹发助学金给穷家子弟,筹建老人院。
我们在总票数上曾超过执政党团;
但公正亲民的社会理想却无法实现。
因为反对党在议会的席位少得可怜;
反人民的政客在议会中人多口多手多,
他们通过谎言、表决,使伤民政策的实行得以年复一年。
这就是祖国大地的社会现实,
达官显贵豪富仍然掌握经政大权。

新世纪世界民主浪潮有了新的进展,
打压、愚民政策像巫师作法不再灵验,
擦亮眼睛的人们终能看清生活的出路,
少数人享福大多数人受苦的现状终将变天!
尽管我们老态龙钟,耳不灵,脚乏力,
有的白发苍苍,有的皱纹满脸,
但我们的血还热,心还红,
我们的信仰还燃烧着青春火焰,
我们的生命价值闪耀光辉,金山一般重甸甸。
像滚滚河流,奔赴入海;
像纵横群山,四方连绵;
相聚使我们忘记小我存在,
别离使我们对大我更加惦念。
岁月使我们更加珍惜不老的情谊,
我们迫切期望改十年为五年重聚相见。
我们要再现重逢时的激动、欢乐场面:
温馨的问候,硬朗的笑声,
欣慰地端详,热情地拍肩。
像以往庆功宴那样洋溢战胜困难的大团圆。
我们又一起回顾历史的记忆,
又一起预言未来的许愿。

让历史再次印证我们青春不老,生命有价,

让我们再次见证母亲大地展现欢乐的容颜!

附记:2010 年 1 月 1 日,有幸参加在八打灵再也双威金字塔大会议厅举行的以前劳工党党员占大多数的两千多人出席的"2010 凤凰友好聚餐会"。场面热烈,意义非凡,深受感动。一直很想写点东西,体现与会者的共同心思与情绪。近日得空,乃赋成此诗,了却心愿。

🌴 诗歌赏析

《青春不老,生命有价》这首长诗中饱含诗人内心对友情的感悟,对自由和民主的渴望,对美好未来的憧憬,还有对生命的感悟。诗人因再次与志同道合的朋友相聚而生出无限的感慨,回顾和这些朋友并肩作战的场景,可以说是一部历史的悠长画卷。诗人以这样波澜壮阔的长诗,抒写内心的激扬之情,谱写出当代"老骥伏枥,志在千里"的赞歌。长诗分为七节,每一节之间又相互衔接,互相联系,使得整首诗作浑然天成。

诗人长河在这首长诗中将大家一起曾经为自由、民主而奋斗的峥嵘岁月展现在人们眼前,让人们感受到诗人心中为国家和人民甘愿抛洒热血的决心,也看到这样一群志同道合的伙伴为了改变不合理的社会现状而做的各种牺牲。心中有天下的人,所做的事情也是为天下人民,哪怕是用自己所有的青春岁月,那这青春岁月也是会闪耀世间的。

(符丽娟)

林　方

　　林方，原名林赐龙，1942 年出生，祖籍广东潮安。曾就读于义安学院中文系。长期经营七洋出版社，现已退休。1959 年开始发表现代诗。台湾已故知名诗人覃子豪称许他为充满希望的诗人。曾任五月诗社社长兼任《五月诗刊》主编。20 世纪 80—90 年代任新加坡潮州八邑会馆文教委员会出版组主任，并负责编撰新加坡潮州八邑会馆丛书。著有诗集《水穷处看云》《林方短诗选》。

伐　木

不再
斧斤丁丁
啄木鸟
不再随声附和
他们不再
起劲地敲击
整个下午的寂寥
叵耐
链锯那厮
端得咬牙切齿
一路喊杀上山
所有站岗的树
接二连三
纷纷倒地不起

直到

天空赤条条

夜已无枝可依

月光这才惊觉

多年风景不告而别

丢下遍地树墩

跪成刑场上的死囚

🌴 诗歌赏析

　　《伐木》全诗共 21 行，诗人没有采用分节的形式，但整体读来并不凌乱。细细品来，诗歌中充溢着淡淡的忧伤和细微的叹息。在诗歌的开端连用三个"不再"与昔日的情景形成鲜明的对比，在对比中充满了"寂寥"之感。"所有站岗的树，纷纷倒地不起"，诗人采用拟人的修辞手法，将树看成守卫的战士，读来倍感亲切。但"天空赤条条/夜已无枝可依"，又给人一种凄凉之感。诗歌末尾"死囚"二字更是形象地批判了人类砍伐树木、破坏生态平衡的恶劣行为。全诗紧扣题目"伐木"，娓娓道来。林方在叹息中忧虑未来，可见是一位关注现实的诗人。在当今社会，保护生态环境，建设生态文明已成为人们的共识。保护生态环境，人人有责；从现在做起，从小事做起。林方作为老一辈的 40 后代表诗人，依然坚持写诗歌，这种精神值得后人学习。

（李笑寒）

淡 莹

淡莹,原名刘宝珍,1943年9月生于马来西亚霹雳州。新加坡公民,祖籍广东梅县。高中毕业后赴台,就读于台湾大学外文系。1966年考获学士学位。翌年赴美深造,考获威斯康星大学硕士学位,后到圣塔·巴巴拉市加利福尼亚大学执教。1974年返回新加坡,任职于新加坡国立大学至退休。新加坡作家协会、五月诗社成员,新加坡作家协会理事。已出版诗集《千万遍阳关》《单人道》《太极诗谱》《发上岁月》,诗、散文集《淡莹文集》,编著《逍遥曲》《也是人间事》《诗路》。曾获东南亚文学奖、新加坡文化奖、万宝珑文学奖。

时 光

将冰冷无形的时光
从潺潺水流中
一把捞起
紧攥在手里

缝隙间听见挣扎声
沿着纵横交错的掌纹
迅速传遍全身
各个部位关节

哪天不慎松手
时光立刻如梭似箭

把头上三千青丝
一根不留地染白了

往后的日子
掂起来没有一点重量
我轻轻、轻轻放下
生怕会碎裂

诗歌赏析

　　读完《时光》这首诗，会让人想起一句话："时间就像手里的沙，握得越紧，流得越快。"这首诗歌的"时光"就好像被诗人捧在手里，小心翼翼地呵护。第一部分，诗人就用了"紧攥"一词，表达了很害怕时间流走得太快的感情。时光是"冰冷无形"的，我们无法阻挡它的流逝。第二部分，诗人用了拟人的修辞手法，似乎把时光写活了，听到了它们的"挣扎"。第三部分，诗人就开始直抒胸臆，"时光如梭"，生怕自己一不小心白了头发，表达了诗人内心对自然衰老一种隐隐的恐慌和无措。诗人的一生也如这般，经历种种，剩下的日子越来越少。诗人把想抓住却又留不住的心情都展现了出来，让我们感同身受。

（张瑞坤）

方　然

方然，原名林国平，1943 年生于新加坡，祖籍福建金门。现为《赤道风》四月刊主编。世界华文微型小说研究会永久会员。作品散见于国内外报刊。个人较受"诗神"偏爱，诗作曾多次被朗诵。20 世纪 70—90 年代，多次荣获本地与国际文艺创作比赛优胜奖。此外也经常在本地一些文艺团体讲学、授课，还担任过大专院校及民间团体举办的文艺创作比赛之评审，受邀出席过国际性文学、诗歌研讨会，并发表论文。已出版个人诗集《岩下草》《方然诗文集》《那箬叶包裹着的……》《心灵叩响的音符》《方然短诗选》等。

黄叶也能舞秋风

虽说，你已不再年轻
我依旧爱你始终
你那满脸的刻痕
乃岁月之馈赠
纵然夕阳红
黄叶也能舞秋风
你永远在我心中
哪怕我们都老态龙钟
你却是我的梦

诗歌赏析

　　这首《黄叶也能舞秋风》有三个关键的意象"黄叶""秋风""老",而这三个意象又交汇成诗中的一个关键词——"岁月"。这首诗表达了流金岁月之后对于老去的哲思——一种健康的积极的审美的哲思。这首诗并不立意于物与我的合一,而是一种物与我的"惺惺相惜"。所以有"你已不再年轻/我依旧爱你始终"的句子,而黄叶"满脸的刻痕"与诗人一样,都是"领受"了"岁月的馈赠"。只是这并不使人悲伤,因为"黄叶也能舞秋风",也还能在时间里跳出绝美的舞步。所以即使"我们都老态龙钟",也依然可以成为彼此的"梦"。可见诗人对于老去的思考,进行了诗学的提炼。

　　方然的这首诗,其实写的是对人生存在的状态的思索和表达。是对于岁月以及在岁月中老去的人的审美式的思考,体现了诗人站在诗的角度对人与人的存在的观照与表达,体现出诗人内心的深刻和思辨的冷静与成熟。

(任金刚)

秦　林

秦林，原名梁启堂，另署常追风。1944年6月6日出生于马来西亚吉兰丹州哥打巴汝，祖籍厦门鼓浪屿，新加坡公民。南洋大学经济系毕业，曾任新加坡作协财政、锡山文艺中心副主任兼出版主任，曾主编《南方文艺》及《锡山文艺》。出版诗集《新星集》《小阳集》《喷泉》《登高吟》《秦林诗抄》等，诗合集《栽风剪雨》《城市与芦苇的梦》《双子叶》等，随笔散文《芦苇集》《永恒的云》《秦林文选》等，散文合集《逆风的向阳花》《惊起一滩鸥鹭》《啁啾集》等，另著有《奔向南方的河流——印华诗歌点评》，编选《仰望星空——中国现当代小诗》等。

乡愁——怀余光中

舟子站在船头上悲歌
大陆之山远兮
大陆之水远兮
天苍苍
野茫茫
永在心中痛哭
永不能忘却啊
国有殇

遥想江南烟雨
怀念长城落霞
沏一壶龙井茶塞外淋风沙

采一湖红莲吟唱唐诗宋词

母亲啊翻成一页近代悲剧
娘子啊屹立成一块望夫石
大陆啊终会拥抱浪子
乡愁啊终有时
终——有——时

诗歌赏析

　　诗人在诗中表达出对余光中先生的深切怀念，以沉痛的笔调将心中对余光中先生的敬佩和对他逝世的深深遗憾诉诸纸上。余光中的《乡愁》写出了与大陆分隔两岸的深深愁绪，慰藉了一代代的海外侨胞。如今英魂已逝，徒留《乡愁》，故此，秦林重新以"乡愁"为题，只是这次却是为怀念余光中先生而作。舟子为先生悲歌，大陆的山和水离我们那么远，而国家的悲伤却是永远无法忘却的，因为没有团圆的痛苦深深地埋在人们的心间。回想余光中先生的诗歌总是将中华传统的审美意境放在其中，这是对母亲无限的眷恋，是对传统文化的深深依恋。余光中先生仿佛是远去的游子，此一去，再难返程，但是在一水之隔的同胞却还是有希望的，他们终将回到祖国母亲的怀抱，这绵绵海水般的乡愁终会有尽头。

（符丽娟）

南　子

南子,原名李元本,原籍福建永春,1945 年 6 月生。南洋大学毕业,南京大学文学硕士。南子是新加坡现代文学的开拓者之一,在 20 世纪 60 年代开始新诗创作,是新加坡华文诗坛上有显著成就并具独特风格的诗人。长期担任亚细安青年微型小说创作大赛、新加坡大专文学奖、金笔奖、新加坡文学奖等文学创作比赛的主要评审。曾获新加坡书籍奖、南洋大学学生联谊会新诗奖、春兰世界华文微型小说奖、中国新诗潮石油诗大赛优秀奖等。除写诗外,也写短篇小说、微型小说、散文、文学评论等。

货币——徜徉华尔街

所有的目光
都投射在
背后指涉巨大财富的
纸币、金属
人们张着混浊的双目
咕哝交换信息,典当灵魂
力争在排行榜的位置
不断上升
公理、正义、诚信
皆可廉价出售
为了抢夺权贵者抛出的
带点残肉的骨头

风暴过后,海啸过后

多年累积的资产

都溶化为解冻的污水

缓缓渗入地底消失

我徜徉华尔街

抚摸铜牛的锐角

一阵森寒的冷流

哆嗦我的躯体

🌴 诗歌赏析

这首《货币——徜徉华尔街》写了诗人经过被誉为世界金融中心的华尔街时,对自己所见所闻的感受和思索。很明显,诗人对这种"唯金钱、唯利益主义"的现代病有着深深的忧虑和谴责。在那里,"人们张着混浊的双目/咕哝交换信息,典当灵魂""公理、正义、诚信/皆可廉价出售"。所有属于精神层面的东西在这里似乎都成了可以用来交易以获取经济利益的筹码,精神的物质化和货币化,最终导致现代人灵魂的异化,而这种出卖灵魂换取来的眼前的利益又是那么的不可靠——"风暴过后,海啸过后/多年累积的资产/都溶化为解冻的污水/缓缓渗入地底消失"。难怪诗人在触摸华尔街铜牛的触角时,会感到"一阵森寒的冷流"划过他的身躯。诗人用自己冷峻的眼睛,看着华尔街那一场场每天都会上演的金钱与利益的狂欢,在诗中显示出自己深深的忧虑。

南子的这首诗有着对现代社会的现实主义的犀利批判和深刻的反思,更着力在对于人生的抽象的哲思,带有象征主义的特色,但其在思想层面的深刻性则又已经超越了单纯的技法上的象征主义,更多的是一种充满了哲理和几分禅意的思辨。可见诗人南子的诗在现实观照与抽象哲思上的笔力之雄厚。

(任金刚)

贺兰宁

贺兰宁,新加坡公民,1945 年 9 月生。新加坡南洋大学文学学士、南京大学文学硕士、广州中医药大学医学硕士、中国中医科学院医学博士。现任新加坡中华医学会会长、新加坡中华医院肠胃研究组顾问、新加坡中医学研究院高级讲师、南洋理工大学中医诊所顾问医师、新加坡新声诗社医学顾问。他曾任《文学》执行编辑、《五月诗刊》创刊人兼主编。文学作品有诗集《天朗》《音乐喷泉》《石帝》《花调》,文论集《春来草自青》等,医学作品有《新加坡中医学先驱人物与医学发展》《沙斯肺炎》及《华人与新加坡中西医学》。

玉龙雪山

雪山的骨架
是那令人销魂夺魄的十三峰
玉龙的脏腑
是那渗着纳西族人风范的石灰岩层
远古冰川遗迹下
古生物化石展示雪山的年龄
峰峰白雪
封锁了云和石的对话
封锁了南诏和某些部落的故事

后人都知道
雪山的岁月

是木氏土司的岁月
雪山的风韵
是东巴文化的风韵
雪山的姿色
是丽江古城的姿色

该老死的都落下千丈削壁
该滋生的是那独醒的雪莲
在雪线上欣赏玉龙的起伏
在雪线下守候雪茶的幽香
谁是雪莲
知道人间有几许纯真
像雪山的海百合化石
有多少温情
似高原的清风和阳光

玉龙呵雪山
如苍藤盘踞心原
高昂而静穆
不化的莹澈积雪
积满古朴的胸怀
深奥而迷离

🌴 诗歌赏析

《玉龙雪山》全诗共四个小节，诗人通过对玉龙雪山的描写，从雪山的内涵与外延将雪山形象生动地描写出来，表达了对玉龙雪山的喜爱与敬意。诗人在第一节中，先以"骨架"和"脏腑"将玉龙雪山的外形与内部物质清晰地描述出来，进而进一步地引出玉龙雪山的风土人情；接着，诗人通过具象化的历史、古城、文化将雪山的岁月、风韵、姿色表达出来，使人更加实际地体味到雪山所代表的文化韵味；第三节中，诗人又通过"老死"和"滋生""雪线上"和"雪线下"的对比,又通过反问,将玉龙雪山的美丽、纯真呈现出来;最后,诗人直接赞美了玉龙雪山,表达出了对玉龙雪山的喜爱与敬仰。

　　贺兰宁的诗歌与他自身的学业经历密切相关,描写上既有文学上的意趣,又混杂有医学上的词汇和逻辑,像《玉龙雪山》中"骨架"和"脏腑"都渗透着医学对他的影响,在表达出自身感情的同时,读起来又别具一格,极具自身特色。

(于　悦)

林　锦

　　林锦,原名林文锦,1948年生。世界华文微型小说研究会理事、东西方诗人联合会副主席、新加坡五月诗社社员、新加坡作家协会受邀理事等。曾主编《文学》《锡山文艺》,编辑《微型小说季刊》。已出版著作有散文集《园边集》《鸡蛋花下》《乡间小路》,微型小说集《我不要胜利》《春是用眼睛看的》《搭车传奇》《零蛋老师》,学术论著《战前五年新马文学理论研究》。《林锦文集》被列为"东南亚华文文学大系新加坡卷"丛书之一,另编著《苗秀研究专集》等书。

一叶广袤无边的莲

最古的古国是一叶广袤无边的莲
千年之莲默默孕育着龙的故乡
从中原到边疆,从边疆到中原
一片天,一片地,一片莲

热爱乡土的莲在污泥里日夜挺进
毅然探索富饶的黄河土地
毅然追寻丰腴的长江流域
碧波万里的莲叶仰望祥云密布的晴空
江北平原的莲爱阳光
江南水乡的莲爱温暖

江山再锦绣江河再美好

土地里有阻碍前行的沙砾
土地里有淹没良知的暗流
顶住，莲以坚贞纯洁的菡萏
抵御，莲以谦逊清廉的鞭藻

一片天，一片地，一片莲
如丝如绸的锦绣山河
凉风习习，莲风阵阵
吹往遥远的西边大地
吹向远洋的东盟海域
莲以龙的磊落以龙的睿智
清除堵道的杂草，移开拦路的荆棘
遍地莲叶田田，处处莲花洁立
走近，走进
平等均富的和平盛世之乡

与龙的古文明风雨兼程
莲走到今日的和风中，遍地
绽放，彩虹的光芒辐射云霄
祥云上龙的图腾瞬间化为星罗棋布的卫星
笼罩着的神州是一叶广袤无边的莲

🌴 诗歌赏析

　　《一叶广袤无边的莲》以"莲"隐喻故国——"龙的故乡"。并以"黄河""长江"等所指鲜明的意象点名题意。在诗人的字里行间，可以看出他对故国乡土的无限热爱和自豪——"碧波万里的莲叶仰望祥云密布的晴空/江北平原的莲爱阳光/江南水乡的莲爱温暖"，也有对故国在历史中艰难前行的回溯——"江山再锦绣江河再美好/土地里有阻碍前行的沙砾/土地里有淹没良知的暗流/顶住，莲以坚贞纯洁的菡萏/抵御，莲以谦逊清廉的鞭藻"，更有对故国现在与将来的自信和展望——"与龙的古文明风雨兼程/莲走到今日的和风中,遍地/绽放,彩虹的光芒辐射云霄/祥云上龙的图腾瞬间化为星罗棋布的卫星/笼罩着的神州是一叶广袤无边的莲"。诗中的每一个字,每一个词都透露着诗人对故国的无限的青睐与热爱。

　　林锦的这首诗,表达的是一种伟大的情感,这种抽象而宏达的叙述是一个诗人笔力成熟的体现,也是诗人视角开阔的体现。

(任金刚)

康静城

原名洪连顺,祖籍福建泉州晋江,1948 年 6 月 15 日生。曾任中学华文教职 30 余年。1968 年开始创作,笔名还有雪原、牧笛、宋波等。现为新加坡文艺协会会员、新风诗协会理事兼新诗编辑。文章发表于新加坡的报纸和文学刊物,也在中国和印尼等地发表诗作。已出版诗集《长橹集》《采贝集》《谷粒曾经是秧禾》和《新中山水诗情》,还与诗友出版六本诗歌合集。也热爱散文、游记和童诗创作。

妇人老·菊花白

老妇人一手握紧
一束　白菊花
一手拄着一根拐杖
巍颤颤越过马路
花在眼前晃
脚在小步前行
心中惦记着一个
或者两个任务
知道有人尾随其后
带着三分警惕

过了马路她回首望一望
觉得我非坏分子
继续慢步前行

手中的花对她来说
该是十分重要的
过马路就是专为买花
不知是为了拜神
还是为了插花……
我只暗中祝福
愿她平安到家

诗歌赏析

　　《妇人老·菊花白》通过对现实事情的描写，发出了对现实的诘责和对和平安稳现实的期望。全诗分为两节，第一节主要是对老妇人的描写，其中老妇人"一手握紧""一手拄着""巍颤颤""带着三分警惕"，都表现了老妇人的动作和紧张的神态。将一个购买了白菊花、行动不便同时对不安全的周围环境感到警惕的老妇人形象准确地描述了出来。同时"惦记着""知道"是对老妇人心态的描写，与老妇人的神态动作相配合，使老妇人的形象更加完整，侧面反映出不稳定的、人人自危的大环境。第二节则由"望一望"转向"继续慢步前行"，进一步描写出老妇人逐渐放下警惕的状态，而最后两句则表现出诗人自身对于老妇人的祝愿，同时也表达出诗人希望人们都可以平安的美好祝愿和希望。

（于　悦）

辛　白

辛白,本名黄兴中,1949 年出生于新加坡,祖籍福建南安。北京师范大学文学学士。曾任小学与中学教师、新加坡教育部课程规划与发展署华文专科督学,现已退休。主要写诗,也写散文,近年来还致力于微型小说与闪小说之创作。曾获新加坡文化部主办的全国诗歌创作比赛华文公开组首奖。现为新加坡作家协会受邀理事、推广华文学习委员会邀约驻校作家。著有诗集《风筝季》《细雨燕子图》《童诗 45》(五人合集)和散文集《音乐雨》等。

乐　音

清脆的口哨点缀晨光
少年的步伐轻快矫健
华尔兹和小夜曲的旋律
常在脑际回旋

青春岁月的艰辛令我沉默
忧郁似泥淖我须努力避开
乃求援于迎向命运的喇叭
重重敲击的白键与黑键

中年如潮水退后的沙滩
耽于沉思潮汐与天空的意义
欣喜于乐音里的冥想

一声声欲断还连的古琴

银发岁月是黄叶落尽的深秋
天地间似有似无一种萧索的乐音
最爱黄昏里听一虔诚的歌者
唱经声一遍又一遍

🌴 诗歌赏析

　　《乐音》这首诗用四节分别抒写了人在四个不同年龄段的生命体验。少年时期是开朗的,是无忧无虑的;青年时期是需要经过社会打磨的,是在逐渐走向成熟的;中年时期是沉稳的,善于思考的;老年时期是寂寞的,虔诚的。该诗的特点是善于用隐喻,以一种感性的方式来描写不同时期的人,贴切自然,生动简洁。如晨光是新的一天的开始,满含激情;忧郁似泥沼让人挣扎徘徊;退潮后的沙滩一片寂静,使人沉思;深秋则满是落叶,倍感凄凉。诗人通过敏锐的观察与动人的文字,深刻地揭示了他对人生的感受,直击人心且富有哲理。

　　这首诗是对生命的思索,对人生历程的思考,更是对生存的哲思。于慢条斯理的语调中娓娓道出人生的感悟。可见诗人是个心思细腻,思想深刻的人。

(任金刚)

林 高

林高,原名林汉精,1949 年生于新加坡静山村,祖籍广东揭阳。台湾大学文学学士,华中师范大学硕士。现为新加坡作家协会受邀理事。2014 年获新加坡文学奖,2013 年赴韩国参加为期三个月的"TOJI 文化馆驻馆作家",2015 年获新加坡文化奖。林高曾担任《微型小说季刊》《萤火虫》《百灵鸟》的编委和主编。1993 年召集青年作者创办《后来》四月刊。著作有《往山中走去》、《被追逐的滋味》、《笼子里的心》、《倚窗阅读》、《林高卷》(散文)、《品读》(与蔡欣合写)、《赏读》(与陈志锐合写)、《赏读 2》、《林高微型小说》、《遇见诗》、《框起人间事》、《记得》等。

回到以前的以前(四首)

作协理事会上议决《新华文学》78 期搞一个小诗专辑。希尼尔转头对我笑曰:"林高好像也写小诗。"一旁周德成则说:"用诗写你的闪小说。"我飘飘然、蠢蠢然有些诗兴。夜里入梦写诗,醒来赶紧记下。

之一·风

用肺活量
送羌笛来

一路崎岖
自阳关外,一路埋怨

吐半口气说
老朋友还没来哩
太阳都下山了

之二·雪

借着风力,上
下,飘

我乘坐席子,上
下,飘

在太白的梦里,在燕山①
看脱口的诗白白地,飘

之三·花

呀,两颊都桃红啦
别再闹,别再闹
若闹得一枝出墙头来
就去不成大林寺啦
快四月天了
我与桃花有个约呢②

之四·月

老在后头跟
我到哪里,她到哪里
直到西湖畔
三个快步她越过我
婀娜,躺在湖中央
说,你到白堤等乐天

---

① 李白《北风行》诗云:"燕山雪花大如席,片片吹落轩辕台。"
② 白居易《大林寺桃花》诗云:"人间四月芳菲尽,山寺桃花始盛开。"

却遇见东坡老头
啧啧啧对我说
原来她淡抹比浓妆好看

🌴 诗歌赏析

《回到以前的以前》全篇由风、雪、花、月四个小节组成，每一个小节都化用了一句流行广泛的诗句，诗人把自己想象成风，想象成雪，想象成花，想象成月，并以这四种形象，同引用的诗句的诗人进行了一场沟通，凸显出诗人的浪漫情怀和丰富的想象力。四个小节都以第一人称叙述，诗人一时为风，吹出幽幽的羌笛声抱怨老友的来迟；一时为雪，满载片片的诗意，飞向太白诗中的燕山；一时为红了脸颊的杏花，不愿在墙头间盛开零落，一心等待山寺迟开的桃花；一时又变成了天边的明月，流连在西子湖畔。诗人以极浪漫梦幻的拟人手法将"风""雪""花""月"表现出来，生动地再现了诗人四小节化用的诗词景象，将阳关羌笛、燕山飞雪、山寺桃花和三潭印月诗意地再现于读者的眼前。

林高的诗歌充满了浪漫与梦幻的色彩，但每一句诗总能将一幅场景展现在读者眼前，让人不由自主地沉浸其中。诗人在本诗的引子中解释了此首诗歌是入梦写诗，醒来记录，同时诗歌整体也体现了这一特点。诗中诗人化作"风""雪""花""月"四种形象，回到古代诗人的诗句之中，再现了古代诗句中意象的同时又延伸出自己的看法和理解，诗句生动活泼，浪漫梦幻，体现了诗人的浪漫情怀，将诗人浪漫、闲适的心境表达了出来。林高的诗就像他诗中翩飞的脚步，慢慢地轻轻地静静地敲打着你的心灵，让你在不知不觉中就被带入他的梦境。

（于　悦）

林友赏

林友赏，1949 年 11 月 12 日生于新加坡，新加坡公民，祖籍福建同安。早年接受十二年的传统华文教育。成年后，考取新加坡管理学院的企业管理文凭。曾在银行业服务三十多年。2005 年起退休，数十年来喜欢涂涂写写。在新加坡的网络平台"随笔南洋网"拥有个人的博客空间"友赏来了"（www.sgwritings.com/2550）已有十年之久。至今空间里收集了个人的文章两千多篇，点击量达一百多万次。

早安，您好！

"嘎……嘎……嘎"
"嘎……嘎……嘎"

小溪边有人家
又种菜又养鸭

太阳公公起得早
养鸭人家赶鸭忙

小鸭子
不争先
不恐后

碰碰嘴巴

摇摇屁股
乐呵呵

"嘎……嘎……嘎"
早安,您好!
"嘎……嘎……嘎"
早安,您好!

诗歌赏析

　　《早安,您好!》以一连串的象声词开篇,鸭子的叫声是那样的欢快活泼,仿佛是对新的一天开始的美好期待。这些开心的小鸭子仿佛不知愁滋味的孩童,歪歪扭扭地走在人生的道路上,奔赴充满希望的明天。诗人写出的是乡村田园宁静和乐的画面,这是一户与世无争、安心地过着自己小日子的人家,养着鸭,种着菜,每日与太阳同起,与月亮同息,在自己的小日子中奔波忙碌。这些小鸭子也和它们的主人一样,培养出了从容淡定的品性,"不争先,不恐后",从容淡定地走着。诗人以重复的"早安,您好!"来结尾,其实更是向人们宣示着这里生活的人和动物对未来的一种积极向上的态度,他们对新的一天充满向往,对身边的人和事物都是亲切友善的态度。这也正是诗人自己的生活处事之道的写照。

（符丽娟）

梁 钺

梁钺,本名梁春芳,1950 年生于新加坡,祖籍福建南安。新加坡南洋大学中文系荣誉学士,新加坡国立大学文学硕士。曾担任中学语文教师、教育部课程发展署小学华文教材组主任、高级华文专科督学、课程规划与发展司助理司长,以及南洋理工大学国立教育学院高级讲师。曾获得新加坡总统颁发的"效率奖章"与"行政功绩奖章(铜)"。工作与写作之余,也积极参与文教活动,曾任新加坡华文研究会会长、五月诗社理事、锡山文艺中心名誉理事、全国推广华语理事会理事等。创作方面,1984 年出版第一本诗集《茶如是说》,即获新加坡书籍发展理事会所颁发的书籍奖。其后出版的诗集有《浮生三变》《梁越短诗选》及《你的名字》,另著有论文集《文学的方向与脚印》。作品入选国内外多种文学作品选集。

纪念碑①——闻日本政要参拜靖国神社

历史埋下的惨叫
地下冒出来的
纪念
日光漂白的脸

沉默啊
一条频频被刺痛的

---

① 纪念碑,即日本占领时期死难人民纪念碑,有人称之为和平纪念碑。

神经

——再次沉默

又是风声、雨声、车声

僵立着

连空气也发麻了

一阵鬼哭神嚎的悲愤

从开始

到现在

就　一直憋着

🌴 诗 歌 赏 析

　　《纪念碑》通过对纪念碑的描写,表达了诗人在听到日本政要参拜靖国神社这一事件后内心的愤慨,以及对日本政要这种行为的谴责。全诗可分为四个小节,第一小节从历史与外观上对纪念碑进行描述,"惨叫"与"纪念"诠释了"纪念碑"的作用,并以此种方式呈现出那段逐渐被人遗忘的惨烈历史。"漂白的脸"则以拟人的手法写出纪念碑的颜色,同时,暗喻着在侵略史上受到灾难的无辜人民的脸。接下来三节,诗人用"沉默""僵立"同"风声""雨声""车声"形成对比,将"沉默"下的悲愤哭号凸显出来,以"纪念碑"的"沉默""憋着"反衬出日本政要参拜靖国神社的丑恶嘴脸,也表达出诗人内心的愤怒、不平,以及对侵略者无视历史的谴责。

　　梁钺的诗歌在描述现实的基础上往往反映着历史,《纪念碑》一诗,诗人通过将纪念碑拟人化,写出了受侵略的人民的愤怒与悲伤,表达出对刻意忘记历史的侵略者的谴责。梁钺的诗歌中满满都是对祖国深沉的爱,他对祖国受到侵略的历史感到十分悲痛,对无悔改之意的侵略者给予强烈的谴责。他为心中热爱的祖国发声,为受侵略的死难人民发声,这样的他发出的声音是最洪亮的。

（于　悦）

寒　川

寒川，1950年生于广东澄海，祖籍福建金门。担任新加坡、中国等地的宗乡团体与文教组织理事或顾问，主编印尼国际日报《东盟文艺》与印华日报《东盟园地》副刊，已出版著作20种，主编文选7种。

高粱三题

（一）

初尝高粱

那么一小杯

第一口燃烧在咽喉

"曾祖父是这样喝走的吗？"

还没来得及心悸

甚至拒饮

同桌的文人雅士

便一杯又一杯地

迅速往我嘴里送

58度的金门高粱不是

喝了三大瓶也不醉的白啤酒

舌头毕竟未能阻拦

排山倒海而来的乡情

"没有金门人不喝酒"

"不饮高粱"

忘了哪一位乡亲说的

那夜,我终于不能不喝酒
不饮金门高粱

(二)

返乡后归来
每一次总带回高粱一瓶
亲人的挂念
朋友的祝福
沉甸甸地
高粱让我在醺醺然的雨夜里
想着远方的那一座岛屿
等待黎明唤醒

如果少时不离乡
我会在哪里
金门?　抑或台北
我终于发现
海岛的孤独。在众人离去
又回来之后
依然静寂

(三)

就在母亲的村庄
那里有金灿灿一片的高粱

风吹过后
这才发现这片高粱也够醉人
黄昏,我就爱静静地伫立
看晚风中诗意摇摆的
高粱

还乡,终究是一阕阕委婉的托词

风狮爷不老

高粱酒香阵阵

二舅菜园前的那头黄牛

而今在哪里？

罢了罢了

我终于不得不承认

喝过村子那口老井的水

返乡是一条无休止的路

纵使悽悽惨惨戚戚

几代血缘地缘

岂能如此潇洒地

便可切割

🌴 诗歌赏析

　　《高粱三题》组诗是诗人饮高粱酒后层层递进式的回味，以此纾解心头血缘地缘之情。初尝高粱酒，火辣的滋味"燃烧在喉头"，道出"排山倒海"的乡愁，从此牵扯出高粱与乡情千丝万缕的联系。"返乡后归来"，诗人总是要带着高粱酒，品"亲人的挂念，朋友的祝福"，高粱酒弥散于诗人心间，从醇厚的酒香中，找回对老家的记忆。从《高粱三题》可见，诗人寄情于物，以高粱酒象征家乡的人与景，从对高粱酒层叠式的雕琢，递推思乡之情。诗人笔下，"还乡，终究是一阕阕委婉的托词""返乡是一条无休止的路"，心路历程崎岖艰难跃然纸上，即便如此，诗人也难以轻易割舍几代人的血缘地缘。诗人娓娓道来内心纠结的情绪，返乡艰难的郁闷与思乡心切的急迫相互夹杂、缠绕，令人郁结，情难自禁，而高粱酒正是化解心中苦楚的良药。无论是高粱酒映射家乡的风景人情，还是寄托诗人的思乡之意，都被诗人赋予深层含义，形与情的融合内化于心，成为诗人内心寄托。《高粱三题》立足于现实生活有感，诗人对宏观与细腻事件的描写都如抽丝剥茧般推进，诉说内心感受。寒川创作心境开阔，诗歌立意涉猎广泛，有关注自身的乡土情怀，还有心怀人类命运的胸怀，缓缓诉说直抵内心深处。

（孔舒仪）

郭永秀

郭永秀,1951 年生,新加坡工艺教育学院电子信息科讲师。当地知名诗人、音乐家。现任新加坡五月诗社社长、作家协会理事、作曲家协会会长、东艺合唱团音乐总监兼指挥,历任新加坡及外地文艺创作、音乐创作、器乐及声乐比赛评审。他擅长作词、写诗、作曲、摄影,把各种艺术融汇成视觉艺术及多媒体。出版了五本诗集、一本散文集、一本音乐评论集及一本创作歌曲集。诗集《筷子的故事》曾获新加坡书籍节诗歌组高度表扬奖,他的许多诗作被选入各国的诗选、诗歌词典及中学、大学教科书中。

登泰山

2011 年 10 月 8 日到青岛大学出席了东南亚诗人大会之后,与众诗友们一同到泰山游览。

秋的剃刀
徐徐削过我们的颜面
削不去,胸膛中那一道火
来自赤道的汉子
在仰望之中
看到了儿时一个巍峨的影子
一个无法置信的梦

泰山老奶奶,玉手一挥①
许多耸立的肩膀
把蓝天高高撑起
撑起,我们内心的骄傲

五岳之首,俯瞰人间
悲喜沧桑,缆车
轻轻托起我们的敬仰
南天门为我们敞开
天街,蜿蜒在脚下
未了轩,了却未了的心愿
玉皇顶浓浓的香火
轻拂拥挤的虔诚

我转身,环视群山
天下,不过是我足下
几道过眼的云烟……

🌴 诗歌赏析

　　《登泰山》将泰山拟人化,视之为诗人梦中敬畏仰望的一道恋影,描写出
诗人与诗友们同登泰山时心中的激动之情与敬仰之意。冷冽的寒风都抵不
住诗人想要攀登泰山的火热的内心,在山底仰望泰山时,似乎看到儿时的梦
想正在逐步实现。第二节中引用的泰山奶奶的故事,将古典文化与现代相
联系。五岳之首的泰山巍然耸立,犹如祖国的奋勇崛起,同时也带给我们自
信与骄傲。"南天门""未了轩""玉皇顶"等一个个事物都孕育着一步步攀登
的诗人内心的崇敬与虔诚。而在泰山的顶端,诗人环顾四周,大有"会当凌
绝顶,一览众山小"的豪迈与自信。总的来说,诗歌运用拟人、化用诗句、引
用典故,都是在将中国的古典文化融汇其中,与现实生活紧紧相连。

————————————

① 相传泰山老奶奶是管理泰山的山神。

郭永秀认为:"本地的现代诗是一个在传统基础上求新求变的过程和结果,并非盲目地扬弃传统、标新立异。而是向西方学习,从写作技巧和题材上创新,然后丰富传统,产生自己的风格和特色。"因而在他的诗歌中秉持着锻接古典与现代的理念,在一首首诗歌中表达出自己内心深处的种种情感。无论是对小人物命运的关怀,还是对大自然久久不断的崇敬与憧憬,抑或是对于现代人异化处境的忧心,郭永秀都用他自信敏感的笔触不断为我们书写着扣人心弦的曲曲篇章。

(金　莹)

成　君

　　成君,原名成泰忠,1951 年 6 月生于新加坡,祖籍广东番禺。毕业于南洋大学历史学系。新加坡文艺协会会长、前商务印书馆(新)有限公司董事总经理。成君以诗歌为主要创作体裁,著有诗集《河的独白》《淡淡的情愫》《地平线上的世界》《追逐生命中的光彩》《寻找种子的季节》。成君现主编《新加坡文艺》和《新加坡诗刊》两份文学刊物。2012 年获第 13 届亚细安文学奖。

河 的 独 白

在沉寂中消失
一桨一桨的波光
在沉寂中消失
点点鸽群的飞翔
在沉寂中消失
幢幢船影的浮荡

淘不尽墨黑的衣裳
深深地把身影埋藏
在这一刹那
几乎被判充军边疆

当再听见喧哗的时候
将是另一种迷蒙的梦幻

浓妆抹不去忧伤
欢笑掩不住惆怅

让巨手无情地抽拔
我身上的筋骨
深信身旁行行长阶
铭记百年来
我与潮汐的深情

破落的陌栈
在哀叹自身的年迈
只担心有朝一日
留不着半点遗言

想他风烛残年
想我要化作
反叛自然的偶像
使我　　无言
使我　　感伤

诗歌赏析

　　《河的独白》全诗共有六节，诗人将"河"拟人化，通过他的口来诉说诗人面对周围的人情日益淡薄，生活逐渐被物质追逐与奴役，精神生活不再欢欣喜悦的无奈和哀叹之情。诗歌一开头，诗人连用三个排比，将河边事物不断在沉寂中消失的情景一一展现在我们面前，而后出现的"墨黑的衣裳""埋藏""充军边疆"等词语就更深一步地展现了失去的青春。当再次听到喧闹时，无论怎样粉饰的五彩的天堂，都抹不去内心的忧伤与惆怅，此时诗人将诗歌的情感向悲伤靠拢。在诗歌的后三节，对现实变化的无奈，只想让自己铭记以往的回忆，"深情"一词表达了回忆的甜蜜与难以忘怀之情。陌栈对年迈的哀叹，对未留印记的遗憾，"风烛残年""反叛自然"等种种侵入内心，最终化为无言与感伤。总的来说，虽然诗歌在语言上稍显松散和不凝练，但却通过这些字句将这种感受传递到我们的内心之中，显示了诗人对自然的热爱，对逝去时光的留恋与不舍之情。

成君的诗歌将现代浪漫与古典风流融入其中，相互繁衍，生发出新的感官体验，激发出审美主体的各个意识。成君认为："写诗要有诗情，诗人要有理想；诗情要扎根在时代里，才能创作出至上的作品。"因而在他的诗歌中，我们总能看到诗人对于社会、时代的种种看法与思考。而他也用自己细腻的笔触为我们演奏着一曲曲动人的乐曲，带领我们一起进入他美好的精神世界。

（金　莹）

林 也

林也，原名林益华，1951 年 7 月 11 日生于新加坡，祖籍福建安溪龙门镇。1972 年毕业于新加坡南洋大学历史系。2001 年于陕西省楼观台入全真龙门派，拜中国道教协会会长任法融道长为师，道号兴华。五月诗社社员，诗作、小说等创作散见于国内外报刊。诗作《祖母，午安》被选入由台湾尔雅出版社诗人张默主编的《七十七年诗选》。著作有诗集《花串》（与张梦野合著）、《8 人诗集》、《彩色分析》。

播 种 的 时 候

实在不多
切不能失落一粒
看掌中种子三千
得十二三年方成材
组成防风林
（根，必然深深紧抱母亲胸膛一样的大地）

不消远眺
眼前总数廿三
竟不等于一
是九十九巴仙
豆芽之外的
E. T.
自然该数第二了

是严寒的西北风
绊住春的脚步么

是缺乏肥田
精英和利器么

(1987 年你我或徒增三岁)

快播种啊
在豆芽与豆芽之间
快播种吧
整颗的心去照顾
所有血汗去灌溉
即使你仅有夜晚
也请挑灯作业

现在是播种的时候
请
播
种
吧

后记：报读华校学童锐减至廿三名，所有学校逐步改革，1987 年起统一以英语教学，然学生仍受鼓励选择母语为第二语言，文化不辍。华文作为第二语言，共授字汇三千。

🌴 诗歌赏析

《播种的时候》中诗人看到华校学童锐减至二十三名，这样的数字是可怕的，这意味着此后孩子对华文的熟悉度会越来越低，取而代之的是英语的使用范围越来越广泛，而华文文化却无法得到传承，这让诗人心中的责任感和使命感顿时升起。诗人一遍一遍地呼吁"快播种吧",呼唤着华文教育能够被重视起来,目前只有二十三颗稚嫩的幼苗,这不多的种子,千万要认真对待,不能再遗失一颗,这幼苗需要精心地灌溉,让他们能够苗壮地成长。只有经过精心的培养,稚嫩的种子才能吸纳母亲的精华,传承母亲的精神。诗人在面临如此严峻形势之时依然没有放弃希望,诗人相信春天就在不远的未来,只要坚持不懈,用一丝不苟的精神去照料这些幼苗,用心头的鲜血去灌溉他们,未来的光明是可以期待的。这是诗人对华文文化的坚持,也是内心那份炙热的信仰的体现。诗人在这热情的呼吁中,挥洒着自己的心血。

　　林也的诗歌中饱含着传承传统文化的使命感,无论身处何方,心中所念的仍然是自己永远不变的根。语言是一种文化传承的载体,如果语言没有人学习,那么文化怎么可能得到传承和发扬?诗人看到华文学校只有二十三个学生时,内心受到极大的震荡:不应该是这样的,华文的天地怎么可以就只有这么几颗幼苗?所以诗人极力呼吁广泛播种,没有播种,就没有华文文化的未来。诗人不仅对文化的未来深深地忧心,对国家曾经遭受的磨难也铭记于心。不忘耻辱,才能更加奋进。林也的诗中透露出其人道主义的精神,以及他愿意为祖国文化奉献自己热血的决心。

（符丽娟）

李宁强

李宁强，1953 年 5 月 18 日生于新加坡，原籍福建金门。摄影与文学自由创作人，1970 年开始以笔名音涛创作诗文。历任新加坡电视新闻编辑、电视剧导演及监制近 30 年。现担任新加坡书写文学协会副会长、麦波申民众俱乐部摄影学会副主席，也是新加坡作家协会、五月诗社及新加坡文艺协会会员。2008 年，结合摄影与文学，开始进行一文一图创作。著有《相由心生》《千眼一点》《心田无疆》三本摄影文集及散文集《说从头》。

站立，在新加坡河口

天混沌
云推来推去
看见灯柱站起来
交出荒唐一夜
在母亲河的渡口
历史，湿淋淋

南来的舟
挂着思乡的帆
搁浅南岛河堤
包袱里一盏灯
亮了几个世纪

扎根的日子
河水忽深忽浅
岸上火把翻天覆地
摇晃的旗帜
五颜六色

说好的约定
其实是一厢情愿
西风一来,油尽灯枯
只有巴洛克式的经典
绅士般站立

🌴 诗歌赏析

《站立,在新加坡河口》一诗分为四节,通过对种种意象的描述,表现了对祖国大地的怀念之情。诗歌虽然没有直接点明,但诗句中蕴含着浓浓的乡愁。在诗的第一节中,描写了混沌的天,推来推去的云,灯柱的慢慢亮起,以及夜晚的降临。这一时间的推移,正如是作者对过去历史的回望:悠久,同时又带着多少人的血泪。诗中紧紧抓住"天""云""灯柱"的种种变化,将之与湿淋淋的历史相连,既贴合实际,又自然地表达对历史的态度。第二节描写在河里行驶的船。带着浓浓故乡的味道,给予在外的人们以温暖与光明。而在第三节中,紧接上节中船的搁浅,描写了舟扎根于此的种种经历,同时这也喻示着人们在外时的人生变幻。最后一节则通过舟的油尽灯枯,反映了在外的人们对于祖国的怀念与执着。诗歌以舟的经历来表现人们所处的环境,两者既有相似之处,同时也有深刻的寓意,让人为之共鸣。

诗人李宁强爱称自己为"摄影与文学自由创作人",他的诗歌创作中时常结合他摄影时的点点要领,让我们在诗歌中领略其图像般的情景呈现,同时诗歌的字里行间也流露出诗人内心深处的缕缕情丝,带给我们美好而雅致的精神享受。

(金　莹)

胡春来

胡春来,笔名雁来红,1955 年 10 月 22 日生于新加坡,擅长散文、散文诗、诗歌创作,著作有散文集《回故乡喝杯茶》《喜鹊登窝》,散文诗集《紫薇望月》《牡丹紫嫣红》等。现任新加坡文艺协会总务。

月圆在元宵

天上月圆
碗里汤圆
团圆在我多彩的梦里
慰藉着写满元宵的脸庞

月圆,把悲欢离合的相聚
陶醉在拊心温馨的完美里

汤圆,把所有的憧憬甜在嘴里
是心中一轮明月
升在温暖的天空

这是元宵的月圆
这是元宵的汤圆
月圆有约,思念在心田
汤圆有梦,平安又一年

挂满牛车水璀璨的灯饰

逗得执着的传统张狂地笑

鞭炮一串串,满满的喜悦在你我心中乱撞

火树银花,燃烧出一片祝愿

夜空洒下红雪

缤纷亮丽像春天的雪花飘逸出古雅情怀

元宵就像不醒的梦永远繁衍着幸福

一夜喜气弥漫

瞬间所有的人仿佛忘了生活的驮重

俄然一顿推挤

把梦想推进欲望当中

然后让酡红的笑声如桃花吐红般盛开

我以为古时的元宵才浪漫

今夜她溜出一脸腼腆回眸

让我不知所措!

才子佳人如何邂逅在那灯火阑珊处?

🌴 诗歌赏析

　　《月圆在元宵》是一首元宵节的颂歌。全诗以"月亮"和"汤圆"两个极具象征意味的意象为中心,铺展了诗人对元宵节合家团聚的温馨氛围的沉醉与喜爱。诗歌前四节形式排列齐整,具备"建筑美"的形式美感,以"月亮"和"汤圆"做对仗,将明月夜里合家团圆的人们齐聚一堂,人人手捧一碗热腾腾的汤圆的节日画卷和盘托出,富有生活写实的意味,让读者有较强的代入感。而未能如期而至、守约团圆的亲朋,也只能在异地与独守故地的旧人共赏一轮月,共食一种汤圆来遥寄思念之情。诗歌第五六节精工细描了元宵节盛大热闹的场面,"挂满牛车水璀璨的灯饰""鞭炮一串串""夜空洒下红雪""酡红的笑声"等无不显示了节日的喜气氛围。诗人还注意将人与景有机地结合起来,壮丽的景色与人们喜悦的心情融为一体,更凸显了元宵之夜的魅力。末一节,诗人从热闹的氛围中跳出来,把笔触伸向古时的元宵记载,古与今的交相辉映中,元宵节这一传统佳节的魅力依旧不减,其对人类精神上所产生的愉悦享受与内心中所形成的美好希冀仍具备不灭的价值和意义。

《月圆在元宵》寄托了诗人对心中所念之人的深切思恋,但这种情感不是平铺直叙的,而是常常通过一个意象来凝会情思。胡春来非常注重意象的择取和环境气氛的营造,"月亮"和"汤圆"较为典型地代表着悲欢离合的情感,诗人赋予它深刻的情感内涵。情与景的交融则是胡春来诗歌创作的另一重要艺术特色。

(岳寒飞)

芊　华

　　芊华,原名黄明贞,1957 年 1 月生于新加坡,祖籍福建金门。新加坡作家协会会员,世界华文微型小说研究会会员,赤道风出版社社长,《赤道风》四月刊出版人。诗作曾编入选集、大系、诗历。

梦幻团圆

那酸酸、酸酸的
一点一滴的乡愁
爬进碗　浮动着了
黑啤的醇香
倾倒在醉梦中
金门的母亲摇摇晃晃走来
我唤声长长的娘
双脚已酩酊
门外挂一串摆荡着的相思
爆响除夕的号啕

🌴 诗 歌 赏 析

　　这首《梦幻团圆》表达了诗人对母亲的思念,对家乡的乡愁。首先,诗人将乡愁化作眼泪,却不用"眼泪"作为直接意象而是巧妙地将"眼泪"给人的感官感受"酸酸的"和其形象"一点一滴"与诗歌主题"乡愁"相结合,使得"乡愁"给人的冲击力更加强烈。然后,饱含"眼泪"的"乡愁"顺着黑啤转化为团圆的梦。于是,"母亲"与"我"照应诗题"梦幻团圆",诗歌由抒情转为描写,母女的团聚构成一幅朦胧而短暂的幸福画面。最后,一声声的炮响惊醒了诗人的梦,从梦境回到现实,"相思"对应"乡愁",喜庆的鞭炮声变成"嚎啕声"。原来,这是一个阖家团圆的共迎新年的除夕夜,但在这个热闹的欢乐的夜晚,诗人却只能苦苦思念亲人与家乡。除夕夜的团圆和诗人的相思构成对比,诗人的美满梦境与残酷的现实构成对比,通过双重对比,诗人表达着对家人的思念和浓烈的乡愁。

芊华的这首诗,表达的是适逢佳节对故乡与亲人的怀念,书写了生命造化的无情与无奈。这首与故乡和母亲有关的诗,是诗人心中乡愁与情感在时间的提炼下产生的一瓶精神与艺术的精油。

(任金刚)

希尼尔

希尼尔,1957 年出生于新加坡,祖籍广东揭阳。现为新加坡作家协会荣誉会长,世界华文微型小说研究会副会长。曾获得新加坡文学奖、国家文化奖、东南亚文学奖、方修文学奖、国际潮人文学奖、小小说金麻雀奖及世界华文微型小说双年奖等。著有诗集《绑架岁月》《轻信莫疑》,微型小说集《生命里难以承受的重》《认真面具》《恋恋浮城》等,编有《新加坡当代华文文学作品选·小说卷》《五月情诗选》等。

土地印象

竟然,我迷失了方向
在这片熟悉的土地上

有一种悲凉
沁入心脾

有一种荒凉
蔓延在当年车水马龙的街坊

似水流年,数十载一晃,人生如画
画如人生,一晃数十载,流年似水

不知是谁
趁邻里不留神时

换了幅现代画景
换来了荒凉

一定有人
忘了补上一笔
那说书人的老榕树

一定有人
把童年的烂泥塘
给填满了

也许,呵,也许有人
把来时路
一不小心
给涂掉咯

🌴 诗歌赏析

　　希尼尔将城市与乡土的碰撞寓于《土地印象》。城市空间挤压乡土生活是当前时代发展的常态,象征着社会进步,但也带来了传统乡土淡化的失落。城市与乡村生态在这首诗中发生了置换,繁华的城市在诗人笔下以"荒凉""悲凉"形容,乡村则是"车水马龙"的印象图景,折射诗人对土地印象消逝的忧虑。现代化是城市文化发展的必然趋势,但存在着其与乡村文明是共存共生,还是互不相容无法碰撞出火花的问题。历史的经验表明,城市的发生与发展建立于农村文明的基础之上,一定程度而言,城市化离不开乡土提供的文化积淀与物质力量,一味着眼钢筋水泥的城市而忽视了原生态的乡土,无异于涸泽而渔,不仅失去了社会前行的文化根基,也无法找寻未来的发展方向。因此,诗人感慨着"荒凉/蔓延在当年车水马龙的街坊/换了幅现代画景/换来了荒凉",这样的生活图景显然跳脱于现代化的现实与愿景。诗的末尾,诗人以"也许有人……"收场,呼吁人们在日新月异的城市化进程中,不忘初心,保持最本真的追求,保留乡土世界的一份纯粹记忆。

希尼尔的写作着眼于现实际遇，以写实见长。他对现实的叙述与描摹，看似漫不经心，实则融于内心真实感受，《土地印象》是他关照现实的写作，直指人生存境遇背后的关怀。

（孔舒仪）

董农政

董农政，1958 年生于中国福州。中学时期开始文艺创作。1977 年起获得多项全国诗歌创作比赛大奖。书写各类文体。曾任《南洋商报》《联合晚报（副刊）》编辑，是晚报文艺版《晚风》《文艺》创刊主编。现为中天文化学会顾问、新加坡作家协会受邀理事、五月诗社会员、世界华文微型小说学会会员。编过作协刊物《微型小说季刊》，编选《跨世纪微型小说选》。著有诗集、摄影诗集、微型散文合集、微型小说集及七人合集。

抽离的重量——焚寄周梦蝶

你的重量
镇在一方净土
布满梦诗长大的素蝶
带着瘦而不弱的大袍
鼓鼓的
鼓鼓地说一些偈说一些谛
孤独了吗
还魂草的根紧抓南昌街每一卷诗或不诗之间的
呼，吸
以及每一个路过的约会
有一个落寞落单了，远去了
却没有寡寡烟雨
风耳楼外
你种了十三朵白菊花

摘了十四朵
朵朵皆养活楚楚小楷
可你偏在撇捺处
静静将中锋抽离纸面
轻轻

🌴 诗歌赏析

　　这一首《抽离的重量》中，这重量是灵魂的重量，它离开充满人间烟火的世界，进入思想的深处——"一方净土"，那里布满了"梦诗长大的蝴蝶"，和一个消瘦之人，身着长袍。在这里，"孤独"充满了禅意，而"诗"在每一个"呼"与"吸"之间，在每一个错过的约会中，慢慢发生。你的思想首先幻化成洁白的"菊"，并且在笔锋行走时戛然而止。在这一方净土之中，一切都是那么的干净、那么的随性、那么的充满禅与诗的气息。而这"轻轻"的一切，便是灵魂，便是繁重肉身中抽离出的那一份纯粹的重量。诗人董农政的诗最大的特色就是那充盈在字里行间的玄妙的思想。诗人将自己的思索落脚在时间与历史之上，取一瓢人世间的孤旅，将渺小的个人经验置于无限的时空当中，在这样的对比中表达自己的哲学与诗学之思。

（任金刚）

伍 木

伍木，原名张森林，1961年生于新加坡，祖籍福建晋江。北京师范大学文学学士，新加坡国立大学文学硕士，南洋理工大学中文系博士候选人，新跃社科大学中文部客座讲师。著有诗集《十灭》《等待西安》《伍木短诗选》，散文集《无弦月》，诗与微型小说合集《登泰山赋》，文学评论集《至性的移情》等。编有《新华文学大系·短篇小说集》《新华文学大系·诗歌集》（与欧清池合编）和《五月诗选三十家》（与郭永秀合编）。

断　奶

摘下，一株火花于五月天
一首诗在贫瘠的土壤中何从生长

忽然你闻到湮远的书香
举目竟欲叩辉煌的古宫殿无门
你仅能以多角度的单眼
在黑暗包围的晕黄下
重建自己

重建自己，但并非复写自己
在淫雨肆虐的季节，热情全盘熄灭
在瘟疫盛行的年代，众人惶惶奔走
那久废的城堡，不堪，你是被唾弃的遗民

一阵风,吹醒许多绝症的坏消息

千年恨事莫过于一朝断奶。不足岁
你是多代的单传,太早遇到断奶的苦恼
临渊,临渊你顿成一头没有姓氏的兽
一把无从溯源的
灵魂

🌴 诗歌赏析

　　《断奶》通过对种种环境的描写表达了海外华人处于传统的失落和历史断裂的可悲境遇。诗歌一开头描写了"一株火花""一首诗"未能找到生长的空间,以及叩古宫殿而无门,只能在黑暗的映衬下重建自己的种种情景。而重建的自己,热情已无。在不同的环境之中,只会有着被唾弃、被遗忘的感觉,因而更让人感到悲痛。"千年恨事莫过于一朝断奶。不足岁/你是多代的单传,太早遇到断奶的苦恼",诗句中无论是"不足岁",还是"多代的单传",都是出自根的文化,但它在异域的土地上,受着异域文化的影响,似乎已不再是原本的模样,因而只能成为"一头没有姓氏的兽/一把无从溯源的灵魂"。因而,诗歌以婴儿断奶来喻示海外华人的文化境遇。同时诗人也是想要通过这种现象的呈现,来传达自己希望现状改变以及更好感受祖国文化传统的迫切之情。

(金　莹)

李茀民

李茀民,笔名木子,1963 年 11 月生于新加坡,祖籍广东丰顺。新加坡国立大学硕士,复旦大学博士。现任联合国际学院副教授、中美国际学院兼任教授。著有《清虞山诗派诗论初探》,杂文《我有话要说》两辑、《有病呻吟集》,小说《木子小说》,诗歌《中国泥人》《诗有别趣》,散文《真心恋歌》,歌词导读《组句成词》。业余从事词曲创作,作品如影视剧主题曲《雾锁南洋》《舞榭歌台》《咖啡乌》《鹤啸九天》《贫穷富爸爸》,国庆歌曲《家》《全心祝福》等。

甘草菊花

菊花
整个秋天的萧瑟
盛开在最美丽的花瓣
一生一世的爱恋
静静地,只能插在
长满皱纹的坟上

甘草
我是悲伤的化石
笑着对你解释
甘甜的意思
请你不要探测
我干枯前的音容

寂寞的颜色
就是我死去时的颜色

甘草菊花
你的美丽错在一念之差
我的寂寞对准万劫不复
至于爱情
在一次一次水深火热之后
终于弃尸垃圾槽
浮肿的寥落里
还有一丝丝,甜甜的
相思的味道

诗歌赏析

  《甘草菊花》全诗共分为三小节,分别从"菊花""甘草""甘草菊花"三个方面入手,表现对爱情的祭奠。"菊花"是一秋之最,只可惜秋天萧瑟,正如"夕阳无限好,只是近黄昏",菊花也只能是对爱恋最好的悼念。"甘草"虽有药物的裨益,却形如枯槁,状如死灰。甘草和菊花,虽美好,却不合时宜;作者以花草作喻,来表达对没有结果的爱情的嗟叹,虽回味香甜,却终将抛弃。

(吴 悦)

黄明恭

黄明恭,笔名廷江,1964 年生,是新加坡一名精通两种语言的精神科医生。目前在伊丽莎白医疗中心设有诊所。习惯以中文写作,年轻时候曾获得本地的一些文学创作奖项,出版过诗集《我还在梦的斜坡上奔跑》,散文与小说合集《光海迷航》,散文集《切片报告》。作品曾入选世华文学研创会出版的诗歌集、散文集和微型小说集,参与《书写文学》的编委工作。

切 片 报 告

如果一座城市如是繁华
却得了不治之症
谁来为她写
一篇又一篇的切片报告
一纸又一纸的社会诊断书

纵然那只是
一个小小的横切面而已

做切片时要乖乖不动
让医生可以顺利抽取样本
人们习惯在闹市中
大规模地移动。谁来捡拾

城市生活的真实碎片
每天逆着众人的方向
风以一把利刃
将岛上的大树屋瓦肢解
有些感受像刀锋削脸

谁陪我打捞时光残骸？不远处海上
漂浮着沉没船只的碎片

是一把冰冷的手术刀吧
不带一丝感情
即使能横切纵剖
也只是触及生理结构
在一个资讯碎片化的时代

但愿一个个小小的横切面
也是一个纵向的过程

诗歌赏析

　　这首《切片报告》是诗人对现代都市的一种深刻的思索，其特别之处在于将繁华的都市比作一个病入膏肓的病人——"繁华"是一种"不治之症"。然而身处问题重重的都市之中的人，却几乎不能察觉这繁华背后的问题，他们只是"习惯在热闹中／大规模地移动"，在每天的行色匆匆当中，不可能感知那城市的生活其实早就变成了"真实的碎片"了。于是在诗人的心里，开始怀恋其渴望重现的时光，但是那已经是需要打捞的"时光残骸"。所幸它还拥有锋利的刀刃，如"一把冰冷的手术刀"，为这得了不治之症的城市做一个"切片"。虽不能直达病灶，但也能作为一个时代的"横切面"，拥有一些意义。

　　从黄明恭的这首诗中，可以看见其对现代都市和现代都市中的人的生存状态是有着深切的思索的。他犀利的笔触已洞见并触及现代社会病灶的深处,但也同时对于这样一种病态的都市病有着一种无可奈何的无奈感。但无论如何这就是这个时代的特征,这就是真相,就是现实。诗人用他的笔直面着惨淡的人生,勇敢地揭示着真实。

（任金刚）

语　凡

　　语凡，原名曾国平，1964 年 4 月生，新加坡人，新加坡文艺协会理事，锡山文艺理事，现为会计师。曾经出版诗集《逝去的羽光》，散文诗集《语凡散文诗选》，诗文在《新加坡早报》《文艺城》《新加坡文艺》《新加坡诗刊》《赤道风》《大士文艺》《锡山文艺》《热带文学》《新华文学》《书写文学半年刊》，台湾《葡萄园诗刊》《海星诗刊》《野姜花诗刊》《创世纪诗刊》《吹鼓吹诗刊》《卫生纸诗刊》《新诗报》《乾坤诗刊》《有荷文艺杂志》《台客诗刊》，香港《声韵诗刊》，印尼《东盟园地》，马来西亚《清流》等刊物上发表。人如其名，诗亦如其名，"从春天就喜欢写诗，一转眼就已经秋天，秋天来了，还是多写诗吧"，诗人如是说。

还有一口烟

抽烟的光头女人
抽着生命的最后一刻
天花板压向她的床和
她好像睡了两百年的床单

她不挣扎
只用烟头的星火
对命运嘲笑

她不是没有鲜花般的年轻过
那一年她一口就可以

喝下一缸 tequila

如今她等待自己成白骨
在寂寞的夜里
慢慢地爬
爬向自己的坟墓

🌴 诗歌赏析

　　如果说一个人的时间是从诞生开始的,那么语凡的这首诗的时间则始于"已死"或"濒死"。在《还有一口烟》中,一开始女人就已经光头,"抽着生命的最后一刻"。她有过鲜花一般的年纪,可以一口喝下一缸 tequila(龙舌兰酒)。但"如今她等待自己成白骨",已是一个等待死亡的濒死者。她的呼吸和她手中的烟一样,都只"还有一口"罢了。在《还有一口烟》的结尾,诗人写道:"如今她等待自己成白骨/在寂寞的夜里/慢慢地爬/爬向自己的坟墓。"通过"夜""坟墓"等意象可见,诗人在将"时间"与"死亡"完美地融合。在这里,诗人对生活有着一种类似于存在主义的哲思。当然,我们看不到一种消极主义的姿态,取而代之的是一种作为生活的在场者和反思者的严肃思辨。

（任金刚）

邹　璐

邹璐,1970 年生,满族,祖籍辽宁,现定居新加坡。主要从事文学创作和文史研究。创作题材包括现代诗、散文、随笔、纪实文学等,此外也有口述历史、人物专访等。2006 年开始写作,后陆续在新加坡及海内外报刊发表文章,参与编撰及主编刊物多本。新加坡首个华文文化网站"随笔南洋网"联合创办人,新加坡教育部受邀"驻校作家"。2012 年应邀赴法国巴黎参加国际诗歌节,2012、2013 年新加坡国际作家节推荐作家。

不安分的孩子

那些不安分的孩子,他们离开了故乡
那些旅行者他们要找寻传说中的远方

我们的时代滋长着漂洋过海的向往
背井离乡就是当年愿赌服输的代价

大地上永远都有这样不安分的孩子
离开故乡不因为背叛,不因为躲藏

在最美好的季节,我们回到故乡
春天的山坡上,桃花满枝,梨花如雪
风吹过,那花瓣雨啊,落在年轻的肩膀
一声乡音的呼唤,热热的泪,划过脸庞

诗歌赏析

　　《不安分的孩子》全诗共分为四节。诗的第一句便点题且交代了"不安分的孩子"特指的人群,便是离开故乡去找寻远方梦想的人们。作者在第二节也交代了自己成长的时代背景,在作者生活的时代人人都向往漂洋过海,这是去寻找自己的梦想或者是愿赌服输的代价。而第三节也说明了这个背井离乡的现象并不仅仅存在于他们那个时代,在各个时代都有。同时也说明这样做的原因并不是躲避或是背叛。全诗的第四节作者进行了对比反转,描述了背井离乡的人们在最美好的时刻回到故乡的场景,"春天""桃花""梨花"无一不是最美好的象征,而那么一句乡音的呼唤,早就可以轻而易举地触动这些"不安分的孩子们"的心弦,在表达作者对故乡思念之情的同时整首诗歌也得到了升华。

　　诗人的诗歌表达了故乡之情,可见诗人十分擅长用自己真实的想法与心情来丰富一首诗歌,作者感情充沛、语言干练,更能让读者体会到与故乡的亲密感情。

（王思佳）

刘瑞金

刘瑞金,1971 年 10 月生于新加坡,祖籍福建同安。新加坡作家协会副会长,《新华文学》总编辑。创作以诗歌和散文为主,已出版的著作包括诗集《若是有情》《用一种回忆拼凑叫神话》及散文集《众山围绕》,主编《新加坡的 99 幅文学风景》《新马高铁之微型小说》等。1999 年获国家艺术理事会颁发青年艺术奖(文学),并且同时担任驻校作家、创意写作计划导师,以及多项文艺创作比赛评委等。

木 雕

你站在下雨的车站
像一尊木雕等候
双眼投注在来往的车流
好像在摇头拒绝
一切的感动

我撑着一把纸伞
心里想着
要不然就这等模样
一起站立成木雕

然而木雕却比
纸还易碎

　　《木雕》这首诗平静得就像是高山顶上的一湾湖水,清澈而安稳。"雨""木雕""等候"等意象共同参与营造了这首诗这样一份明净内敛的气质。但再细读此诗,你便会发现这表面平静如少女之眸的湖水,底下却是暗流涌动,充满着张力的。"木雕"般的"等候"和"来往的车流"是形成动静对比的画面,而"木雕"原本的坚硬和事实上的却比"纸还易碎",则又渲染出了一种事与愿违的无奈之感。这种无可奈何之感,其实早就小心翼翼地贯穿在了整首诗的始终。第一小节的"好像在摇头拒绝/一切的感动",第二小节的"我撑着一把纸伞/心里想着/要不然就这等模样/一起站立成木雕",一个"好像"和一个"要不然"早已经透露出了内心的犹疑,因为"木雕"原本传统的所指已在现代的"车流"中被逐渐消解,变得十分易碎。在这首表面平静而内在又充满情感和思辨张力的诗歌中,诗人以一种不动声色的姿态对现实生活进行了现代性的观照与反思。

　　刘瑞金的诗歌语言是娓娓道来式的,给人一种沉稳的印象。它是一种自我言说,却又没有自白派的那种失落的情绪,而是对生活的一种正面的观照,在缓缓的倾诉和温和的表达中实现对现代生活感受和思考的输出,同时还带有一丝丝使人感受良好的温度。

(任金刚)

陈志锐

陈志锐，副教授，于台湾师范大学修读国文学系，英国莱斯特大学商业管理硕士，新加坡国大英国文学硕士及剑桥大学汉学博士。现为新加坡华文教研中心院长（研究与发展），国立教育学院亚洲语言文化学部代副主任、终身教授、博士生导师。曾获新加坡金笔奖，全国青年短篇小说、散文征文奖，国家青年艺术家奖、新加坡杰出青年奖、方修文学奖、陈之初博士美术奖。撰写并主编的华文创作、中英文学术论著逾 20 种。

最后以后的牛车水

再也没有最后了
牛车早已经绝迹
水随时间蒸发成说古的
口沫

横飞
的是先贤馆里头的先贤
地茂馆里头的垂涎
当五湖四海的脾脏
到这里寻索家乡的
口味，新移民的锅铲
决定在这里
孵下味蕾的卵

所以再也没有最后了
只有以后
只有第一
当旧店屋老店铺易主
之前的那间
传统的口味
即刻失传
瞬间就有了
新的开张
重头的传承
在最后以后的
牛车水

诗歌赏析

《最后以后的牛车水》通过时间脉络,追忆牛车水命名的历史,揭露了多年以来牛车水的转变,并对这种转变表示痛心。全诗共分为三节,第一节以"再也没有最后"首先点题,通过现实中传统的运"水"的"牛车"消失在历史之中,反映现如今牛车水由传统的唐人街到现代化的购物中心的变化。第二节,更加直接地将"先贤馆"与"地茂馆","先贤"同"垂涎"进行对比,反映先贤馆这样的文化展馆反而不如饭馆更受人瞩目的事实。也解释了牛车水逐渐变化为现在这样一个购物美食商贸中心的原因,为下一节做了铺垫。最后一节之中,再次以"没有最后""只有以后"点题,再以"传统的"和"新的"进行对比,传统的失传与新的开张、重头的传承,形成鲜明对比,体现了现如今新加坡传统文化的流失。诗人以"牛车水"的改变反映新加坡的改变,以小见大,明确地指出了新加坡在发展中逐渐丢失的传统文化与风味,并对这种现象表达出了失望和痛心。

陈志锐的诗歌往往是立足于现实的生活之中,像《最后以后的牛车水》这样,通过对现实的描写对比,衬托出传统的、旧的生活中的美好。同时体现了现代生活中生活水平的提高带来的人情的淡漠、人心的浮躁,旧的、传统的东西纷纷被新的替代,新一代的年轻人对旧的、传统的东西逐渐失去了解,传统就此失落。诗人在诗中对于这种现象表达出了十分的惋惜和失望,并且表达出了希望新一代的年轻人多去关注深层次的文化和传统方面的东西,不要被表面的浮华所迷惑的思想。

（于　悦）

周德成

周德成，1973年生于新加坡，创作现代诗、小说和散文，曾获2014年新加坡文学奖及2009年金笔奖。英国剑桥大学亚洲学博士生，前新加坡国大中文系兼任讲师、南洋大学教育学院特任讲师，现为新加坡作家协会受邀理事、书法家协会评议员、历届新加坡作家节及2014伦敦图书展新加坡推荐作家等。2012年出版诗集《你和我的故事》，其中有诗译成英、法文，参加2012年巴黎诗歌节，并为欧洲艺术家编成后现代音乐、短片和绘画艺术。2015年组诗《五种孤独与静默》改编成动漫短片，院线公映，2017年另五首诗为拉萨艺术学院学生改编成七部短片。

纪念日

黑夜的寂寞只有夜空知道
寂寞的热闹只有黑暗知道

烟火的璀璨只有千万眼睛知道
万家灯火只有孤独的萤火虫知道

而昨天的余味只有今天知道
今日的结尾只有明日知道

🌴 诗歌赏析

"昨天的余味只有今天知道/今日的结尾只有明日知道",诗人记录下的《纪念日》并非特定具有纪念意义的日子,而是人生度过的每一日。生活具有两面性,辉煌与失落相互交替,热闹与寂寞互为映衬,但人生经历的每一日都不尽相同,有其特殊的意义。诗人在《纪念日》中诉说,我们无法预知未知的明天,当今天来临时才能感受昨日的滋味,明日才能懂得今日的经历,唯有珍惜每一个当下,发掘其中的意义与价值,才不算辜负人生赋予我们的历练。诗人感悟生活的同时,亦在警醒年轻人,无论处于人生的何种阶段,成功或是失落的经历都是履历中重要的一笔,认真对待自己的生活,赋予其纪念意义,充实自我人生。

周德成的创作体现多元化的风格,既善于捕捉生活细节,又立足于细腻的情感。现实生活情景于寥寥数语中随意勾勒,诗人写情并不止于情,情景交融体现了诗人敏感细腻的情绪。

(孔舒仪)

舒　然

舒然,1974 年 12 月 24 日生,新加坡华侨,艺术策展人、诗人。现为国际汉语诗歌协会理事、新加坡锡山文艺理事、新加坡新声诗社艺术顾问、东南亚华文诗人笔会会员、新加坡文艺协会会员、新加坡美术总会会员。诗作近年来散见于海内外文学期刊和报章,如新加坡《联合早报》《新华文学》《五月诗刊》,印尼《东盟文艺》《东盟园地》及香港《流派诗刊》等。作品获选收入《新加坡诗刊》《2015 文字现象》《中国诗选 2017》《世纪诗典》及《中国诗人生日大典》等,且多次被国内网媒报刊登载,如《中外艺术家》《今日头条》《诗歌之城》《女诗人》《海子诗社》等。首部诗集《以诗为铭》于 2016 年 5 月出版,封面题字为国际著名诗人洛夫先生。

生姜酒

我们谈生姜与酒
用火辣的语言
谈在酒里发酵的时间
和生长在地里的暧昧

我们吃大雁的肉
吃它远行的理想
我们看游弋的蛇行
兑换成你腰际的舞蹈

我们相逢并彼此温暖
生活和身体一样沉重
我们画玄色的曲线
让它溶入血色的黄昏

诗歌赏析

　　《生姜酒》全诗分为三节,诗人通过种种描写来表现与友人相遇、相知时的融洽与愉悦之情。第一节中诗人紧紧切合题目中的生姜、酒来描述,抓住两者的共同之处——火辣之感,然后贴合其各自的特征——发酵,生长于地来表现诗人与友人交谈时间之长,共鸣产生之多的和睦景象。而在第二节,首句写吃"大雁"这种野味的粤地风俗,看似毫无诗意、毫无关联,却在下一句化腐朽为神奇——"吃它远行的理想",一方面既贴合了大雁的特质,另一方面又将"吃"与"远行的理想"相搭配,使俗事继而变为雅兴,富有浓厚的诗意。后两句诗中也采用相似的手法,描写友人的细腰如同蛇一般曲尽动感与美态,而关联其中的"兑换"更显其诗歌的韵味。而在末节,诗人回到与友人的相处之中,虽然面对着沉重的生活,但诗人认为与友人的相处愉悦让人忘记了时间,忘记了烦恼,体现出诗人的喜悦与慰藉。舒然曾说自己的诗观是"灵魂内长出珍珠,格调里开出彩虹"。而她也是这么做的,她热爱中国古典文化,她在诗经楚辞中穿越,又将唐诗宋词与时尚新潮对接,她在歌颂中吟咏,又在乡愁中遣怀。

（金　莹）

穆 军

穆军,生于中国陕西,1987年毕业自陕西师范大学中文系。2000年底移居新加坡,2006年获南洋理工大学国立教育学院教育学硕士学位,现为新加坡公民。现任中学华文教师,新加坡作家协会理事,新加坡教育部推广华文学习委员会阅读与写作组委派驻校作家。出版过散文集《走近狮城》《生命中的温差》《爱的礼物》,诗集《秀色诗篇》。

再见,我的远方

你与我若即若离
一会儿擦肩而过
一会儿阴差阳错
仿佛近在咫尺
又恍若千里之隔
当初你吸引我的一见钟情
如今啊
你依然牵着我痴恋的歌

念你追你的路程上
时光将我雕成憔悴的模样
只有你深藏着
那闪亮的青春和一路绮丽风光
你的名字
是我的远方

仿佛刚刚向你道别
转过身又忍不住回头张望
再见说出口了又如何
我知道
今生与你的纠葛
将无休无止
盘根错节

🌴 诗歌赏析

　　《再见,我的远方》是一首情诗,从诗歌中,我们可以知道一直有一个人
萦绕在诗人心头,挥之不去。全诗总共分三个部分。第一部分,诗人用了许
多深情却又伤情的四字成语,从这些词,我们可以感受到诗人心头的这段感
情。在第二部分,诗人用了对比的手法,道出诗人追寻的不仅仅是一个人,
也是一段青春,一段回不去的绮丽风光。诗人在最后一部分把分离再见那
种纠结痛苦的心情都表达在字里行间,"多情自古伤离别"。整首诗诗人都
是围绕"再见"来写,诗人为我们展现了一段"一见钟情"却又"若即若离""无
休无止"的爱恋。虽是一首情诗,但是却充满了离愁之苦。

(张瑞坤)

马来西亚卷

易 凌

易凌，原名谢帝坤，1937 年 3 月生于马来西亚，祖籍广东
惠来。退休前为槟城大山脚金星华文小学教师，1992 年退休，
东盟华文诗人笔会永久会员，目前担任马来西亚德教联谊总
会宣教主任。著有《易经天地55篇》《蓝与青诗集》《杏坛春秋》
《岸竹冬青集》《回首五十年》。《东南亚诗集(新加坡)》第十期
刊登易凌五首诗。

熟了　自然会落下

山风在呼啸
海浪也咆哮
椰子一个个
累累地挂满树上

你们快快落下来
我要送你们到远方去
落土生根开花结果
风儿　我们的朋友
浪儿　我们的梦想
还不是时候呵

我们梦过灿烂的年华
我们也想过开花结果

我们成熟了

自然会落下

🌴 诗歌赏析

　　《熟了　自然会落下》这首诗一共分三个部分，第一部分为我们描写了一幅"山风""海浪""椰子"的热带画面，诗人运用了拟人的手法，把"山风"和"海浪"都写活了，山风在呼啸，海浪在咆哮。第二部分，诗人就把"椰子"比作了主人公，希望他们快快落下，而且把"山风"比作椰子的朋友，把"海浪"比作了椰子的梦想，正好又呼应了第一部分。诗人希望他们快快落下，送到远方，漂洋过海的远方就是他们的梦想，其实也更是诗人的梦想。诗人以物拟人，情景交融。最后一部分，突出主题，我们有过梦想，也知道要开花结果，但现在还不是时候，不要着急，"熟了/自然会落下"，很好地呼应了题目。瓜熟蒂落，水到渠成。诗人也是想借椰树表达自己的感情，任何事物都不可急于求成，待到瓜熟自会成。其实读过诗人其他的诗，不难发现诗人内心的乐观洒脱，凡事不急于求成，顺其自然，无论何时何地，都可以处之泰然。

（张瑞坤）

金　苗

金苗,原名黄金声,马来西亚公民,1939年9月3日生于吉隆坡,祖籍福建永春。1956年于吉隆坡尊孔中学高中毕业,1958年底至1960年中肄业新加坡工艺学院工程系。于20世纪50年代末开始写作,先创作散文,两年后醉心于读诗和写诗,至今持续不断。17岁进入杏坛服务,从事华文教育前后54年,目前是退休华小校长。大马华文作家协会永久会员,曾任多届财政。《风雅颂》诗刊编委,《燼火》文艺季刊副主编。已出版著作《嫩叶集》《我们都是一家人》《马来西亚是个好地方》《蓓蕾集》《鲜花集》。

马　场

比鳄鱼口大得多多
畜牲跑来跑去
引得人们疯狂下注
赢了的人着魔
输了的人堕落
马场马
随枪声倒下
永远不能站起来
跑腿的
应记住断腿的教训
这就是马主的恩典

诗歌赏析

　　《马场》第一句"比鳄鱼口大得多多"直接点出了马场的广阔。诗中将之与鳄鱼口相比,更能让阅读者有较为清晰的想象空间,让其描述更具体实感。在第二句到第五句中,诗人则将目光放置到马与人之间的关系上。马在赛场上疯狂赛跑,这本是一个自然的事情,却因场外人们的疯狂下注,使其行为失去了原本意味,赋予了新的含义。而下注总有输赢,赢的着魔,输的堕落,简简单单的八字却展现了投注赛马这一行为的深刻内蕴。因为无论人们是输还是赢,都会有所失去,有所遗憾。从而表明这只是一个双输的结果。而在第六句到第十句中则将目光放到了马身上,随着枪声的响起,马应声倒下,失去站起来的能力,同时又或许会失去生命。紧接着末尾的两句"跑腿的/应记住断腿的教训"以两者的处境相映衬,这也是在喻示马的悲哀命运,不禁让人感慨万分。诗歌最后的"这就是马主的恩典"与上面的内容相承,以看似赞誉的口吻来讽刺人们对于马的做法的错误以及此种做法对马的损害。因而诗歌以"马场"为题,以马场中马的生活经历来抒发诗人对于赛马行为的看法以及对马的真情流露。其行文造意,直达作者心中所欲,将身边看到的一事一物化平淡为神奇,让人常常有一种意外的心动和新意纷陈之感。

(金　莹)

冰 谷

冰谷，原名林成兴，1940年11月28日生于马来西亚霹雳州江沙，就读当地崇华中学。毕业后历任橡胶、可可、油棕园经理，为马来西亚作协、亚华、世华会员，现任作协槟吉玻联委会主席。出版新诗、散文10余部，作品收入国内外20余种文选，多篇散文被选为中小学教材，作品多以自然风物为题材。2012年荣获第13届亚细安华文文学奖，2013年获选崇华百年庆杰出校友奖，迄今创作不辍。

母亲与暮

夕阳已斜了
夜，不久即以猫步
曳临。母亲
你仍放不下那把锄头

已拼搏了几十年了
在这片小小园地
你埋下的树苗已成荫
你淌下的汗滴集成河流

夕阳已斜了
放下已钝了的锄头吧
母亲。你掌心
早植满麻麻的硬茧了

"不，孩子，当一天
我双手还能挥动锄头
我要让更多土地成绿林
夕阳沉下去，我有晚霞
晚霞散了还有月亮和星星"

诗歌赏析

　　《母亲与暮》这首诗歌以"暮""夕阳"象征母亲的年老。生命即将到了尽头，夕阳即将要西沉，可拼搏几十年的母亲依旧不愿意放下"那把锄头"。"树苗已成荫""汗滴集成河""掌心植满硬茧"，这些都是母亲辛勤劳动的成果和见证。诗中多处都暗示母亲已经人到暮年，如：两次提到"夕阳已斜了""夜，不久即以猫步曳临"，这些诗句都暗指母亲生命的夕阳即将沉落。但是母亲却未因此而丢下"锄头"，也不因此而悲观懈怠。"母亲"认为"夕阳沉下去"还有"晚霞""月亮""星星"，生命不会因为夕阳的沉落而终止。总有人感叹"夕阳无限好，只是近黄昏"，可是近黄昏又怎样，夕阳落下帷幕，晚霞、星星和月亮便会陆续登上舞台。生命这幕舞台剧永远不会落幕。诗人通过对于人到暮年的母亲的描述，表达了生命永不停歇的观点，抒发了自己对于生命意义的独到见解和豁然的态度。

（刘世琴）

碧 澄

碧澄,原名黎煜才,另有笔名洛深、柳梦等。1941年12月15日生于吉隆坡,马来西亚公民,祖籍广东惠阳。从事教育工作(中小学教师及副校长,教导华文与马来文)36年。退休后出任出版社编辑,编写学生作业簿、参考书及马华英三语词典。课余以各类文学体裁(长短篇及微型小说、散文、诗歌、文学评论、校园及少年中篇小说)创作,并进行华马文互译的工作。曾担任马来西亚华文作家协会(大马华文作协)秘书长及副会长,积极参与各种文学活动,也是马来西亚翻译与创作协会(大马译创会)理事。近著有《碧澄短篇小说选集》《碧澄诗歌选集》《碧澄散文选集》《碧澄评论选集》《零七八碎》《郑和在满剌加》等,已出版数种以马来文书写的作品。

我和时间竞赛

没有名称,没有地点
乘着东运会的余温
接受无声的挑战
在首都的边缘

一张长方形的黑木桌
配一台过时的电脑
就这样展开竞赛
没观众和掌声

我是我,对手是时间
时间不认真我认真
我不理会你讥笑
比喻为龟和兔

你只会潇洒消极挥霍
我不与你一般见识
你不作任何建设
我在进行兴建

宇宙于你总毫无意义
神志不清悠悠忽忽
我时刻忙于捡拾
你掉落的分秒

或许无法赶在你前头
但我不会让你霸凌
就算落后你几步
也要使你惊惶

已经习惯了气喘吁吁
换来了生活的充实
我留下迈步印迹
历史对你怒骂

🌴 诗 歌 赏 析

  《我与时间赛跑》讲述了在余留着"东运会余温"的首都边缘,"我"与"时间"展开了一场无声的赛跑。这场竞赛没有观众,没有掌声,只有"一张长方形的黑木桌/配一台过时的电脑"。时间总是白驹过隙,它动作敏捷,跑得很迅速,也很随意;而"我"似笨拙的乌龟,每一步都走得那么缓慢,但是"我"却有自己的态度,至少在对待这场差距悬殊的竞赛中,"我"没有畏缩,而是争分夺秒地认真对待。或许有人会在此嘲笑这场龟兔赛跑的意义何在,但"我"深知自己所走的每一步,"我"在乎的不是比赛的结果,"我"更看中的是过程。"我时刻忙于捡拾/你掉落的分秒",你不在意的细碎时间,"我"都将它利用上,暂时性的落后对"我"而言并没有关系,因为"我"会时刻紧跟你的脚步。历史会记录下我们每个人一生所走过的路,"我"虽走得气喘吁吁,却换来了生活的满满充实感。正是这样的充实感,让"我"切实感到幸福。诗人通过一场与时间的赛跑,表达了自己的生活态度,提醒人们珍惜时间,不要虚度光阴。

碧澄的诗歌,蕴含深刻的人生哲理,他的诗句简洁凝练,字里行间又处处彰显出其对生活深刻的感受力、理解力和洞察力。诗人能敏锐地捕捉生活中的人与事,加以艺术地提炼与再现,融进了诗人自己对人生以及事物的理解与情感,赋予人希望与信心,使人读后深有同感,同时也有能力使读者信心重振,再次对社会,对周遭的一切充满希望。感受到时间的紧迫、生命轮回的短暂才要更加珍惜现在所拥有的一切,这正是作者想要传达给我们的积极的生活态度。

(刘世琴)

钟夏田

钟夏田，原名钟泽才，马来西亚公民，1942 年 1 月 11 日生，曾任报馆文艺版主编、新闻版编辑与社论主笔。为马来西亚华文作家协会创会发起人之一，并出任一届主席，现为顾问。著作有《鲜花集》(诗集)、《小城恨事》(长篇小说)和《太阳在西边升起》(政论集)等多种。目前为马来西亚《风雅颂》诗刊编委。

雨中怀古

雨中
坠入清梦的雨中

梦里
有一行白鹭
有两只黄鹂
还有浸淫在雨中的酒旗风

与杜牧偶遇
笑谈不知亡国恨的商女
那碧绿的秦淮河
仍然汩汩流动
泛着红霞与暗香的凝脂

船到中流

险与舴艋舟相撞
引出优雅女史
自云是落魄清照
娓娓倾诉
载不动许多愁的故事

正怔怔间
忽闻歌声东边起
明月几时有
把酒问青天
你道是谁？
是佛印带着东坡肉
和他的老搭档　踏水来了

热闹哇热闹！

千条线万条线
落在水里看不见
是众孙唱起儿歌
唉！

🌴 诗歌赏析

　　《雨中怀古》中诗人以畅游古今，在历史名人的酒杯中畅快地抒发自己的所思所感。雨天是适合胡思乱想的天气，诗人在这样的天气中，仿佛进入梦乡，与古贤者相会。首先是杜甫和李白的诗篇，这是中国诗歌最辉煌的时刻，这样的历史是应该被时刻想着的；接着是写出"商女不知亡国恨，隔江犹唱后庭花"的杜牧，诗人的吟唱还没有远去，秦淮河畔犹有残存的凝脂；吟着"载不动许多愁"的李清照也在不断地诉说不尽的哀思；猛然间遇到了拍击船舷，高歌"大江东去"的苏东坡，正与朋友佛印一起畅聊古今。这些贤者在诗人的心中不断地闪过，你方唱罢我登场，喧闹非凡，雨声滴答，这些闪过的先贤慢慢地退场,徒留一声叹息。

　　钟夏田的诗中蕴涵着对中国古典诗词的追思,曾经的诗歌世界是丰富而多彩的,不同诗人抒发着迥然不同的感情,但是却都能够在历史的长河中散发着自己独特的光芒。钟夏田以怀古为由,实际上是发出对现在的一声叹息,诗歌的光芒在历史之中有着其令人夺目的光彩,但是在现在却没有得到很好的传承,这是儿孙们的失职,没有尽到子孙的责任。从钟夏田的诗中也可以看到他对传统文化传承的重视,对弘扬文化的坚持。

(符丽娟)

叶 彤

叶彤,原名张碧华,1946 年生于马来西亚,毕业于槟城槟华女子中学。自小爱书画写作,中学时代曾以冰君为笔名在报刊发表过散文、短篇小说。1972 年毕业于吉隆坡王氏针灸学院,1994 年毕业于厦门大学中医内科专科。目前从事医疗工作,现任养正中医药诊疗中心主任医师。

稻田农家

不离不弃那份情
寄给田陌
摄你背上灼焦的太阳

指头划开一田油画
绿油油写在田埂
分不清泥浆和汗水

可曾见过湛蓝的浪
它在你斗笠上坐着
看烈日雨水晚风

可曾见过金丝般的涛
它在你眼下舞着
抚摸满田孕妇
是你干瘪的手臂

快门摄下掉了牙的嘴巴
嚼嚼满口饱和谷香
额沟里激起万千纹浪
揉碎了笑容

🌴 诗歌赏析

　　《稻田农家》这首诗歌共分为五小节，诗人主要通过相机摄像头下场景的转换，描述了一个老农与稻田之间结下的深厚情谊。诗歌开篇场景为一条蜿蜒的田间小路通向一亩亩稻田，稻田里一个面朝黄土背朝天的老农，烈日在他背上焦灼着。镜头又在稻田里慢慢展开，老农在稻田中忙着插秧苗，绿油油的稻田就像"一田油画"，而这幅油画的颜料是泥浆和汗水掺杂融合，早已分辨不清。镜头停在了这"一田油画"之中，由清晰转向模糊。就在这转瞬间，又有老农多少次风吹日晒的艰苦劳作在其中。镜头又由模糊渐渐清晰起来，最后定格在老农的脸上，几张定格的镜头就把稻田农家的辛勤劳作表现得很充分。老农用"干瘪的手臂""抚摸满田孕妇"，足以看出老农对稻谷的不离不弃、用情至深。诗人在色彩转换上处理得恰到好处，这不仅是一首诗歌，这就是几幅定格在镜头前的农家生活油画。

（刘世琴）

沙 河

沙河,原名郑澄泉,1946 年生于马来西亚槟城州大山脚镇,祖籍广东潮阳。退休前从事商业摄影,20 世纪 60 年代开始新诗创作,也以匆匆为笔名写作微型小说,2007 年获《星洲日报》第九届花纵新诗推荐奖。曾出版诗集《鱼的变奏曲》《树的墓志铭》,微型小说集《寻碑》。作品被收入《大马诗选》《赤道形声》《马华新诗读本》《马华文学大系》《马来西亚当代微型小说选》,作品也选入《中国新诗百年大典》。

宽窄巷子①

跼躇着以怎样的心情
宽坐在这被湮没的年代
腾出来的位置
被抽离的感觉
像无意地掉了一枚硬币
尖锐的声音
迅速窜入敏锐的神经
宽巷子和窄巷子
像两道平行的时间轴
隔着百码外的喧嚣
依然留着辫子
昂然在新世代里

---

① 宽窄巷子是中国四川成都遗留下来的清朝古街道,为成都著名的景点之一。

烟视媚行
仍然听见八旗子弟的靴声
隐约敲响
两侧的花园洋房
所谓宽与窄
不过是两件剪裁失误的
长袍马褂
凋零在成都浓厚的蜀腔里
两旁梧桐杨柳
像在摇头晃脑
朗诵着唐诗宋词

没有标点符号的情意结
紧紧冻结在刹那间的错愕
时间定位在两三百年前
隐隐残留的歌声
能听出丝竹袅袅的回音
怀旧的老街坊
以剪纸手艺
在家家户户的窗上
黏贴夕阳的剪影
露天茶坊的闲情逸致
传来断断续续的笑声
暮时以后
四合院先后亮起灯色霓虹
酒肆的豪饮声
遥遥地呼应着巷口星巴克
溢出的咖啡香

诗歌赏析

　　《宽窄巷子》这首诗歌共分为两节，主要描述了新世代里，成都的两条具有历史感的宽窄巷子，它们与周围的喧嚣隔离开来，像一位安静端坐的有故事的老人，带着厚重的历史感。诗歌第一节，属于巷子的那个年代早已被湮没，"百码外的喧嚣"和这块依然留着辫子的"两条平行的时间轴"形成了鲜明的对比。时代变迁，但是似乎依然能够听到"八旗子弟的靴声"，在宽窄巷子里回荡着，久久不绝。两侧的花园洋房诉说着时代的变迁，可是巷子里的历史感依然真实可感。"长袍马褂""蜀腔""唐诗宋词"都彰显了这个古老的巷子的悠久历史。诗歌的第二节，诗人由古老的巷子回到了两三百年前，当时的古巷又是怎样一番情景？"残留的歌声""丝竹袅袅""老街坊""剪纸窗""茶坊""四合院""酒肆"……好不热闹。可如今，夹在其中的还有星巴克的咖啡香。诗人走在宽窄巷子之中，仿佛在历史与现实中来回穿梭。新与旧、古老四合院中的现代霓虹灯、酒肆的豪饮声和星巴克的咖啡香交织在一起。这一刻分不清是历史还是现实，恍恍惚惚，一时现实，一时历史。宽窄巷子的历史感和现代的新气息完成了一场和谐的大融合。

　　沙河的诗歌似一曲飘荡在古巷中的笛声，悠扬婉转却蕴含古典韵味。诗人善于运用时空交织的变换手法，让人分不清历史与现实，现实与梦境，但一切的交织都显得那么和谐。诗人以其独到的视角，总能为我们展现一幅幅新颖独特的画面。读他的诗就像在赏一幅收卷起来的古画，随着画轴的展开，画面感跃然于眼前，让人读来眼前一亮。

（刘世琴）

李楠兴

李楠兴,1947 年 9 月生于马来西亚彭亨州文冬市,祖籍广西容县,毕业于台湾"国立"政治大学。自金融市场退休后,晚年一直与诗歌并舞。1978 年获槟城南大校友会新诗创作公开赛第四名;2012 年作品入选"广西诗文选"丛书;2014 年获吉隆坡福建会馆双福文学诗歌组优秀奖,而《卷起帘诗集》由该基金资助出版;2016 年获马来西亚嘉应属会联合会出版基金赞助出版《山涧路诗集》;2017 年出版《童年诗集》《晨语诗集》。作者为马来西亚华文作家协会及东南亚华文诗人笔会永久会员,现任吉隆坡《风雅颂诗刊》编委。

风　言

风言疯语
离间一树枯叶
令小溪水
流得难堪

秋尚早
枝干光秃无荫
面对傲慢的骄阳
汗如雨
挥洒得不如意

低头夸过

忘了古桥的岁月

多少渡客会感恩

难为桥下水

不曾平息过

对流言蜚语

痴等清澈的一天

桥影已被吹斜

恐难承受

过重的夕阳和

疲惫的脚步

这一天

谁都没把它放在心上

诗歌赏析

《风言》这首诗歌主要从被风拂过的"小溪""树干""古桥"三方面入手，以拟人化的手法讲述了秋风扫落叶后万物的萧瑟景象，诗歌末尾的点睛之笔令人赞叹。诗歌开头用"疯语""离间""难堪"等词语，生动刻画了秋风肆虐下小溪流水的无可奈何。枯叶纷纷攘攘，离枝而去，昔日的叶与水嬉戏的欢腾景象不复存在，于小溪而言何尝不是一种落寞？秋尚早，树的枝干早已光秃秃，没了昔日的枝繁叶茂，总算让"傲慢的骄阳"神气一回，晒得树干体无完肤，只得汗如雨下。然而，秋风未曾停止它侵略的脚步，又来到古桥边。千百年来，来往的渡客又有几人记得古桥溪水的倩影？桥下水在痴痴等着它自己本来的模样，安静祥和何时能一如往初？恐怕秋风对此脱不了干系吧！桥影早已不堪重负，载不动夕阳的"恩宠"和行人匆忙的步履。一切似乎都在秋风的肆虐下变得不堪一击，生命垂危，而诗歌末尾则指出不管经受多少风吹日晒，心仍是宽大的，丝毫没有把扰乱的"侵略"放在心上。人生何尝不是如此呢？痛并快乐着，才能拥有"花自飘零水自流"的安然自若。不得不说，这是诗人给予我们的乐观的精神食粮，我们从中受益匪浅。

李楠兴的诗歌语言精练,寓意深刻。诗人的写作技艺可谓达到了娴熟的程度,无论是景物的描写还是情感的抒发都可谓达到了一定的造诣,字里行间,又让人感受到了无穷的历史文化感。诗中又处处可见诗人深厚的文化底蕴,诗歌创作游刃有余,具有较强的可读性。

(刘世琴)

陈政欣

陈政欣，1948 年出生于马来西亚槟城州，祖籍广东普宁。新加坡义安工艺学院机械工程系毕业，后从商多年，现专心创作。曾任马来西亚华文作家协会理事、副会长，世界华文微型小说研究会理事，马来西亚作协北马联委会主席。早年从事诗歌创作，后来开始小说创作及翻译外国文学作品，并撰写文学评论、戏剧剧本与专栏小品。曾于 2007 年获得第九届花踪文学奖小说组推荐奖，2008 年获得第一届海鸥年度文学奖小说组特优奖，2014 年小说集《荡漾水乡》获得中国首届国际潮人文学奖小说组特优奖，2014 年散文集《文学的武吉》获得金帆图书奖文学类大奖，2014 年获得第 13 届马来西亚马华文学奖，2017 年小说集《小说的武吉》获得第 14 届花踪文学奖马华文学大奖。

花 的 讯 息

花蕾轻轻地
张开　芬芳芬芳地
挤着　挤着在蕾缝中流出来
微风起处
一滴露水跌下
含羞草连忙地
把睫毛合上

轻轻地　一种声音
（必须细心倾听的）

在听觉之外
爬上我的神经
爬入我的眼瞳

我知道我知道我知道
那股芬芳芬芳地
在我满头相思林中
呢喃着
一种永恒

🌴 诗歌赏析

　　《花的讯息》这首诗歌主要描述了花蕾绽开,气息迷人,勾起了"我"的相思之情。诗歌共分为三节,第一节描写了花蕾轻轻绽放,芬芳弥漫,"挤着在蕾缝中流出来"。一个"挤"字、一个"流"字写得奇妙而又生动,仿佛破壳的小生命,摇晃着可爱的小脑袋探出了头;又好像一股清泉从石缝中流泻而出。微风吹过,露水滴下,连含羞草都合上了睫毛,好一种柔情似水。第二节描写了花开的声音,那种在听觉之外的声音,轻轻地,轻轻地"爬入我的神经"和"眼瞳"。这里既使用了拟人的手法,把声音拟人化,又使用了通感的手法,"我"不仅可以听到声音,还可以看到"声音"。第三节花蕾的芬芳流入了我的心头,呢喃着永恒的相思。闻花之讯息,相思之情溢于言表。整首诗歌以拟人的手法,给人展现一生动有趣又多情的花蕾绽开的场景,通过迷人的芬芳引起了诗人无穷的相思。颇具一种王维的红豆相思之感,他们都不是直接写相思之情,而是借用了"红豆"或"花蕾"这容易引起想象之物,写相思之感。借咏物而寄相思,语虽单纯,却富于想象,用这种方式透露情怀,婉曲动人,语意高妙。

　　陈政欣的诗歌创作语言简洁、优美,诗歌主题含蓄可感,给人想象的空间。最是那种若隐若现、欲语还休的形象的描写,处处显示着神秘的面纱。但若论诗歌的写作最打动人之处要数一个"情"字。古来诗歌总是"以情动人"最让人感受深刻,陈政欣的诗歌在情感抒发方式上的高妙之处彰显了他深厚的文字功底。读其诗,识其人,似乎与之进行了一场愉快的心灵沟通。

(刘世琴)

沈钧庭

沈钧庭,笔名季载、姬昌,1948 年 12 月 1 日生于马来西亚
彭亨州文德甲。喜欢写诗、读诗,作品散见于报章杂志。目前
担任马来西亚华文作家协会秘书长、马来西亚华文报人协会
秘书,曾主编由马来西亚华文作家协会所出版的《马华文学大
系·诗歌(二)》。曾在新闻界服务逾 30 年,离职前是马来西亚
华文报《南洋商报》国际新闻主任。

湖 的 心 事

过了中午
风儿和阳光相约
到远方去流浪

湖就变得
更沉默了
总把心事
沉到湖底
只憧憬天边的
一道绚丽彩虹

日日在湖畔
洗发的杨柳
林中聒絮的鸟儿
行色匆匆的浮云

都不明白

湖的心事

🌴 诗歌赏析

　　《湖的心事》这首诗歌共分为三小节,诗人采用了拟人的手法,勾勒出了心事重重的湖的形象。诗歌第一小节描写了中午,"风儿和阳光"这一对自由自在、无拘无束的伴侣"相约到远方去流浪"。对此的描写是为了衬托出湖的心事。第二小节将无风的平静湖面描写成一片沉默的湖,心事重重的湖是向往和风儿阳光一样去远方流浪吗? 不,湖的心里只是住着天边那道"绚丽彩虹",但是它无法像风儿一样自由,迫于无奈,只能将心事埋藏在深深的湖底。诗歌的第三节重点描述了湖的心事藏得很深很深,连日日在湖畔的"杨柳""鸟儿""浮云"都未曾发现。湖的心事只有自己知道,还有诗人知道。诗人以其敏锐的情感捕捉到了这一情绪,心思细腻,并将之抒发出来。整首诗歌的意境既朦胧又显出孤寂之美,湖的形象仿佛遗世独立的一抹身影,落寞却凄美。诗中的种种意象,如"风儿和阳光""杨柳""鸟儿""浮云"等,诗人通过对比并把这些具体意象加以组合,形成一幅完整的有动态过程的画面。而在画面之下,隐含着作者的心事。

(刘世琴)

苏清强

苏清强，马来西亚华裔，1948年10月生。从事教育工作，退休前曾担任十多年中学校长。平日多写散文和诗，参加过海天诗社、金石诗刊、马来西亚华文作家协会、风笛诗社（美国）、东南亚华文诗人笔会等文学团体，并曾担任马来西亚华文作家协会副会长。已出版诗与散文著作20余本。除写作外，也在国内推动文学活动，参与文学营讲座，担任文学创作比赛评审，以及参与诗歌朗诵的演出活动，把诗歌带进民间。

村庄月夜

月亮柔软的光
从云层间走下来
越过树梢
来到木屋小桥
想探望村乡的饱暖

番石榴树下
小孩围住大人
要去看当年他们穿洋过番而来的船
闹过饥荒的原乡土壤

怀乡的眼睛张得大大
那年月光下的一个挥手
故乡的一轮团圆只在梦里寻

乡亲父老噙着泪眼
茫茫的园圃深处可有老母作息的身影

月光就迷迷糊糊地
跟到园林跟到来时路
寻觅岁月的痕迹

诗歌赏析

　　《村庄月夜》诗中描写的不仅仅是乡村月夜的景色,还有对故乡的月亮的思念,对故国家园的想念。乡村的夜晚是静谧而安闲的,月下人们闲谈追思故乡,而孩童已经不知道自己来自何方,也不知故乡为何物,因为连当年穿洋而来的船他们都没有见识过。在这样安闲的月夜,孩子们想看一看当年的船,这船对他们而言是令人惊异的新奇玩意儿,但是对于了解这场迁徙的大人而言,这艘载着岁月的船是他们抛离故土的象征,看着这艘船就会想到当年他们离开家乡的场景。背井离乡是无奈的选择,只是想为活下去找一条出路,离开故乡的那个晚上的圆月,只能在梦中追寻。这月夜下的乡村,不仅是现在生活的乡村,也是故乡的乡村,更是无数次在梦中回到的乡村,来时的路已经被岁月抹去,只能一遍遍地向着心中的月亮遥寄乡思。

（符丽娟）

黄远雄

黄远雄,1950 年生于马来西亚吉兰丹州首府哥打峇鲁。
作品收入《赤道形声》《马华文学大系》《马华新诗史读本》《中
国新诗百年大典》等中国和马来西亚各个诗歌选集。已出版
个人诗选集《诗在途中 1967—2013》《走动的树 1967—2013》,
和诗集《致时间书》《等待一棵无花果树》。

初恋于四月风雨中

四月雨,细细又长长
迷离于南中国海上
针叶松下,我默默
撑着缅念,撑着凝思

凝眸远方四月蔓延
森林之火燃红了少女的感情
一个迷惘飘渺的初恋
铭志于碧绿色春旗旌上

四月风雨,逐捕我的心鹿
夜里,我将翻跨天山
采摘一双含梦的眸星
再任燕子缀一串相思环
衔去远方,圈你,网你……

风说,四月多雨的南国
有四月迷惘的少女

🌴 诗歌赏析

　　这首《初恋于四月风雨中》是一首同时夹杂着"忧伤"和"快乐"情感的诗。只不过这两种情感在这首诗中都是淡而悠远的,有着和春天四月的那"细细又长长"的春雨一样的气质。"忧伤"是因为心中那一份对于"远方""少女"的那"一个迷惘飘渺的初恋"的那一份"缅念"和"凝思",是对于那一份最终"铭志于碧绿色春旗旌上"的情感的纪念。"快乐"则是思念那一份只属于自己的内心的独享。我的被四月的雨逐捕的"心鹿",将在夜里"翻跨天山","采摘眸星",再让燕子缀着"相思环",去"圈",去"网"那远方"四月多雨的南国"里的"有四月迷惘的少女"。这是一份充满了年轻与浪漫的恋慕之情。整首诗在这两种情感中推进,但诗人很好地把控和调度着自己的情感,乐而不淫,哀而不伤,使整首诗显示出一份幽静和典雅。

(任金刚)

林佩强

林佩强,笔名林沛,马来西亚槟城人,1950 年生。早年
毕业于马来亚大学(英国殖民时代)机械工程系,退休后曾担
任学院高等数学讲师。业余写作,"脸书"(Facebook)网络
诗人。

倦 鸟 知 归

倦鸟知归
羊群也懂得回圈
黄昏被关在门外了
寒风把门环敲得丁当响

月落山村的小径
知君心思如圆圆的反光
如金盘铺于池上
它又拐了个弯
爬上花格子小窗

窗内透出一簇微弱的光
灯下的一针一线
一滴血就变成了一支童谣
它是夜里盛开的花
擦亮了夜归者的眼睛

不远处响起了一阵狗吠声
敲响了母亲的心房

🌴 诗歌赏析

　　《倦鸟知归》全诗共分为四节，第一节主要点明题目，不仅倦鸟知归，连羊群也懂得回圈；第二节主要写月落山村的小径；第三节主要写母亲在灯光下的一针一线擦亮了回归者的眼睛；第四节主要写狗吠声敲响了母亲的心房。读完整首诗，给人一种淡淡的忧伤。游子思乡，母亲等待，充满了浓浓的爱。不禁让人想起唐代诗人孟郊的《游子吟》："慈母手中线，游子身上衣。临行密密缝，意恐迟迟归。"在外漂泊的儿女就是倦鸟，飞累了，就想歇歇，找一个落脚的地方，家是最好的安身之所。可以说，诗歌的前三节内容都是铺垫，在诗歌的末尾诗人点明了题意。林佩强笔下的倦鸟是千千万万在外漂泊的游子的缩影，具有极大的概括力。诗人从现实生活出发，将自己的感悟融于诗歌中，给读者以强烈的感染力。

　　林佩强作为马来西亚的50后代表诗人，虽不是专业诗人，但从他的诗歌中可以看出他是一个颇有天赋的诗人。他的诗歌多通俗易懂，没有艰涩难懂的词语，简简单单，却充满了诗意。细细品来，林佩强的诗歌就像一个少女，比较温婉，不张扬也不沉郁，给人淡淡的幸福之感。

（李笑寒）

沙 禽

沙禽,原名陈文煌,1951年3月18日生,20世纪70年代初崛起的现代派诗人。著有诗集《沉思者的叩门》和译著《悲悯阙如》。2013年获《星洲日报》花踪文学奖马华文学大奖。沙禽早年说过:"最初的诗心无疑是感受的自然宣泄,苦闷的出口,并且寻求认同。但时日一久,写诗而真正成为诗人的必会发现:诗只能是一种生活,一种升华恐惧和苦难的生活。诗向内剖析诗人的心态,向外观照诗人的视像;诗人在这种观省的世界里得到力量和安慰,不再需要宣泄和认同。"至今仍作如是观。

读书人

在没有动静的夜晚
没有什么要抵抗
没有什么要守望
只有
无声无息上升的月芒
以及黝黑图像不留痕迹的变幻
读书人
你燃亮你的窗
是棉被不够温暖
还是要思量明天的方向

读书人

是书害了你吗
使你不能同享他们的欢畅
读书人
是书救了你吗
使你免于深陷他们的泥潭
你偶尔抬头观望时而埋首默想
想象自蛮古的洪荒
经历过每一个时代来到这个夜晚
看过无数离合悲欢
笙歌动乱
是否体会到心物生灭的奥堂
是否明了月换星移的图像
是否能够出入光与暗
是否在这没有动静的夜晚
闻到一丝
最初母亲的乳香

诗 歌 赏 析

　　《读书人》这首诗歌共分为两节，诗歌主要描述了深夜独坐窗前的读书人的内心世界。第一节是环境的描写："没有动静的夜晚""无声无息上升的月芒""黝黑图像"和亮着灯光的窗……这一系列的环境刻画为我们展现了一幅读书人挑灯夜读的场景，夜已深，周遭一切都是那么安静，没有人抵抗，更没有人守望，只有月光徐徐以及窗前燃亮的灯光。在如此宁静的夜晚，周边的一切生物都已进入梦乡，可唯独读书人迟迟不肯睡去，"是棉被不够温暖/还是要思量明天的方向"，带着这一疑问，诗歌转入了第二节。第二节首先提出了读书人普遍存在的一个困惑：读书是害了读书人还是救了读书人？很多读书人对此颇感迷惑，因为每日读书，所以"不能同享他们的欢畅"。在这里，"他们"是暗指一般人，非读书人。为什么不能同享？可能是因为读书占据了大量的时间，抑或是因为读书使得他们同一般人的审美情趣大相径庭，已经不再是同一类人；可又是因为读书，所以"免于深陷他们的泥潭"。

读书使人明智，读书使人聪慧，读书使人找到前行的方向。读书人或"抬头观望"或"埋首默想"，读尽了天下所有的悲欢离合，笙歌动乱。最后连用的四句"是否"，表达了读书人的内心，读出了生命的沧桑，时间的斗转星移，最终回到了生命的伊始形态——孩提时代。

沙禽的诗歌读来总觉得很有故事感，正如诗人自己所说："最初的诗心无疑是感受的自然宣泄，苦闷的出口，并且寻求认同。但时日一久，写诗而真正成为诗人的必会发现：诗只能是一种生活；一种升华恐惧和苦难的生活。诗向内剖析诗人的心态，向外观照诗人的视像；诗人在这种观省的世界里得到力量和安慰，不再需要宣泄和认同。"读沙禽的诗，处处可见生活的影子，或许这正是诗歌的最高境界，源于生活又能将生活诗化。

（刘世琴）

梁 放

梁放,原名梁光明,1953 年生于马来西亚砂拉越州砂拉卓,自小受父亲影响喜欢阅读,中学时代开始文学创作,作品包括散文、诗歌与小说。出版作品有小说集《烟雨砂隆》《马拉阿妲》,长篇小说《我曾听到你在风中哭泣》,散文集《暖灰》《旧雨》《读天书》《远山梦回》等。小说与散文作品多篇入选国内外大型选集,为多所大学中文系采用为教材,部分作品被译成马来文、日文与韩文。梁放曾是马华文学奖、花踪马华短篇小说、乡青短篇小说、星云极短篇等重要奖项的评委或决审。曾获第一届(1995)砂拉越官办华族文学奖,第十四届(2016)马华文学奖。《马来西亚华人人物志》(2015 年版)列梁放为迄今华族文学史上最具代表性的 54 名作家之一。

泪 冻①

我们如斯围坐着
固守着一球时而并发
小星星的
发光体

一对父子借它点口土烟

———————————

① 本南族是砂拉越内陆的游居民族,以狩猎为生,居无定所,近年来政府给他们建长屋,力图使他们在一处定居下来,成效可嘉。一开始,行动给本南族人带来的冲击与所造成的恐慌、焦虑,可以理解。夜里,他们常点燃凝冻的树脂照明。

婆媳俩借它编制藤篮
孩童们酣梦底真
因它延续自灿烂的阳光

默默半埋在幅员正在迅速
消失中的原始森林地面上
那是来不及成就化石的泪冻
凝自当年无名古树的创伤

千万个日子以来
承受多少煎熬
纾解释放的一点一滴
终化成一朵朵晶莹绽放
驱走黑暗
一经点燃

是它衔接黑夜白天
期待第一线曙光

我们如斯围坐着

诗歌赏析

　　《泪冻》全诗共分为六节,作者在本诗中展现了本南族,这一特立独行的社会群体在这世界上的生活状态。诗歌第一节作者便将小星星似的发光体"泪冻"带出,诗歌的第二节描写了"泪冻"带给父子、婆媳和孩童的用处,这里体现出本南族的生活与"泪冻"息息相关。而诗歌第三节渐渐明确"泪冻"即燃烧的树脂。火是本南族得以延续的能源般的事物,"泪冻"仿佛火把上滴下的树脂,带着一个民族的苦痛和神圣的传统绵延千年,以火照明和生活的原始方法,让人不难想象这样的民族在现代社会生活的艰难。一朵朵晶莹,千万个日子的积累,驱走黑暗,讲述这本南族艰难的传承与守护。无论世界如何变化,本南族依旧如斯围坐着生活、思考、面对世界,坚持着自己的传承。诗的最后一句也是最后一节,本南族围坐着,以一种紧密的姿态迎接曙光,让人感受到了一种史诗般的气魄。

梁放的诗歌风格拥有一种有别于主流诗人的独特,诗人的文字深沉而浓烈,诗中所表现的事物逻辑性较强,建筑美十足。作者对于诗歌的章节把握运用得十分流畅,每节或者几节都能明确地表达主旨,作者重视对语言的锤炼及文字的妙用无不让诗歌大放异彩。诗中也常常展现出诗人自己豪迈、气魄宏伟的一面,即使是情诗,作者的洒脱也溢于文字之上。

（王思佳）

朝 浪

朝浪,本名萧锦钟,1953年6月7日生于马来西亚霹雳州
安顺,祖籍海南文昌。1971年高中毕业后,在一家公司任职至
退休。1972年开始喜爱上文艺创作。1996年3月被选为霹雳
文艺研究会理事。已出版的作品有散文集《八月的庭院》,诗
集《渔火吟》,散文合集《行吟图》(与暮静合著),诗集《布扇》。
诗作于2013年被选入马来西亚海南诗文集。

花 后

失去方向的风和雨
飘落大地
于晨,午间,夕阳西下时
偶尔细细柔柔,偶尔霸气万分
谁以争论
谁以低语

园林里一株带刺的玫瑰
艳红花瓣傲视四周
棕榈花草树木皆是侍卫
独霸园林,唯你独尊

摇曳风雨中
你是主角
你是女皇

这阴晴不定的九月天
庭院绿色深深
虽说别类花儿曾绽放
容颜,色素不可相映
唯你是万绿丛中
三点红

🌴 诗歌赏析

　　全诗可以分为四个小节,第一小节中,诗人首先描写了外界的环境"风"和"雨"不分时间,或轻柔,或猛烈地袭击着园林。这小节最后,诗人通过两句反问,一方面引出下文中对玫瑰的描写与赞扬,另一方面可以通过反问吸引读者的注意,引发读者的思考,在下文中引起读者的共鸣。第二、第三小节中,诗人将玫瑰及其周围的植物都拟人化,描写出玫瑰作为花中之后傲然于花圃园林之中的风姿,生动形象地将风雨中傲然绽放的玫瑰形象描写出来。最后一个小节中,诗人揭示了他赞赏玫瑰的原因,"阴晴不定""绿色深深"的环境中,只有玫瑰的红色突破环境的约束,绽放得最为耀眼。

（于　悦）

晨 露

晨露,原名陈美仙,1954年生于马来西亚,祖籍福建福州闽清十一都池园井后。父亲陈公海枝少年随亲戚到马来西亚砂拉越,定居新福州诗巫拉让江畔上游乡村蘆岩坡。现居砂拉越美里市,任美里笔会副秘书,大马作协砂联委主席,东南亚华文诗人笔会理事,世界华文作家交流协会、诗巫中华文艺社会员。出版诗集《大马小诗磨坊》《拉让江》《梦一般轻盈》《鱼说》,散文《荒野里的璀璨》《花树如此多情》。

坐 下

急促间我来到海边　阔别
三十多个日子后
这一方我隐秘的安歇处
我的脚步与流水　相伴
相随朝夕无阻

黄昏过六时的暮色浅浅　撒下
我瞧见嬉水的人群三五
带着身上海的味道　离去
微雨刚过的海堤
飘浮一抹冷凉

打着圈子我绕开
地上处处水渍　漾漾

零乱的步伐驮着沉重的忧伤
牵念失去的安宁

木麻黄下瞅我　　静静
半截扁舟似的断木
跨过松软沙堆急急
归家游子一份错觉

于是我安稳坐下
缓缓解开蕉叶糯饭卷
海水一波一波眼前
我一口一口咬嚼
一个信念悄然绽放

洗涤疲惫　　洗涤忧伤
海浪吟唱柔柔耳畔
远远近近海中岸上
一盏两盏灯光
亮起

🌴 诗歌赏析

　　诗以简单的动作"坐下"为题，并贯穿这首诗，从这个简单的动作中生出无限的温情。旅居在外的游子仿佛终于找到了久违的安宁一样，诗人在"坐下"这个动作中找到了心灵的归属。久违的海边，是诗人心中惬意栖息的地方，但是这人潮拥挤的海边并不独属于诗人一人，诗人看着海边一波一波的人群，感受到的是"冷凉"，那是独自黯然的忧伤。诗人"打着圈子"绕开那些欢快的人群，急急地找到一处角落，坐下，这才是诗人最安心舒适的姿态，最安稳地坐着时才是诗人内心最放松的时刻。以这样不慌乱的姿态可以远远地观望远方的家乡，哪怕是遥远得目力无法企及的地方，也是游子的一份思念。眼前的海水"一波一波"荡漾，对应的是我"一口一口"地咀嚼着手中的蕉叶糯饭卷,这是对故乡的一点念想。诗人在诗中的以独有的方式表露出内心的情感,前四节的独特之处在于将一些含有感情的词语单独列出,比如"阔别",特意强调这三十日的阔别是漫长的时间,对于诗人而言已经是难以忍受的时间了。只有在最放松的时间里,诗人内心的疲倦和忧伤才能被洗涤,远处的灯光也是诗人内心的光亮。

晨露的诗中有着对故乡深深的眷恋,不管身在何处,故乡的一切总是那样的难以忘却,相似的回忆会不时地漫上心头,最安心的居所仍然是心中的那个地方。晨露的心中满怀对明天,对未来的期待,怀揣着这种期待不管现在面临的是何种艰难的情景,都可以克服,在未来总是会有希望。在诗人的诗作中可以看到诗人的内心情感十分丰富,诗人以敏锐的感知力感知着这个世界,并且带着希望奔赴未来。

(符丽娟)

陈川兴

陈川兴,笔名沈穿心等,1954 年 8 月生于马来西亚雪兰莪州巴生。曾主编《天狼星诗选》,著有《传统的延伸》《土的掌纹——14 行诗》《图与诗集》《迷河》《金宝战壕与悲情岁月》《百年金宝:1886—1986》《龙生史录》。个人作品收入各选集。

中秋的诗 No.1[①]

你是有故事的人,只要在星空下出走至少百年的魂
那个叫苦力的后裔,就懂得无可名状,叫吊诡的那回事
由于孤独与压抑,需要寻找还魂术,才能重新组成无边无际
穿透而出,嘴里还含着舔过叫醒的词语
"当年呀,顶着太阳刺痛的头颅,流泪满目出走"
如果你追忆 19 世纪,请调至摇晃的辛亥,一个圆月下零星枪响
祖父像扳道岔,被逼得把家乡扳到今日轨道上找活口
百年激荡后,爱在时间的拥抱下,中秋之月,咀嚼着
"猪仔饼",神仙老虎狗,一拍三叹,直追分不出真与幻
今夜你走在最靠近月亮的边缘,界线在光与暗,一界之别
你说:子孙们还懂自己的语言,把书籍与月光串成
一个忘不了的心,留给沉思的星星,闪呀闪
当游戏够了,"猪仔饼"你还吃不吃呀
它的存在,一直感觉无法把它拉得够近,或者更远了
"猪仔呀猪仔",是个很烫手的词语,早已与你无关

---

① 《中秋的诗 5 首》中第一首诗以百年前的历史为起点。

可时间偏偏不听话,仿如月光的线,延长与转变图形的曲线
站住了,千万不要趴下,它像不像一个个拳头
直击谁的心呀,也仿如人与地心相连的脐牵
是否对人还在飞翔的悲剧,至此终止

诗歌赏析

《中秋的诗 No.1》中诗人陈川兴以百年前的历史为起点,抒发在异乡多年,但是心中仍无法忘记故土,与故土依然血脉相连的情感。从故乡来到异乡,就变成"有故事的人",这人为了寻找生路而无奈离乡,但是即使身子离开了家乡,心还是会顾念家乡,每到中秋之时,还是会吃起月饼,即使在这个新的地方被称为"猪仔饼"。这是在异乡没有得到尊敬的象征,出卖苦力而活着的人难以得到真正的尊敬,何况他的根还是那被别人踩躏的地方。流落在异乡的人无法忘记自己的故乡,不管是物质上的饮食还是精神上的文化,都想要传递给自己的孩子,哪怕是在异乡。所以要把书籍和语言都传递给孩子,让孩子们也记住自己来自何方,根在何方。

(符丽娟)

李宗舜

李宗舜，原名李钟顺，易名李宗顺，笔名黄昏星，1954年生于马来西亚霹雳州美罗瓜拉美金新村，祖籍广东揭阳。1974年赴台，曾就读台湾政治大学中文系。曾任神州诗社副社长，现任马来西亚天狼星诗社常务副社长。

牛油果

和这诡异的水果相遇
在餐桌一隅，那么硬
且牛一般的存在
青涩的岁月与颜色
产地来历不明
眼神交会，断定是野果
任由它躺着。第七天

由青变黑，由硬撑到软
正想将这奇特
外星物种遗弃
却听到一阵外来声音
细柔又温顺：
何妨剖析身体，中间切开
去核后啃咬一口
加些月光搅拌鲜奶

喝了这杯
加些月光
搅拌鲜奶
牛油果汁

你将终身无憾

🌴 诗歌赏析

　　李宗舜的诗歌善于通过比喻、拟人、对比等手法，或联想身边细微的事物来表达感情。他的诗歌来源于生活，贴近生活，牛油果是生活中常见的物品，却又富含生活哲理，诗歌充满沧桑又不失奋进。其诗歌表现手法也比较多样，细读他的诗歌，给人点头称是、会心一笑之感。

（吴　悦）

秋　山

秋山,原名陈秋山,1961 年 1 月生,祖籍广东普宁,潮州人,现居于马来西亚北部吉打州的一个小村落——加拉岸。他是国际华文诗人笔会会员,东南亚华文诗人笔会发起人及创会理事,马来西亚华文作家协会会员,《风雅颂》诗刊编委,等等。出版诗集《大海与我》《一树芬芳等你》《秋山短诗选》《海浪的掌声》《我在寻找一道光》《山行者》。

我们都老了

脸上鱼纹吞蚀青春的水草
额上铁轨越走越深的黄昏
整座山头是漂白的雪
岁月风吹树木的老

我们都老了
老伯是行人尊敬的称呼
爸仄①是孩童亲切的问候

我们都老了
要栽培更多的新苗
要鼓动更多的后浪
要写更多的诗

---

① 爸仄:马来文中对伯伯的称呼。

我们都老了
远景越看越模糊
近景越看越头疼

我们都老了
不要再等待
该做的事就去做
该写的时代就去写
该出版的书就出版

我们都老了
啄木鸟啄食枯木的病虫
我们啄食一粒一粒的沧桑

我们都老了
健康是我们追寻的千里马
染饰的岁月染不回的青春

我们都老了
我们要像一棵树的挺拔
我们要像一座山的巍峨

我们要撒下黄昏最美的光芒
开创优雅的新风

我们都老了……

诗歌赏析

《我们都老了》以长诗的形式讲述我们都老了后的场景,大致分为三部分。第一部分用比喻的手法生动地刻画出我们老去的形象,鱼纹、额头、白发都是岁月留下的痕迹。第二部分是一系列以"我们都老了"作为开头的排比。我们是老了,但我们真的是什么也做不动了吗?不,不是的,那些尊称意味着我们要把自己当作榜样,鼓舞后进;我们头昏眼花,却依然要保持对生活的热爱;我们饱含沧桑,却依然积极锻炼、健康向上。最后一部分更是对文章思想的继往开来,这就是我们这帮刚毅、坚韧的老人,纵然面对生命的余晖,却依然迎着黄昏砥砺奋进!我们都老了吗?不,我们的心依然年轻!

秋山的诗歌里蕴含着人文的思考。新的时代已经来临,曾经年轻的我们也已老去。老练而排比的词句,回环往复,让人物的思想感情蕴蓄得更深邃丰富,使诗歌"肌理细腻",更富有艺术的感染力。

(吴　悦)

方　路

　　方路，原名李成友，1964 年 10 月 9 日生。马来西亚槟城
州大山脚日新独中、台湾屏东技术学院毕业。曾获花踪新诗
首奖、时报新诗评审奖、海鸥新诗评审奖、大马优秀青年作家
奖。著有诗集《伤心的隐喻》《电话亭》《白餐布》及诗选《方路
诗选Ⅰ:1993—2013》。现任《星洲日报》高级记者、马来亚大
学深耕文学创作课程讲师，2017 年创办"阿里路路 alilulu"
平台。

休息在一棵豆蔻树下

母亲坐在木寮前卷草烟　　旁边的羊齿蕨
也卷起舌尖

坐在旁边卷起一些坠下来的
时间

坐在木寮前　　母亲在一棵
豆蔻树下休息。　附近一口瓮
浸住许久的记忆

蚂蚁以为是口深井
张望一阵便掉头走

叶子落下时　　在风里攀成藤蔓

醒来时。母亲看到午后阳光
已经从树丛中掠过去

时间还装着毫不在意
和母亲一起坐在豆蔻树下
休息

诗歌赏析

　　《休息在一棵豆蔻树下》细腻地描绘了一幅母亲在豆蔻树下休息的画面，有"诗中有画"的既视感。诗歌分为六小节三部分，第一部回忆了母亲在豆蔻树下休息的场景细节，木寮前卷草烟和卷起的羊齿蕨，都与时间一起"卷"成一块，化成了浓浓的追忆。第二部分对主题做了进一步的点明和深化，那一口瓮凝聚了儿时太多的回忆，其中对蚂蚁的描述是对回忆的细化，就和儿时的我们对家的看法一样，那小小的一方天地就如同是整个世界。第三部分又是一幅画面。落叶飘然、时光错乱，一晃是午后一觉还是人生百年？最后一句结笔，点明题旨，回应开头。作者以豆蔻树为依托，托物寄词，传达了对儿时的回忆和母亲的思念。方路对细节的刻画细致入微，又惟妙惟肖，在他的描写下，确能做到"以小见大"。

（吴　悦）

张光达

张光达,1965 年 1 月生,马来西亚华人,祖籍福建同安。毕业于马来亚大学。著有诗论集《风雨中的一支笔:马华当代诗人作品评述》《马华现代诗论:时代性质与文化属性》《马华当代诗论:政治性、后现代性与文化属性》(2009),编著《辣味马华文学:90 年代马华文学争论性课题文选》,诗作散见于马华报章文艺版《南洋文艺》《文艺春秋》与文学杂志《蕉风》等园地,诗作收入陈大为、钟怡雯编《赤道形声:马华文学读本Ⅰ》等。

河

这一条河没有岸
泅泳的人哭丧着脸
特别声明:
一条没有岸的河
双手摇摆
抓不到一个定点
两脚踏空
那种深陷的感觉
格外惊心

呼吸窒息
双眼翻白
泅泳的人只有两种死法
灭顶或漂舞
没有渡船来摆渡

没有两岸来接回家

这一条河没有岸
从长江黄河到南中国海到马六甲海峡
从滚滚奔腾到莽莽苍苍到串串泡沫
咕噜噜串串泡沫不绝
从上游漂来下游
如一条失去双手双脚的鱼
依稀记得
却又遗落在海底深处
一首千寻不获的歌
一条没有涯岸的河

🌴 诗歌赏析

　　《河》通过对没有岸的河的描写，表达了诗人作为华裔的处境也犹如没有岸的河一样，没有两岸来接回家的哀伤与悲痛之情。第一节指出这是一条没有岸的河，因而在里面游泳的人都哭丧着脸。紧接着又声明这是一条没有岸的河，身处其中的人两脚踏空，双手摇摆，步步深陷，给人一种毫无依靠的不安全感，令人胆战心惊。而后一节中，诗歌着重描写了泅泳人的状态及可能会有的后果，一字一句将身处此环境中人的惊恐与挣扎直观地展现在我们面前。而这节的最后两句"没有渡船来摆渡/没有两岸来接回家"更是从侧面表明这是一条没有岸的河，同时也表明了处于此环境中的孤苦无依之感。而在第三节，首句又点明没有岸的河，其蜿蜒悠长，连接黄河与马六甲海峡，从上而下，听着浪声、水声渐渐变小，而身处其中的人却仍记得海底深处那千寻不获的歌。整首诗以没有岸的河来隐喻诗人所处的环境，表现其情感的变化，同时从情感变化中也可看出对祖国的思念。

　　诗人张光达善于抓住生活中的种种细节，赋予其新的内涵，同时也会将描写的事物与古时诗作相联系，古今相连，呈现出新的场景，从而带给我们读者一次次别样的审美体验。

（金　莹）

王　涛

王涛，马来西亚华文诗人，1965 年出生于马来西亚霹雳州邦咯岛。2014 年获得新加坡首届方修文学诗歌奖，2017 年获浦江全球诗歌赛奖。出版诗集《渔人的晚餐》《只有浪知道我们相爱最深》《醋熘白菜》《再战大海》《王涛诗选》《你醒在海醒之前》等。担任国际诗人笔会会员、世界华语诗盟会员、东南亚诗人笔会会员、马来西亚作家协会会员、欧亚丝绸之路国际诗社副社长，现任马来西亚霹雳曼绒文友会主席，《风雅颂》诗刊编委，《燎火》文学季刊作者。

一个中东小孩的心声

不要，不要来我们的国土
不要，不要到我们的家园
不要，电视里高兴的布什先生你不要来
布什，你是总统
你不是说你是人权民主大国的什么吗
你
不要踩碎我的沙堡
不要踏死今早刚刚抽芽的小仙人掌
不要炸毁爷爷留下来的破木床
不要，啊不要枪杀我当兵的哥哥
——哥哥是保卫国家的永远的英雄

不要，不要你来

我不要不要不要　　不——要！

呜呜呜呜呜……

🌴 诗歌赏析

　　《一个中东小孩的心声》以 2003 年的伊拉克战争为背景,通过一名小孩的视角揭示战争的无情与残酷,具有强烈的现实性。诗人指向明确,批判伊拉克战争的侵略性,以及对人性的摧残。诗歌借由孩童的稚嫩话语进行诉说,控诉战争破坏了家园、夺走了亲人,这不仅是对生活的毁灭,更是对心灵的打击。"不要,不要你来/我不要不要不要/不——要！/呜呜呜呜呜……"小孩声嘶力竭的哭诉透露出对战争的无力感,渲染了受侵略人民的愤怒与绝望。和平年代发生的战争更加牵动人心,战争没有绝对的胜利者,伊拉克人民是首当其冲的受害者,整个国家和民族的重建复苏需要经历漫长岁月的洗礼,还将留下永远无法愈合的创伤。然而对于美国而言,褪去浮流于表面的光鲜,实则撕下了其伪善的人道主义面孔,为战争牺牲的军人和家庭也将生存于痛苦之中,如此实在难以将其与胜利者画上等号。在世界和平的大环境下,人类命运共同体正在构建,虽然未知的明天无法预言,但是人们仍在期待拥有和谐的未来,切莫让悲剧再次上演。

　　王涛写作视野宽阔,不仅透视个人内心世界,还感知全人类的命运,最终抵达人性的终极关怀,体现诗人宽阔博大的内心境界。

(孔舒仪)

冯学良

冯学良,笔名林野夫,1965 年 11 月 28 日生于马来西亚砂拉越州,祖籍海南万宁,1966 年 3 月随家人迁居沙巴州迄今,目前定居亚庇市。曾出版三本散文、四本诗集及两本小说,部分作品收录于马华文学大系及国外文学刊物,亦曾获得两次"双福文学奖"(全国新诗组奖)及一次"琼崖奖"(全国新诗组奖)。目前是马来西亚华文作家协会(大马作协)永久会员,亦是大马作协沙巴联委会主席。

失　眠

我的窗口依然亮着灯
梦境等待破窗而入
熄火　开始追逐我的岁月
而我却守着一窗灯火
暂时拒绝入梦
企图把满室的诗句
羽化　并存

于是梦　开始在窗外叫阵
频频敲打玻璃窗
以风　以雨
营造一个假象的寒夜
逼我就范
我大喝一声

把夜空震破
碎成菱镜
就在黑夜悄悄败退之际
晨曦已开始爬上来

🌴 诗歌赏析

　　《失眠》这首诗歌共分为两节,诗人主要围绕着"我"与"梦境"之间的一场持久战展开。第一节讲述"梦境等待着破窗而入",而"我"却沉迷于诗歌创作之中不可自拔,故而"守着一窗灯火"拒绝入梦。第二节讲述"梦开始在窗外叫阵",不惜制造出风雨交加的寒夜假象逼我就范。在"梦境"的咄咄逼人之势下,"我"燃起了熊熊怒火,"大喝一声"将假象震破,黑夜消逝,"梦境"节节败退。在"我"与"梦境"的这场战争中,以晨曦的到来宣告了"我"的胜利。读冯学良的诗,不得不佩服他这活跃的创作思维,简单的熬夜写诗这么一件小事却能被他写得如此生动幽默、充满情趣。而他又总能从日常小事中发掘灵感,匠心独运,能将琐碎的小事赋之以哲理,又不流于哲理诗人单纯肢解意象的表面化形式。看似熬夜写诗,可其实诗中出现的"风""雨""寒夜"等意象又何尝不是诗人写作道路中遇到的种种艰辛、困顿;而"晨曦"这一意象又让他看到了光明,看到了坚持的希望。

（刘世琴）

刘育龙

刘育龙，1967 年 10 月 26 日生于马来西亚柔佛州士乃。从马来亚大学物理系毕业，现任出版社出版经理。爱写诗，也写些散文、微型小说及文学评论。1992 年获国际扶轮青年文学奖（微型小说）亚军，1997 年获第四届花踪文学奖新诗组佳作奖，1998 年获云里风（1997 年度优秀作家）文学奖三等奖以及第三届韦晕文学评论奖，2008 年获诗人杯评审奖。著作有诗合集《旧齿轮 No.6》和《有本诗集》，诗集《哪吒》和文学评论集《在权威与偏见之间》。

我在三万尺的高空上写诗

我在三万尺的高空上　此刻
云辽阔成静凝的大海
强风如浪涛
不时拍打双螺旋桨的水翼船
仿佛众神击鼓的节奏
拍在心底
响在诗中

我在三万尺的高空上写诗
船身时而颠簸　时而平稳
一支圆珠笔
一张再循环纸
一些想念

一丝恐惧　加上

一丛幽微的思绪

如此调配出来的诗

是与爱比较靠近

还是死？

在没有边际的云海上

一只铁鸟是一颗米粒

垂挂在纤细如幼发

命运之绳的一端

绳子的另一端

又是握在哪位神祇的手上？

当窗外的灰白渐渐转为苍绿

在轰隆隆的声响中

铁鸟把我散洒在云海的诗句

从天上

衔回心间

🌴 诗歌赏析

　　《我在三万尺的高空上写诗》这首诗歌共分为三节，诗人主要记述了"我"在高空飞机上写诗时的所思所感以及情绪的微妙变化。第一节讲述"我"坐在飞机上，周围的一切都显得那么不真实，云海翻腾、"强风如浪涛"，好似"众神击鼓"，而此刻"我"的心中也在击鼓。第二节讲述"我"身在"三万尺的高空"思绪万千。有思念、有恐惧、有忧愁，"我"随着飞机荡漾在无边的云海之巅，这时飞机变得渺小了，就像茫茫宇宙中的一粒尘埃那么微不足道。"我"感受到了生命的脆弱，就像被一根细线拉扯住的风筝，而线的另一头的命运之神随时可以把它掐断。第三节讲述飞机降落了，我拎着的心着地了，而散落在云海中的诗句也慢慢回归了心中。诗人主要是按照高空写诗—神游物外—飞机着陆这样的一个顺序展开的。诗人对于高空的恐惧化为对于生命的思考，情绪变化微妙。诗歌让人读来随诗人的思绪起伏，最终达到安定。整篇诗歌充满了哲理色彩，读后总会若有所思。

刘育龙的诗歌语言文字精炼，构思奇特，读来总能给人一种意外的收获。而诗人本人似乎也对于生活、历史、人生、生命有自己独特的见解。不论是写诗的神游还是看画的激荡，可以说他总是抱着一股强烈的社会历史责任感。在喧嚣的大都市生活的我们，又何尝会像其一样冷静地思考一番呢？可以说，读刘育龙的诗，就像在接受一番精神的洗礼。

（刘世琴）

贝　克

贝克，原名贝克民，1968 年 4 月生于马来西亚砂拉越州首府古晋。少年开始积极写作，作品以新诗、散文及短篇小说为主。目前为砂拉越星座诗社主席，亦为古晋写作人协会创办人。除积极创作外，也以肩负培育新一代写作人为己任。近年开始关注及着手砂拉越华文文学研究。

自　勉

当一切走过之后
蓦然回首　　千里外
只见沙尘滚滚无限凄叹

人生像一扁舟
生命放在舟上摇摇荡荡
也许有惊涛骇浪
或许风平浪静
最后都将安渡靠岸

当一切走过之后
遥望前程　　千里外
一缕炊烟　　向前走
炊烟灯火明亮处

诗歌赏析

　　《自勉》一诗分为三节,运用比喻、对偶等修辞手法表现了诗人对于过往的回顾以及面对未来执着向前、无畏面对的精神。一字一句中体现了诗人内心对过往、对人生最真切的感受。在第一节中,诗人描写了自己回望过往时的哀伤与凄叹之情。环境中的"千里外""沙尘滚滚"等词加深了过往的忧伤回忆,也为下节中诗人对人生的想法表达埋下伏笔。第二节中诗人将人生比作一叶扁舟,以舟在水面上的运行可能会遇到的情况,来喻示人生中可能会有的遭遇。既形象生动,又富有文学意蕴。而末句中"最后都将安渡靠岸"则表现了诗人对于人生的豁达与开阔的眼界。而第三节则着眼于一切走过之后,对于未来的展望。虽然未来离自己很远,希望也很渺茫,但却仍要向前迈进,才会见到炊烟灯火,感受到明亮的照拂。诗人在最后一节中直直地向我们展现了对未来大步迈进的决心与行动力,以诗化的语言传递着诗人最本真的感情。而标题中的"自勉"更能展现出诗人对于自我的交流与审问。

　　贝克在诗歌创作中善于运用诗化的语言来进行描写,同时又运用多种修辞手法来使诗歌内容更富有文学性。其以自己独特的眼光打量着周围的生活环境,感受着各种各样的文化之美,同时又用他的笔为我们描绘一幅幅动人的风景画,带给我们源源不断的艺术享受。

(金 莹)

吕育陶

吕育陶，1969 年 10 月生于马来西亚槟城州乔治市。美国康贝尔大学电脑科学系毕业，现任职于金融界。曾获《台湾时报》文学奖、新加坡方修文学奖、马来西亚花踪文学奖、海鸥文学奖、优秀青年作家奖。著有诗集《在我万能的想象王国》《黄袜子，自辩书》《寻家》。

纪念馆

我要记得，让精装版的读本记得我
文学馆外发亮的铜像记得我
历史的聚光灯记得我
颁奖台上的麦克风记得我
空无一人的礼堂轰然的掌声记得我
评论家的墨迹记得我
永不断电的网站记得我
搜索引擎里金属色的名人榜
记得我

已然不记得的是：
灵魂深处纷纭杂沓的丛林里
隐秘的板屋
那少年
微不足道
书写的初衷

诗歌赏析

　　《纪念馆》中诗人陈述了一部作品的独白。《纪念馆》中提及的作品显然是一部知名的著作,在各种场合都将被铭记,颇有流传千古之势。然而,人们记住了这部成功的作品,却忽视了"那少年微不足道书写的初衷",诗人对此表示遗憾。名作的横空出世令人津津乐道,人们关注作品的内容、意义、价值,为它欢呼鼓掌,希望它永久留存,一时间热闹非凡。诗人在《纪念馆》中述说社会对待作品的浮躁,为作品塑造了光鲜亮丽的外表,却忽视了内在本质,事实上,最重要的是透过作品感知作者创作的初心。诗人感慨,优秀作品应当被人们铭记,而作品的成功凝聚着作者的智慧与心血,沉淀之后,应当更多关注创作者的思想境界与生命状态,回归最原始的创作心态,挖掘作品的来历,探究深层价值。诗人同样在告诫人们,对作品的鉴赏应保持理性客观的态度,不仅停留于作品本身,还要穿越作品窥视创作者的心路历程,实现人与文的融合,才能真正读懂作品,体现作品的价值。

　　吕育陶是生活的多面手,其诗歌创作也呈现多样性,有着强烈的跳跃感,《纪念馆》呈现他对现实世界的关注,但不止步于此,未拘泥于诗歌结构的束缚,以灵活的思辨与想象表现风格多样的创作模式。他时而关注现实境遇,时而跳脱于日常,带来既新颖又独特的阅读体验。

(孔舒仪)

冼文光

冼文光,1970 年生于马来西亚柔佛州,1992 毕业于马来西亚艺术学院。曾获第二十五届台北联合报文学奖新诗大奖、美国芝华日报征文比赛次奖、嘉应散文奖、南方桂冠奖等。2003 年获马来西亚东方日报漫画比赛首奖,2006 年入围金蝶奖亚洲新人封面设计大奖,漫画获刊于美国、中国、韩国、泰国、新加坡与马来西亚报章、漫画特刊与年鉴。曾组摇滚乐队 MUSHROOM,PROST 于新加坡演出,歌曲收录于新马摇滚合辑与《吃风》(*Eating Air*)电影原声带。2007—2009 年旅居菲律宾写作长篇小说与纯美术创作并举办过两次个人展,著有诗集《以光为食》《RIZAL AVENUE:菲律宾诗记》《黑光/白影》,短篇小说集《柔佛海峡》《男女之事》,长篇小说《情敌》《苍蝇》,绘本《CHINA X'PERIENCE》,目前从事广告创意、词曲创作、写作与作画工作。

灵媒——观爆破艺术家蔡国强作品

血跟血混合
烟跟火药一齐

召唤深渊处人类的欲望无尽
充满张力的一则简讯
飞天过海;所欠债务
无法偿还,鲨鱼被冲上沙滩。
滚动水晶球,仿佛渗出血焰

古老歌剧海报里

眼影深沉的女伶

涂抹血液浓浆的唇片、

乳房；她们已忘记

她们的上帝；跟上帝

放逐的天使厮混：

自我的最后一天

世界末日那一天。

生火驱魔仪式

空中找不着靶子

射击太阳是一种挑战。

坟墓被铲掉墓地被迁移；

亡灵与遥远的传说

放弃执着：一种解脱。

仪式再度简化以适应当代；

这不是游戏：吞噬蜘蛛的女人

放生一万只鸽子——

混合血

烟跟火药

诗歌赏析

　　《灵媒——观爆破艺术家蔡国强作品》是冼文光在观看爆破艺术家蔡国强的作品展后所作，可以算作是一首观后感性质的诗歌。全诗共三节，讲求诗歌的建筑形式之美，第一节与第三节都只有短短 2 句，而中间一节长达 22 句。第一节是引子，用"血""烟"和"火药"将读者带入一个硝烟弥漫的爆破场域中。第二节是诗歌的主体部分，也是诗人极具想象力和表现力的部分，人类的灵魂可以被无尽的欲望所吞噬，纵欲的人如同赌徒一样失去理性和判断力，诗歌中大量辞藻的堆砌看似混乱无章，毫无逻辑，实际上正抓住了爆破现场那种混杂无序的特点，"血焰""血浆""坟墓"及"亡灵"等意象带有浓厚的血腥气息，能够使读者身临其境，切身感受一种混乱血腥的残酷环境。诗歌中的"仪式"跟随时代前进的步伐，得以简化便于适应当代社会，那些在仪式中舍身为人的牺牲者们用自己的断舍离换取千千万万生命的春天，在这里诗人表达了对他们的赞美之意。第三节中的"血""烟"和"火药"与第一节遥相呼应，完成了思绪从发散到收回的集合过程。

　　冼文光可以称得上是一位全能多才、天赋异禀的艺术杂家。他不仅在诗歌、散文、小说等创作上屡获褒奖，还在漫画、美术设计、音乐、广告创意、词曲创作等方面都有涉猎。他的诗歌中常常充满天马行空的想象，看似杂乱无章、冗长繁杂的文字堆砌，实则是一种意识流手法的运用，细细读来倒有一种奇特的旋律和节奏暗含其中。

（岳寒飞）

许通元

许通元,1974 年 9 月生于马来西亚砂拉越州泗里奎,祖籍福建诏安。在砂拉卓成长,后赴柔佛州士姑来马来西亚工艺大学,估价与产业管理硕士。现任南方大学学院图书馆馆长、马华文学馆主任、《蕉风》执行编辑、通识教育学士课程讲师、《南方大学学报》编委及柔佛州作协联委会主席。著有小说集《双镇记》《埋葬山蛭》,散文集《等待鹦鹉螺》及诗集《养死一瓶乳酸菌》,编著有《有志一同》《新加坡华文文学五十年》等。作品收入《新世纪东南亚华文微型小说精选》《新世纪东南亚华文闪小说精选》《马来西亚微型 15 家》《回家:马来西亚华文微型小说选》《马来西亚当代微型小说选》等。

面对一座荷花池

面对一座荷花池
潺潺水流紧跟随
此起彼落的咕咕鸽声
红蜻蜓在荷叶田上飞绕
竹林围墙挡不住泳池瞭望台的耸立
安静地展书阅读
美好的清晨正开始

"了解西方的文明
对话是必须路经的途径"
与大自然怡人之景色

需展开怎样的一种对话

岛屿承受西方殖民三四十载
保留完好　　兴都结合本土的文化
时间太短促
该庆幸时间太短促
幸存遗产融合多元色彩
造就一代代后裔持续经营
文化精致的雕纹门饰
在内心不断扩散的涟漪

面对一座荷花池
除了阅读写作
可以什么事情都不做
目光随时光飞逝千百年
在瞬间
目光随时光飞逝千百年
在此刻

诗歌赏析

　　《面对一座荷花池》全诗共分为四小节,第一小节首句便进行点题,让读者明白作者写下这首诗歌身处何地何景,"潺潺流水""咕咕鸽声""红蜻蜓""竹林"众物已然构成了作者清晨展书阅读时眼前最美好的画卷,这一小节的美确实沁人心脾,给读者心灵宁静的阅读感受。第二小节起到了起承转合的作用,作者首先用一句话表明须用对话去了解文明史,其次发问与眼前此景的大自然如何展开对话引出第三小节。第三小节描述了养育作者的马来西亚土地曾在1945年遭受英国的殖民侵略,但同时又庆幸短暂的殖民时间让这片土地保留了自己又结合了多元化的色彩,作者以比喻的手法将文化精致之处有趣地描述为雕纹门饰,并且由这些文化遗产不断充实自己的内心世界。最后的第四小节,首句再次点题,与第一小节首尾呼应,并用以反复、排比的手法对"目光随时光飞逝千百年"进行描写,无论如何作者一心挚爱阅读,可以对他人他物不管不顾。

本次挑选的许通元诗歌较之其他夸张怪诞的诗篇相对平淡,给读者的感觉并不是多么的错愕和惊异,诗歌很写实,不难看出许通元在童心不泯、调侃嘲讽之余对于故乡故土或是探寻自己的内心世界都有着自己的想法;造景上让人感叹,十分轻松就可以把读者带入当时自己本身的感官;叙述上也饱含现代诗的韵律。

(王思佳)

罗　罗

罗罗,原名罗志强,笔名罗罗、昆罗尔,1976 年 2 月生。毕业于台湾中山大学中文系,东华大学创英所。曾获马来西亚海鸥年度文学奖、新加坡方修文学奖、台湾梁实秋文学奖、香港青年文学奖、zoom 自在短片奖、我的桃园印象微电影、客家45 小时影片竞赛奖、大学杯年度百大影像等。现为台湾"国立"中央大学中文所博士班学生,兼任教于中央大学及静宜大学中文系。着有诗集《诗在逃亡》《小米书》,散文集《马来貘》。

家 的 探 微

动机:以爱为名,我们如虫子般逐步寻觅,温暖的拥抱。

目的:在日常的叙事里,以繁数多元的视角,构筑巢穴的未来。

过程:

1. 先是有个栖身的宀
2. 再来养只豕
3. 证明食住同源重要性
4. 原来这是一段写实的历史
5. 因为爱情没有终点
6. 且偶然会驯养
7. 并繁殖更多结局
8. 若想彩虹它
9. 请努力履行契约

10. 以证明自己价值

结论：
于是，背着你的快乐来到家的门前
你们喊我的名字
抖落坚硬几丁质疲惫

🌴 诗歌赏析

　　《家的探微》这首诗很有意思，很容易吸引读者的目光。首先从写作格式上，别具一格。诗人写了"探微"的整个过程——动机、目的、过程、结论，也是整首诗歌的四个部分。第二部分写目的，诗人用了"繁数多元"四个字，其实就为下文的描写奠定了基础，诗人探微的视角是多元的。过程就是本诗的核心部分，诗人把"家"这个字的部件拆开来写，从字和义两个方面结合来写，不仅写出了家的意义，也展现了中国汉字的独特魅力，其实是蕴含了丰厚的文化底蕴的。诗人从"家"这个字的部件，悟出了"食住同源重要性"。后面又引出了"爱情"，很巧妙地点出了爱情是需要"驯养""繁殖"的，而且爱情一旦开了花，有了家，就是一种美好的契约，就要"努力履行契约"。最后，得出一个美好的结论，"快乐""抖落疲惫"都表达了，家在诗人的心中，是带来快乐，温暖心灵的港湾。

（张瑞坤）

周天派

周天派，1982年生于马来西亚槟榔屿。毕业于台湾中山大学中文系，台湾东华大学创作与英语文学研究所。曾获《幼狮文艺》(YOUTH SHOW)与"菁世代"推荐创作者、《创世纪》诗刊校园诗人、《南洋商报》与《光华日报》副刊年度诗人、高雄文学创作奖助计划新诗首奖、大马海鸥文学奖、新加坡全国诗歌奖双语首奖等。

我们每天梳头

我们每天梳头
那是年幼养成的
一种梳理自我的习惯

是一日之初
以及临睡前
人类对镜进行的仪式

有些时候则是技艺
用于面对各种
人群与场合

我们依据自己
亲友或专家的看法
修剪美观得体的风格

偶尔披头散发
潜藏浪游者的梳理逻辑或主张
艺术之反常

当头发随日子飘逝
不若往昔油亮夺目
则选择变装

浸染改造心境的色泽
使其适度卷曲或
表现柔软

脆弱的发丝经常
悄悄凋落
我们无法预知

有多少曾经
与生命相连的事物
每天自身体迸裂，隐秘散佚

🌴 诗歌赏析

　　《我们每天梳头》这首诗歌，通过梳头这件每天都会做的小事，感悟出了许多人生的哲理。前面五段话，诗人描写到梳头是一种习惯，有时候也是一种仪式，有时还是一种技艺。生活要有一种仪式感，梳头本身就是一种仪式，每天起床或者睡前，都会对着镜子完成它。其次，梳头有时候是技艺的需要，在不同的场合，见不同的人，根据不同的职业、不同的诉求，等等，都会有不一样的梳头方式。其实做人也是如此，做人正如梳头，我们会为了生活而改变自己。从"当头发随日子飘逝/不若往昔油亮夺目/则选择变装"这里开始转折，时间和心境也会改变头发和梳头的状态，人也是如此。"脆弱的发丝经常/悄悄凋落/我们无法预知"，人的生命中也会有许许多多无法预知的人和事,曾经散发的光泽与美好,都开始渐渐褪色消逝。整首诗读完,其实给人的感觉是很平静的,这和诗人平铺直叙的表达方式有关,诗人并没有过分渲染诗歌的气氛和夸张感情的表达,而是在一点一滴中描写生活,以小见大,从习惯升华为人生,而且诗人抓住了头发的一个重要特征:与生命相连。我们曾经经历的人或事,都是为之付出过的生命,随着时间,它会渐渐模糊消失。诗人也是在感叹岁月、时间、生命的流逝,也间接地表达出在短暂的生命里,我们要做回真正的自己。时过境迁,我们在光阴里丢了什么?岁月流转,年华里错过何家?

(张瑞坤)

欧筱佩

欧筱佩，1983 年 3 月生于马来西亚霹雳州怡保。曾获
2013 年台湾文学营创作奖，2015（第四届）、2016（第五届）马来
西亚华文微型小说创作比赛优胜奖。入围第一、第二届全球
散文大赛。获 2016 年东马砂拉越海马文学散文入围佳作奖、
2017 年第四届中外诗歌散文邀请赛二等奖、2017 年新加坡诗
歌节诗歌比赛最佳奖项。文类创作散见于新、马、台报章与文
学杂志刊物。

如果你是山

如果你是山
请你静止移动
让我站在山口处望向大地
愚人采集路上碎石　换存麻雀明天的粮食
童稚时堆积成年的拼图
成年后竟忘却纸船的折法
你把我带来这世界　但不能将我送走
所有日子都挂在老家里发酵

在人群里
我没有值得炫耀的尾巴
唯一的藏身处　就是你那会长皱的皮包
一摊开　孩子便站你在眼前
原地不动

光阴的外套没有二手货
统统被扔入酒的瓮
归家的步伐便是撬盖的陈年甘醴

有些尊严仍旧在夜间游离浪荡
你的，我的
血液翻滚着相同的伤口
门前大树　　如果长出新枝丫
变成路灯　　夜间引领掉落的叶子
伤疤会随着绿色汁液愈合
我就不再流浪

如果你是山
请你静止移动
如果你不再是山
我将回返站在你的面前的孩子
原地不动

🌴 **诗 歌 赏 析**

　　《如果你是山》全诗共分为四节，整首诗采取借物喻人的表达手法，将"山"比喻为自己的父亲，并将山的形象比喻为自己父亲的伟岸形象，写下此诗。第一节首句即进行点题，"山口"指代的是父亲的臂膀，作者曾在孩童时期坐在父亲的肩膀上阅览过许多风景和事物，同时写出了自己在童年时对长大后的憧憬，但真正长大后又遗失了童年时的心境，表达出了一丝惋惜。第二节前半部分描写了自己小时紧跟父亲身后，常常躲在皮包后的情景，这里的语言写得十分生动；后半部分将时光比喻为酒，时光积累为陈年酒，撬开这坛酒回忆便扑面而来。第三节描述了作者与父亲之间的关系，兴许是彼此的某些争执导致磨不开面子，让作者踏上了"流浪"的道路，但其实内心不然，作者更是表达出了想与父亲早日修复不和，并且能够早日归家的愿望。最后第四节，首句点题并且与首段首尾呼应，但奇妙的是作者反转了标题，"如果你不再是山"我会怎么做，作者表达出了自己对父亲的思念，对孩童时期受父亲保护的怀念以及想要永远陪伴在自己父亲身边的美好情感。

通过这首诗歌不难发现，欧筱佩这位作家在情感色彩的表达上有自己独特的手法，诗歌的情感充沛、色彩饱满，并且拥有一份难得的细腻在内，情感上层层递进，让读者阅读后产生画面感且有代入感。欧筱佩善于在情感之中激发创作的灵感，感情质朴、主旨明确，抓住生活经历让读者领略其中的感情。

（王思佳）

陈伟哲

陈伟哲,1988 年 3 月生于马来西亚瓜拉登嘉楼。吉隆坡拉曼大学化学工程系毕业。著有诗集《末日有诗》《室内之诗》《当你也寂寞的时候》《浮游生物》。《鱼骨》入选 2012 台湾诗选。

世界没有一块比你甜的土地

鸡胸肉仿佛注满毒液
罕见的病毒
杀死无数无数味蕾
消毒一遍的舌尖
感官一贫如洗

你偏偏放弃甜甜圈
你舍弃所有为你而开的苦瓜
你不买对你微笑的四川菜
你已不懂如何腌制
不对位的滋味

所以世界没有一块比你还甜的土地
蚂蚁失踪许久
连回家的路都忘了
方糖只好寂寞起来

🌴 诗歌赏析

《世界上没有一块比你甜的土地》这首诗歌分为三节,深切表达了对土地发展的忧愁。首先在第一节中就为我们描绘了一幅恐怖的画面:注满毒液的鸡胸肉,罕见的病毒侵蚀人们的味蕾,舌尖被不断消毒,使得感官已失去作用。形象生动地展现了可能发生的悲惨情形,让人不禁感同身受。而在第二节,将土地拟人化,并用第二人称的方式出现,带给读者一种亲近之感,拉近了读者与诗歌之间的距离。而这块土地放弃了甜甜圈、苦瓜、四川菜等对自己有利的事物,因而也会面临如最后两句所说"你已不懂如何腌制/不对位的滋味"的后果。而第三节则回到了土地本身,因为世界上没有一块比你甜的土地,因而蚂蚁已无踪迹,连带着方糖也寂寞起来。诗歌先是以题目的奇特来吸引读者的眼球,而后在诗歌内容上由外到内表达了诗人对土地变化的担忧之情。

诗人陈伟哲以身边的事物入手,以自己独特的观察点与丰富的联想能力对土地进行描述,从而表达出自己的独特情感,同时也带给我们别样的文学体验。

(金 莹)

陈伟哲　177

周若鹏

周若鹏，马来西亚华裔诗人，生于吉隆坡。现任大将出版社社长。他兴趣范围甚广，除写诗以外，喜好表演，诗歌朗诵、魔术、赛车均有所涉。1999年起参与演出动地吟全国巡回诗曲朗唱会。曾获花踪文学奖、海鸥文学奖、全国优秀青年诗人奖等。著有诗集《相思扑满》《速读》《香草》，散文集《突然我是船长》。

花　仆

你不知道这片土壤蕴含什么养分
乍晴乍雨　天气掌控在别人手里
风八方而来　把一颗颗未知的种子
交付你手

你不知道种子将长成什么花木
只隐隐触及微颤的生机
小小　小小的
混沌未开的宇宙
将展现怎样的星云
你好奇　必须种下去
种下去　再种下去

艳阳毒烈　你引来智慧的清泉灌溉
暴雨来袭　你掘开包容的泥沟疏导

待种子发芽初长

你一株株细细打量　猜测

未来是怎样的高度和颜色

你总是等不及花开便离开

去承接更多更多的种子

经营一片又一片希望的花圃

而所有灿烂都在绽放于背后

你忙着耕耘

无暇回顾

你终于在树荫下歇息　突然发现

竟刻着当年熟悉的名字

放眼回望　那些走过的地方

已是繁花盛景

结着累累果实

诗歌赏析

　　《花仆》全诗分为五节,将老师比喻成耕耘栽种的花仆,表现了老师如花仆一般辛勤与劳苦的形象,同时也体现了诗人对于老师浓烈的赞扬之情。第一节描写花仆不知种子耕种的各种环境,却仍执着地将随之而来的种子交托己手。而在第二节中,诗回到花仆对种子的猜想之中。小小的、略带生机的种子带着花仆的好奇被颗颗种下。第三节则是着重描写了花仆对于种子的精心照顾,为其灌溉、疏导,以父亲般的目光打量,猜测着种子未来的发展。第四节则描写了花仆繁忙的身影,不断地种着种子,开垦着新地,辛勤劳作着,而无暇回顾自己以往的努力。而到了最后一节,辛勤的花仆终于坐下休息时,他回望着以往的劳作,才发现走过的道路已是繁花盛开,硕果累累。而这正也喻示着祖国的园丁——老师,在为一朵朵花朵不断奉献着自己,培养着他们,如花仆一般贡献着自己的心力。而诗人也借此描写了教师教导授业的全过程,步步递进,情感也随之显露,表达了诗人对辛劳工作的教师的赞扬之情。

　　诗人周若鹏善于抓住身边的简单事物,通过自己笔下的书写,赋予它们新的内涵。用朴实的话语表现自己内心最真实的想法,为我们弹奏出一首首动人心弦的爱之乐、情之曲,不断为我们带来美好而雅致的精神享受。

(金　莹)

王修捷

王修捷，马来西亚音乐人，讲师，专栏作家。作品曾多次获得星云文学奖、海鸥文学奖、雪州青年文学奖等奖项。曾出版五本小说。

信　箱

还没写完昨天的日记，今天就降临
速写一封无聊的公函
投进邮筒败坏的胃口
女书记的眼袋像岁月的年轮
一圈一圈豢养
关于工作和工作以后的事
关于对话
都刻在唇膏上，然后从左到右
一撇封印起来

生活就是
一堆数据的流动
和一些档的传递
一个放空的信箱挂在篱笆上
喂以各种账单
附加无聊的宣传单
偶尔受潮
始终会干

但我忘了怎么还原

生活的细节

如果信箱也有梦

会否记得它也有集体无意识

梦见失窃的信

梦见邮筒

梦见你

🌴 诗歌赏析

　　《信箱》一诗分为两节,以信箱来喻示生活,从而传递出诗人对信、对故人的思念之情。第一节就以未写完的日记在今日降临入手,而后写到了女书记,将她的眼袋比喻成岁月的年轮,后句中的"一圈一圈""豢养"则表现了女书记为工作所付出的辛劳之深。此后又抓住女性独有的唇膏,将"对话"刻在唇膏上,巧用了独特的修辞方式。而在下一节中,诗人将目光转到了对生活的描写上,生活就是一堆数据的流动,一些文件的传递。而后生活犹如放空的信箱一般,被各种账单、宣传单等类似的琐事所填满,虽有波澜,但终会归于平静。而诗歌的后几句,将信箱拟人化,在询问的过程中表现了诗人对于过往时光的留恋之情。

(金　莹)

泰
国
卷

岭南人

诗人岭南人,原名符绩忠,1932 年生于海南文昌,其父为泰华著名侨商。20 世纪 50 年代毕业于山西大学中文系,后到香港经商,60 年代去泰国经营珠宝丝布生意。从小就爱诗梦诗,出版了诗集《结》等,《上管短笛》《泳》《回到故乡的月亮胖了》《无歌也无泪》等诗作名篇是泰华诗坛上有影响的珍品。

走过潮起潮落——献给泰华作协 30 周年庆

踉踉跄跄,你走来
从 20 世纪 80 年代
走过　风起云涌
峰回　路转
走过　潮起潮落
潮落　潮起……
你是湄南河的流水
流水中的落花
流入　长江
流入　黄河
你是湄南河的流水
我是流水中
一朵小小的浪花
随波
逐流
流入大江大河

弹指间,走过三十年的沧桑

跨越　两个世纪

深深　浅浅的脚印

留下　歌声

也留下　哭声

湄南河听得见

长江黄河也听得见

踉踉跄跄,你走来

走过三十年的天翻地覆

走过　潮起潮落

潮落　潮起……

🌴 诗歌赏析

　　岭南人作为泰华文坛的中坚力量,为泰华文学的发展注入了许多心血,一路见证了泰华文学的成长。《走过潮起潮落——献给泰华作协 30 周年庆》是诗人一路伴随泰华文学发展的内心写照,交融了多种情愫。全诗呈现层层推进的格局,以"踉踉跄跄""峰回路转"形容泰华文学的艰辛路程,岭南人见证了泰华文坛过去三十年的风云,也将陪伴其走向下一段征程。因此,在他的笔下,泰华文学象征着"湄南河的流水",而他本人则是"流水中的浪花",抒发了个人对泰华文坛的热爱并明确自身振兴泰华文坛的责任。诗人始终强调,"湄南河的流水"融入了长江黄河,长江黄河也能听见泰华文学的声音,这是诗人溯源泰华文学根基的描摹。泰华文学在中国文学的影响下发轫,泰华作家也与中国故土有着千丝万缕的联系,无论是个人内心烛照,还是作品照进现实,泰华文学始终与华夏文明难以割舍,缠绕着血脉之情。岭南人关心泰华作家的生命状态,以及泰华文学的情感归依,值泰华作协 30 周年之际将丰富充沛的感情记录于这首诗中。

　　岭南人的创作丰富多元,既有关注文坛发展与社会历史的情怀,也有关心生活细节的细腻情感,形成了他独特的文学品性。他善于感受生活、感知生命,也乐于将其记录为文字,与读者分享内心的真实感受。

(孔舒仪)

司马攻

司马攻，1933年生，原名马君楚，另有笔名剑曹、田茵等，泰籍华人，祖籍广东潮阳。1966年开始文学创作，著有《明月水中来》《冷热集》《泰国琐谈》《踏影集》《梦余暇笔》《湄江消夏录》《演员》《挽节集》《司马攻散文集》《司马攻文集》《司马攻序跋集》《人妖　古船》《小河流梦》《文缘有序》《司马攻微型小说100篇》等。现为泰国华文作家协会永久名誉会长，世界华文微型小说研究会顾问。

挥　手

我的手握着你的手
我们紧握着无数个再见
两只手慢慢地放开
再见掉在地上
我的手挥向你挥着的手
再见就好像写在掌心中
挥着的手茫茫掠过眼梢
无数个再见向空中飘去
挥一挥手
挥去了三十多年
你的再见和我的再见
都不知掉在哪里
假如我能拾到那个再见
然后

我们又必须说声再见
我决不向你挥手

🌴 诗歌赏析

　　《挥手》这首诗歌通过对人与人离别时挥手的动作的描写,来表达诗人离别时的忧伤及对以后不愿分别的期望之情。先是诗歌的前四句,"我"和"你"的手紧紧相握,握住了无数个再见,那时的"我们"还未曾分离,而当"我们"的手慢慢地放开,再见如物品一样掉在了地上,那时的"我们"感受到了离别的预兆。将再见这一情景化为实物落在地上,其独特的描写方式,吸引着读者的眼球,同时也通过再见的落地来传递淡淡的哀伤。而紧接着的四句,则描写了"你""我"相互挥手告别,而再见则缓缓飘向空中,带去诗人对友人的思念。后四句则表达了挥手挥去三十多年的"你""我",再见已不知落到了哪里,这既与上文的内容相照应,又可以引出后面的内容,从而使诗歌上下关联。而最后的四句描写了"我"的期望,当"我"能再拾到再见时,两人互说再见时,"我"决不会再挥手告别,表现了诗人对于离别的不舍之情。诗歌的内容层层递进,感情渐渐凸显,向我们传递了浓浓的哀伤与怀念之情。因而从司马攻的诗歌中可以看出,他在创作中善于抓住身边的一些小的事物,并将自己的想法附着其中,从而表达出自己内心最深切的感受,不断带给我们一个个美好而又持久的审美体验。

（金　莹）

马　凡

马凡，原名马清泉，1934年生于泰国曼谷，祖籍广东潮阳。现任泰国华文作家协会理事、顾问，泰国皇家摄影学会会士，英国皇家摄影学会会士。20世纪50年代初开始写作，60年代后搁笔，1994年又执笔写作。短篇小说《战地情》获1996年《亚洲日报》与泰国华文作家协会联合举办的1996泰华短篇小说金牌奖征文亚军。出版《蝶恋花》《马凡文集》《奇石》《放猫》《湄江风雨》等作品。

皇帝的新装

把虚荣若赤的衣冠
一齐脱下
你　我
赤裸如生

十年
似沉浸在醉梦里
潇洒风流大千世界
独领风骚
赞扬与诋毁参半
东方固有文化之邦
竟被西方靡靡之音摆布
混淆荒唐悖谬的企妄
把中华民族千古的灵魂

挤出孤妄自狂的舌尖

把人性道德出卖

献给魔鬼

一厢情愿

独行其是

仇视中华民族一脉相传的美德

化成一条大毒蛇

吐出毒瘴

伤害人民

把归向母亲怀抱的人们

咽喉勒紧

使他们无言懵懵

只让饶舌献媚的鹦鹉扮演

禽兽天才的强记

重重复复

早晚向你歌功颂德

嚣张

唯我独尊

前前后后

依偎在帷幄身旁

梦幻一床星月

却精疲力竭现形为一头魔影

伸向超越界限

乌鸦却要飞上凤凰台

乐此不疲奢谈百禽之皇宝座

搏赌赢的高官显贵拼贴现代祸藏手段

全世界中华民族赤子之心

与台海峡两岸中华儿女

正射出一道讽喻的目光

投摽一股正义燃烧的火种
看你最终散乱状态妄为走向
深宫残破时将是你送终的日子

🌴 诗歌赏析

　　《皇帝的新装》原是一篇耳熟能详的儿童故事，讲述了一位皇帝自以为穿上了一件美丽衣裳，实则裸露身体出尽洋相的糗事。马凡以"皇帝的新装"为切入点，隐喻所谓西方文明世界中的不光彩手段与糟粕文化。西方发达国家忌惮于东方文明古国的崛起，试图将中国挤出世界话语体系，如"皇帝"自欺欺人一般，无视中华文明几千年的积淀与传承。随着时代的发展，世界一体化进程日趋明显，中国话语愈加重要，西方国家素来的优越感早已过时，从各方面对中国实施所谓的"制约"，实则是对自身实力缺乏自信，担心、畏惧中国对其发展形成冲击与挤压。如今，华夏民族一扫往日阴霾，华人血脉相连，传承中华民族的文化积淀，树立文化自信，振兴华夏之邦，将属于中华民族的"中国梦"推向世界，影响时代进程。这首《皇帝的新装》，诗人批判性指向明确，指责西方文明中的糟粕成分，借以抒怀对中华文明传承的热爱，也表达了对中华民族团结向上的期冀。

　　马凡以文字的力量抒发情感，他的诗歌创作格局广大，源于他对现实世界与民族命运的关注，在诗歌中融入历史文化、政治话语、现实格局等要素，既抒怀了个人家国情怀，又体现了作为诗人的使命担当，独树一帜且难能可贵。

（孔舒仪）

曾 心

曾心,1938年10月生于泰国曼谷,泰籍,祖籍广东普宁。毕业于厦门大学中国语言文学系,深造于广州中医学院。1982年返回出生地,从商、从医、从教、从文。出版《大自然的儿子》《心追那钟声》《蓝眼睛》《消失的曲声》《凉亭》《曾心自选集——小诗三百首》《曾心小诗500首》《给泰华文学把脉》等19部作品。多篇作品获奖,被选入"教程""读本"和中国省市中考、高考语文试题。其中《捐躯》被选为2015年中国普通高等学校招生全国统一考试语文试题。现为泰华作家协会副主席、厦门大学东南亚华文文学研究中心兼职研究员、东南大学现代汉诗研究所兼职研究员、泰国留学中国大学校友总会办公室主任。

我的小船

我的记忆小船
曾在鹭江靠岸
拾得许多玲珑的贝壳
载着一船憧憬与梦幻

我的生活小船
曾几遭暗滩
颠颠簸簸
载着一船苦辣甜酸

我的心灵小船
曾一度搁浅
痴痴捡些方块文字
载着一船断简残篇

诗歌赏析

　　《我的小船》全诗分为三节，诗人从"记忆""生活""心灵"三个方面入手，在多重视角中内视自己的情感世界。第一节讲述诗人追忆过往、怀恋故地、缅怀彼时美好的情感体验，"鹭江"与"贝壳"是诗人潜在记忆的具象化表达，"憧憬"与"梦幻"则是其对逝去时光之不舍与留念的集中表现。第二节讲述诗人的生活历程，在生命的旅途中遭遇过多次挫折与挑战，饱尝了人生的"苦辣甜酸"，在回首自己来时路时，虽然五味杂陈，但却不失坚韧与乐观。第三节讲述诗人心灵上的坚守与背离，个人灵魂与精神的追求时常与现实社会中的实际抉择形成矛盾，对于曾心而言，虽然曾历经从医、从商、从教、从文等生活体验，但始终舍不掉心中对文学梦的追求，"痴痴"一词表达了其对文学赤诚的热爱，"断简残篇"则精准地表述出曾心在繁杂事务之外，对文学锲而不舍的坚守与捍卫。

　　曾心认为"有爱对世界才有情，情是从爱中漫溢出来的琼浆"，他在诗歌创作中秉持了博爱的理念，字里行间常常流露出自己内心深处的缕缕动人之情。曾心的诗歌创作可以视作其精神层面的远航和旅行，他用细腻精致的笔触不断地谱写出一首首动人心弦的爱之乐、情之曲，持续地带给我们美好而雅致的精神享受。

（岳寒飞）

博　夫

　　博夫,原名樊祥和,字正荣,号博夫,1946 年 12 月生,樊子第八十一世传人,祖籍江苏张家港。世界文艺出版社社长兼总编审,泰国华文作家协会理事,泰国留学中国大学校友总会文艺写作学会理事,中原书画研究院高级研究员,泰华小诗磨坊成员。出版长篇小说《圆梦》《爱情原生态》,小说集《爱不是占有》,诗集《路过》,散文集《父亲的老情书》,游记《芭堤雅的夜生活》,百字精粹小说集《情怯》,以及《中华六十景诗书画印集》《世界印坛大观》《中国龙典(咏龙篇)》。2007 年开始多人合作,每年出版一册《小诗磨坊》。1999 年导演的电视剧《日出日落》分别在中央电视台 1 频道和 8 频道播出。曾在许多国家举办个人艺术作品展,艺术代表作品有微雕万寿碑、微雕世界名人、毛发雕刻、金石篆刻等,对钢笔画、油画都颇有研究。

擦亮眼睛看历史——纪念抗日战争胜利 70 周年

"九一八"的歌声
还在百姓嘴里鸣唱
"七七卢沟桥事变"
枪声还没有走远
惨无人道的南京大屠杀
亡灵还在哭泣
为抗日战争捐躯的铁血儿女
英灵尚未安息

时过七旬

国殇难忘

历史的尘埃

诉说着七十年前的战况

肃静的抗战烈士墓碑

竖立成一面面迎风招展的旗帜

灾难虽已过去

阴影却无法抹去

罪恶的灵魂还在

我们必须擦亮自己的眼睛

诗歌赏析

　　《擦亮眼睛看历史——纪念抗日战争胜利70周年》一诗是作者在抗日战争胜利70周年来临之际的感情之作。全诗一共分为三段,第一段叙写了历史上发生的国家灾难,"九一八事变"是日本在中国东北蓄意制造并发动的一场侵华战争,是日本帝国主义侵华的开端。"七七事变"是日本帝国主义全面侵华战争的开始,也是中华民族进行全面抗战的起点。震惊中外的南京大屠杀,旷日持久的抗日战争,这一切都是刻在我们心中无法抹去的伤痕。时间也许可以冲淡过去,但是为战争献身的广大中国人民是存在在历史中无法磨灭的。博夫用八句诗,警醒我们应该直面历史,记住历史。第二段则是第一段感情的生发,七十年的历史化作墓碑,作者将烈士墓碑比作迎风招展的旗帜,这是烈士用鲜血铸就而成的。第三段是博夫对于历史的总结,也许灾难已经过去了,但是这段历史必须要存在于我们心中,一代代继承下去,人民勿忘国耻,国家才能走得更远。

（王　璐）

刘 舟

刘舟,原名侯景贤,现名刘义,1947年生,云南易门县人。现为泰国泰华文学研究社理事、泰华新诗学会理事、《湄南河诗刊》副主编、泰华作协会员,文学作品在中国台湾、泰国征文比赛中多次获奖。

母亲节追思

母亲坟上的荒草
枯了又发

年年母亲节
又惹起对母亲的哀思
我多想抱住您
再叫一声
母亲

诗歌赏析

《母亲节追思》整首诗看似很简单,其实包含了千言万语,诗人对已故母亲的思念之情溢于言表。本诗一开头就出现"坟上的荒草",奠定了本诗悲痛的感情基调。"枯了又发"简单干脆的四个字,包含了岁岁年年都不得相见的忧伤。荒草可以枯了又发,母亲却再也回不来。有些悲伤也许平时可以埋在心底,但每年的母亲节,都会勾起诗人的回忆,唤起对母亲深深的哀思。物是人非事事休,欲语泪先流。最后,诗人的感情再也控制不住,"多想抱住您/再叫一声母亲"，很简单普通的话语，但是似乎可以看到诗人站在母亲的坟头，湿了眼眶，眼泪已止不住地往下流。"母亲"两个字收尾，沉甸甸，压在诗人心头。

诗人并没有用很多词汇大肆宣扬自己的悲痛，而是用最质朴平常的话语，让人有种身临其境的感觉，仿佛和诗人一起，站在母亲坟头，触景生情，感叹时光飞逝，物是人非，简单，但沉重。看诗人一生的遭遇，就可以感受到诗人一生历尽磨难，经历人生种种，最后沉淀下来的，都是诗人对亲人最真挚的思念。

（张瑞坤）

今 石

今石,原名辛华,1953 年 11 月出生于中国海南万宁,祖籍山东莘县。移居泰国后,业余时间在泰国和中国港台报纸杂志发表诗歌、散文、小说。与泰华文友合著散文集《湄南散文八家》、2007—2017 年出版《小诗磨坊》等。创作的散文诗曾收入《中外华文散文诗大辞典》。现为泰国华文作家协会理事、小诗磨坊成员。

矢车菊的早晨①

矢车菊的早晨
很孤寂。突然,
冲下来滂沱的泪水——
昨日风雨夜
一声恐怖的爆炸,夺去了
一双小手,一张笑脸
一句每天见面的问候

在泰国南部,莽莽苍苍
荫郁如磐的
橡胶林

矢车菊的早晨

---

① 泰国南部边境三府,穷凶极恶的分裂分子每天都在制造恐怖的血案。

很悲痛,唯一的安慰
我能站在她的身边
陪陪她呀,也能
为她解解寂寞吗?
我是她一双小手
轻轻地,从山野中
捧回家来的呀!

矢车菊的早晨
很温馨。爸爸来为她
浇水,除草,施肥
妈妈把一只漂亮的蝴蝶结
轻轻地结在她的头上
如今她只有一个念头——
当好一个女儿

矢车菊的早晨
有歌声渐行渐近
太阳升起来了呀
鲜红鲜红的光辉
照亮了她的全身

🌴 诗歌赏析

　　《矢车菊的早晨》全诗共分为五节,诗人以一株植物的视角,展现了
泰国南部边境三府压抑、恐怖的生活环境和人民向往和平及完整家庭生
活的美好憧憬。诗的开头诗人便以沉痛的笔调描写了矢车菊因爆炸这
样一个恐怖袭击而失去了一个熟悉的面孔的情景,紧接着交代了事件发
生的地点为泰国南部,整个诗的前两段交代了诗的大背景。接着诗人借
矢车菊对小女孩的怀恋,表达了诗人对女孩离去的惋惜。小女孩离去让
矢车菊变成了父母对女孩思念的寄托,表现了家庭破碎的悲痛与沉重。

矢车菊又迎来了朝阳，即使生活在这样黑暗的社会下，仍然要对生活报以希望。

诗人语言朴实无华，用词言简意赅，情感真挚自然，让人感觉亲切。

（王思佳）

杨 玲

杨玲,1955 年 5 月生,祖籍广东潮汕。作品发表于泰国《世界日报》《新中原报》《亚洲日报》《泰华文学》和海外等地的报刊。现任世界微型小说学会理事、泰华作家协会副会长、《泰华文学》编委、小诗磨坊成员。出版泰文小说翻译集《画家》,微型小说集《曼谷奇遇》。与父亲老羊合著出版文集《淡如水》、微型小说集《迎春花》、诗集《红·黄·蓝》,2007—2015年和泰华诗坛诗人合作出版《小诗磨坊》。2014 年获首届世界华文微型小说双年度优秀奖,2016 年再获第二届世界华文微型小说双年度优秀奖。

树

我想树有耳朵,
你听它在奏乐,
沙啦　沙啦　沙啦。

我想树有眼睛,
你看它在调色,
嫩绿　深绿　墨绿。

我想树有鼻子,
你闻它在释放,
叶香　枝香　根香。

我想树有嘴巴，

它一直在讲着，

一个古老的故事。

🌴 诗歌赏析

　　杨玲在诗歌创作中展现出女性独有的敏感和细腻。《树》一篇中，作者将其分为四段，分别描述树的耳朵、眼睛、鼻子、嘴巴，耳朵在奏乐时发出了"沙啦沙啦"的声响，眼睛在调色时呈现出的各种绿色，鼻子释放花、枝、根的香味，他的嘴巴则在讲着古老的故事。作者用充满童话气息的语调，形象生动地展现给我们一幅生机勃勃的树景，这是对树的赞美，更是对生命的敬畏。

　　作者在诗歌创作中运用朴实的语言，生动地描写出自然景、四季美。深入浅出地表达自己对于自然对于世界的感悟，在生动活泼的语言中体悟人生、升华自我。

（王　璐）

吴小菡

吴小菡,1961 年生于广州,部队子弟,祖籍湖南。1984 年考入广东一家党报,担任记者和编辑,受到严格的新闻记者素质训练,新闻作品曾连续 4 年获得广东省好新闻奖,从事党报新闻记者编辑 10 年。1994 年移居泰国,1996 年投资创办彩色华文杂志《泰国风》至今,担任执行社长兼总编辑 22 年。《泰国风》是泰国创刊最早和经营时间最长的中文杂志。杂志在泰中两国政界、商界都有声誉和影响力,同时在中国港台地区、东盟各国家的华人圈中有知名度。从事泰中新闻职业 30 余年,吴小菡为泰国社会及泰国华人华侨做了大量新闻报道,尤其擅长采写人物专访,累计采访过的泰国政治家、企业家、文化名人等过百位,成为"泰华媒体一支笔"。

五十感怀

暖暖春阳,瑟瑟秋风
炎炎烈夏,刺骨寒冬
当我把人生四季走过
鬓丝染白提醒我
你已走完岁月半百

巫山彩云,大漠直烟
残阳水影,百川纳海
当我把人生景色读遍
眼角皱纹提醒我

你已走完岁月半百

爸爸教我做人的祖传
妈妈教我做女人的秘方
当我把玩风花雪月的真趣
畅快举杯邀月,赫然发现
谁偷走了我的心灵鸡汤

我在唐诗宋词里摆渡青春
常陪蔡文姬、李清照落泪
当我走丢在采菊东篱的路上
心中悔念错错错时,赫然已见
满园春色宫墙柳

我也有大观园的诗情画意
常枕着《红楼梦》入眠
我也有唐僧师徒的腾空幻想
迈开《西游记》步旅他乡变故乡
在佛佑的福地跪拜觅真谛
在阿弥陀佛里喜见莲花盛放

任湄南河的妩媚清风吹乱头发
把思绪吹向另一条母亲河珠江
感受母爱不同的怀抱
感受朝晖和夕阳变幻的温度
顿悟了白色的大度品格
五彩缤纷,本是从白光里跳跃而来

诗歌赏析

《五十感怀》全诗共分为六章节。诗人在诗的开头以四季来比喻诗人生命的四个阶段,并交代自己已经年过半百步入晚年。诗人在这半百的年纪,走过这世上很多的地方,看尽这世间的美景,眼角却也长出皱纹。从小到大,父母传授诗人不同的经验,可当诗人游戏人间一番之后,却发现那些心灵鸡汤,在这么多年之后,早已被远远抛在脑后。诗人在诗词中寻找,在名著中寻找,在经典中寻找,通过这种种不断地追寻自己,最终却发现,能给她最好解释的原来是源头,是自己出生的起点,是自己的根。诗人追寻了半生,最终终于参悟到了根的重要。

诗人情感细腻,善于描写画面与心灵的场景,有极强的代入感。

(王思佳)

晶　莹

晶莹，1962年生，祖籍辽宁沈阳。泰华作协理事、《泰华文学》编委、泰国留中校友总会文艺写作学会理事、泰华小诗磨坊成员。现任泰国法政、蓝甘杏、商会等大学教师，《世界日报》湄南河副刊主编。创作包括新诗、散文、散文诗、律绝、小说等文体。作品曾获泰华闪小说征文比赛优秀奖、世界华文微型小说双年奖优秀奖以及泰华散文征文比赛冠军奖。

迟到的祝福

自那日聆听
你唤世的第一声呐喊
我便被摄去了
盈怀的无限眷恋

捧星捧月般
捧着你的啼哭
期待着哭声中长出故事
祈盼你一天天长大
更梦幻你永守不长摇篮

细数未几的岁末分秒
释放四十五日来的无端忧虑
安守着你安详的无忧酣眠

幸福摧毁了劳累
概因你葱翠对大地的装扮
你悄然的如蜜微笑
恰皎月挂映湄南
静美　恬淡
轻柔　灿烂
倘揉进这子夜新年祝福
该何等可人娇甜？

我融合整个身心的光鲜元素
只为写出祝福的最新编码
奈何梦意阑珊

故梦辞令不入今宵子夜
我正候着黎明召唤
新年晨曦步履轻盈
款款迎来你四十六天

你两岁啦？！
我无须再于梦中顾盼
粼光湄南仰天畅眺
却仍望不尽
因你而绽的欢颜

🌴 诗歌赏析

　　作者满怀柔情，写下了这一篇《迟到的祝福》，描述了从孩子出生伊始到两岁间的美好时光，并且在其间描写了作者的心路历程。全篇诗歌共有七段，通过孩子的成长时间来描写每一个阶段的不同心情。第一、二段都描写了孩子出生后的哭声，并且通过"捧着""摄取""期待""祈盼""安守"等词语，形象地表达了作者初为人父时的欢欣雀跃和小心翼翼，以及对孩子的关怀和眷恋。第三段描述的是孩子出生四十五天后的场景,作者在文中提到了他的"无端忧虑",却在看到孩子的无忧睡颜时释怀了。第四段更是前文感情的生发,将孩子无意的微笑比喻成"皎月挂映湄南",连用四个形容词"静美""恬淡""轻柔""灿烂",更加深刻地表达了作者对孩子的赞美和深情的爱恋。第六、七段分别是孩子四十六天和两岁时的描述,从等待黎明至新年晨曦,都体现了作者对于孩子成长的喜悦和期盼之情。整诗作者以父亲的视角关照孩子的成长,一次微笑、一个睡颜都报以满怀的柔情和爱恋的描写,大量使用美好的意象和形容词,倾诉自己初为人父的缤纷感情,是一首让人感动的抒情诗。

这首诗是作者表达心境的优美篇章,诗人通过大量的自然景物和意象,缓缓地将其五彩缤纷的内心世界展现给我们,是诗歌创作的优秀篇章。

（王　璐）

阡　陌

阡陌,原名周治苹,1966 年 2 月 15 日生于中国台湾,现居泰国。作品多发表于泰国《亚洲日报》《世界日报》和《泰华文学》。2011 作品《心路》收入东南亚华文女作家选集《归雁》,2016 作品《一梦天涯　回首无云》获第二届全球华文"梦想照进心灵"征文大赛入围作品。

半冷咖啡

当我再度转身
那根断线已模糊了
有点不舍

再次想
轻抚你的背影
只是
一片迷蒙
你像真的消失了

我扬起嘴角冷笑着
我的热　我的光
像半冷咖啡
已没有了香气

诗歌赏析

《半冷咖啡》这首诗歌以一条"断线"为背景线索，牵引着我们跟随诗人的思绪走去，感受诗人的情感历程。有人说，时间是最好的良药，可以治愈一切感情的创伤。或许初次分别时撕心裂肺、愁肠百结，可一切都会随着时间慢慢淡化，最终变得波澜不惊、云淡风轻。"我"越走越远，"再度转身""断线已模糊"，曾经浓烈的情感也经不过时间的打磨、记忆的消耗。"我"努力回忆曾经自己再熟悉不过的身影，可是"一片迷蒙"，连背影都消失不见了，才恍然间觉得一切真的消失了。"我"的一腔热情最终演化成了嘴角的一抹"冷笑"。或许只有经历过感情的创伤的人，才会领悟这冷漠、淡然背后的辛酸。这时的感情，"像半冷咖啡"早"已没有了香气"。这里诗人以"热""光"两个意象，象征着"我"最初那热烈饱满的激情，但最终也不过是过眼云烟，这条"断线"终将成为被记忆埋藏在角落里的那微不足道的尘埃。

阡陌的诗歌文字精练，内容简洁，她对于诗歌情感的把握和拿捏，显得恰到好处。读阡陌的诗歌，就像在品尝一杯淡咖啡，它不似浓咖啡般浓烈，却以温润的气味暖人心窝，值得更多的读者来细细品尝。

（刘世琴）

温晓云

温晓云，1968 年生，祖籍广东揭西。1994 参加泰华作协，多次参加国际文学会议。1994 年获"春兰杯"首届世界华文微型小说大赛鼓励奖，2003 年获泰华短篇小说征文比赛冠军，2007 年获泰华微型小说大赛优秀奖，2013 年获泰华闪小说征文比赛亚军，2014 年获首届世界华文微型小说双年度大赛优秀奖，2014 年获亚细安华文文学奖，2015 年获泰华散文征文比赛亚军，2016 年获第二届世界华文微型小说双年度大赛二等奖，2017 年获"紫荆花开"世界华文微小说征文大奖赛三等奖。出版文集《问情为何物》、情诗集《偷盖时光梦诗》、微型小说集《在海一方》。现为泰国华文作家协会秘书长，《泰华文学》、泰华微型小说园地《微园》编委，世界华文微型小说研究会受邀理事，泰华小诗磨坊成员。

唱响 520

五月的这个周五
清风滑过我脸庞
墙院的鸡蛋花
揉过沉醉的守候
如水柔情
轻轻飞
滑落进你的笑窝

背靠背坐在地毯上的浪漫故事

藏于岁月最长久的甜甜蜜蜜

向老天申请吧

放声歌唱

——520

——我爱你

不去衡量浓情多重

只有爱让生命拥有这样强大的力量

一路有你

岁月不老真情不散

无比温柔无尽温暖

傻傻相伴心甘情愿

爱

永相随

🌴 诗歌赏析

　　《唱响 520》这首诗歌一共分为四节,表达了诗人对爱的呼唤与赞美之情。诗歌的第一节就将视线集中到了五月的这个周五——5 月 20 日。那天清风微抚过"我"的脸庞,院脚的鸡蛋花在时间的积淀下轻轻飘起,滑过你的脸庞。整个环境都弥漫着一股温暖的气息。而在第二节,诗人描绘了两人背靠背坐在地毯上,回忆着经岁月发酵而来的甜蜜记忆,看着暖洋洋的环境,看着深爱的爱人,内心洋溢着浓浓的情思,不禁向老天呐喊着"我爱你",此时的"你""我"有着情感宣泄后的快感。而第三节则回到爱本身,对于爱,不必衡量其重量,只因它让生命有了更多的色彩与光亮。而一路陪伴的你,随着岁月的流逝两人依旧甜蜜如初,这已足够温暖自己的内心,表现了诗人对于爱人相伴、相守岁月的满足。而最后一节,则表明了带着爱的相伴,两人甘之如饴,将诗歌的情感提升到了最高点,体现了岁月磨砺下那浓厚的爱情,以及诗人对于爱的赞美之情。

　　女诗人温晓云醉心于诗歌的"甜美温馨"及对"美好幸福的憧憬",并在书写过程中享受着一种"醉心"的"精神盛宴"。同时善于将一些新事物放到诗歌中去与所写的主题相联系，以爱的温婉让人读来亲切而动人，有着让人感同身受的传染力。诗人在抒发自己感情的同时，也带给读者一次又一次美好的审美体验。

（金　莹）

莫　凡

　　莫凡,本名陈少东,曾用笔名蓝焰,1970 年 2 月生,祖籍广东潮南。现任泰华作家协会副秘书、《泰华文学》编委及小诗磨坊成员。1999 年获泰国商联总会主办的"庆祝中华人民共和国成立五十周年国庆暨泰中建交廿四周年"国庆杯征文比赛诗歌奖,2004 年获泰华作协与《新中原报》联合举办的短篇小说征文比赛优秀奖,2007 年获泰华作协主办的微型小说比赛优秀奖,2013 年获首届世界华文微型小说双年度三等奖,2014 获泰华作协主办的有奖征文比赛散文优秀奖。作品《偷窥》被收录进《中外华文散文诗作家大辞典》。

夜登白云山

夜来梦枯
遂拾古道寻幽释愁

狼烟已散,仙踪不再
石阶下,花娇草嫩
昨日沦陷的土地
如今火树银花
历史的伤痕
真的愈合了么?

山风拂面
胜似玉液琼浆

俏月怡心

胜似佳人曼妙

高客雅士呢？

山静虫声远

天低鸟归巢

今夜

只宜低吟

不宜留伤

🌴 诗歌赏析

　　《夜登白云山》全诗共分为四节。夜晚诗人辗转反侧，难以入眠，所以循着古老的山路，踏入幽静的密林来释解忧愁。混乱、战火连天的日子早已过去，石阶之下，花草茂密地生长着。昨日沦陷的土地，如今也已是一片繁荣的景象。可当年留下的历史伤痕真的愈合了吗？诗人接下来又发问：这脱俗的景象下，高客雅士呢？繁荣后的人们变得敷衍，高客雅士也不再频繁露面，战乱平定后，人们仍有别的忧虑。诗的结尾，诗人在这幽静的山中静静地思索着。

　　诗人的语言沉着蕴藉，真挚自然，感情强烈而不浅露，内容丰富而不芜杂，格律严谨而不板滞。

（王思佳）

苦　觉

　　苦觉，号卢半僧、卢听雨、雨竹庄主、湄畔山民、黎明寺雨僧等，1970年生，祖籍广西南宁。大学文化（中国画系），职业书画家，爱好写诗、写文、篆刻。美术、书法、篆刻、诗歌、散文、散文诗、美术和书法评论等作品，在中国以及韩国、日本、美国、澳大利亚、加拿大，欧洲、东南亚诸国参展、发表，部分美术、书法作品在参赛中获奖或被收藏。合著出版《泰华散文八家》《小诗磨坊》，出版《风车》《卢山云国画选集》《卢山云书法选集》《卢山云篆刻选集》。诗歌被硕士生作为论文研究，散文诗作品入选《二〇〇六年中国年度散文诗》《二〇〇七年中国年度散文诗》。《湄南河诗刊》创始人及编辑，泰京山云书画院、听雨草堂主人。

墙内墙外

左边
墙内入定的老僧
流动的磬声
把红尘挡在墙外

一群麻雀
在叽叽喳喳地念经
念着念着
太阳就回家了
一群黑猫

在咪咪地念经
念着念着
夜就变成巨型的黑猫了

右边
墙外的红灯区
舞动的乳房和绿酒和红男
把般若关在了墙内
钢管和杯子和瓶子都醉了
红唇还在喝酒
还在吞云吐雾

猫带上不安分的夜
在墙与墙之间
在左与右之间
大口大口地吃着肥肉

麻雀和清风和梦
直到黎明
才能找回吱吱喳喳

🌴 诗歌欣赏

这一首《墙内墙外》诗人构造了两个对比鲜明的世界。第一个是"左边"的"墙内"世界，"入定的老僧/流动的磬声/把红尘挡在墙外"，这是一个"红尘"之外清净无扰的世界，在这里"麻雀"与"黑猫"都以自己的方式在"念经"，不被世俗的世界所打扰。第二个是"右边"的"墙外"的世界，这里"舞动的乳房和绿酒和红男/把般若关在了墙内/钢管和杯子和瓶子都醉了"，这里"红唇"不是念经，而是"喝酒"，是"吞云吐雾"。而在这"墙内"与"墙外"之间，猫"大口大口地吃着肥肉"，念经的"麻雀"和"清风"与"梦"，也只有在"黎明"才能找回那平静的心。诗人试图通过比照鲜明的两幅图像，来说明"欲望"的强大与"理智"的败亡的可能性。的确,这也是现代社会的一种通病。

苦觉的这首小诗,是对社会现实的批判与讽刺。只是这种讽刺不是暴风骤雨式的犀利的抨击,而是以一种温和的叙述、鲜明的对比和自我的情绪抒发来完成的。在完成对现实社会反思的同时,也没有忽视诗歌本身艺术上的经营。可以说,苦觉的诗,是现实意义和艺术价值兼具的诗歌精品。

(任金刚)

梦 凌

梦凌,原名徐育玲,1971 年 4 月 15 日生,祖籍广东丰顺。中泰文研究生毕业,现为《世界诗人》季刊艺术顾问、泰国华文作家协会会员、海外华文女作家会员、泰国《中华日报》副刊主编。创作有散文、散文诗、儿童文学、现代诗、摄影、短篇小说、微型小说及闪小说等集子 12 本。曾获台湾文学原乡奖,泰皇赏赐的优秀教师徽章,国际诗歌翻译研究中心颁发的 2006 年度国际最佳诗人奖,世界客家恳亲大会"著作等身"荣誉奖,首届中泰国际微电影展最佳制片人,微电影作品《象画情缘》获第五届亚洲微电影金海棠最佳国际单元微电影奖。

黄 昏

暖风
抢一筐霞红
弥漫地奔向绿色的山丛
黄昏踉跄的步履
由蓝天蹲向湄南河
洒落一河金黄
筛亮了绿波的梦
倦鸟拍着翅膀
迎着
点点夕阳　　归返
窝巢
可惜没有

牧童浪漫的短笛

在苍茫轻披的原野

不规则地　　吹奏着

吹奏着

暮的色调

隔着黄昏的背后

风已静止

心已停泊

可是寂寞的驻脚

落日凝住整座城市

再这么一把地

拥住大地

诗 歌 赏 析

　　梦凌在《黄昏》的第一小节中描写了一幅美丽的落日景色。首先诗人运用了大量的颜色,无论是"霞红"奔向"绿色的山丛",还是"蓝天"蔓延到"金黄"的湄南河,都使读者在阅读诗篇的时候脑海中不由地浮现出一幅美丽的画卷。其次是拟人修辞手法的运用,将普通的景物写活,造就自然界一派生机勃勃的景象。诗人怀揣着浪漫的情怀,观照这一切。她的遗憾在于倦鸟归巢时无牧童吹笛,但是这个曲调却早已在我们的心中久久回荡。第一小节使用动静结合的写作手法,写风写山写水写天写鸟写人写曲,是诗人观景后的自然表达,表达了她的浪漫思想。但是第二小节中有了明显的转折,面对此情此景,诗人的内心是无奈和寂寞的,她将自己"隔着黄昏的背后",远远地看着这座城市,渴望再次怀抱大地。整篇诗作不仅描写了大自然的景和物,更展现了诗人一颗真诚敏感的心。

（王　璐）

澹 澹

澹澹，曾用笔名蛋蛋，原名周丹凤，1972 年生于广东汕头。1997 年移居泰国，同年开始写作。早年主要写短诗和散文，近年来开始写闪小说和微型小说。2011 年加入泰国小诗磨坊，并开始六行小诗的创作。作品刊登在泰国各华文副刊、"泰华文学"和一些海外文学刊物上。现为泰国华文作家协会理事、泰华小诗磨坊成员。曾获泰国华文作家协会主办的 2013 年闪小说有奖征文比赛季军、2014 年泰华散文比赛季军。2012 年开始，每年与小诗磨坊成员合作出版"小诗磨坊"系列丛书。

春 节

年少时
春节是天使的魔棒
日历日渐消瘦的等待中
新布衣和新鞋与鞭炮的火花同样耀眼

长大后
春节是青春的秘密
枕头下藏着谁家少年
新春的邀约

漂洋过海后
春节是游子的一块伤疤
艳阳下的唐人街

我到处找寻春节的良药
却看见海的对面
寒冬里除夕夜"围炉"①的温暖

有了孩子之后
春节是一个沉重的话题
我用外语艰难地解释红包以外的故事
孩子们说——
妈妈,你的"杜金"②还有乡音

🌴 诗 歌 赏 析

　　《春节》一共分为四段,分别写了作者不同人生阶段下的春节体验。第一段中小时候的"我"期待春节的到来,因为不仅能有新的衣服鞋子穿,还能放鞭炮。小朋友都喜欢这种热闹喜庆的节日。第二段中的"我"已然是情窦初开的怀春少女,带着和少年的美好爱恋度过了一个温馨的春节。第三段则是"我"情感的转折点,背井离乡扎根于国外,在春节到来之际只能在唐人街寻求片刻归乡的感觉。第四段描绘了"我"对不懂中国传统习俗的孩子解释红包以外的故事。四段对春节的感情不断变化,由纯洁的童心转变为青涩的少女爱恋,又向孤独游子和定居他乡的华侨转变,语言表达不断加深,表达了作者对于故乡的深深怀念之情。全篇诗歌结构和余光中先生的《乡愁》有异曲同工之妙。在写作技巧上,作者用春节这个传统节日串起了在异国他乡的华人共同的思乡之情。

(王　璐)

---

①　围炉,潮州方言,除夕夜家人围在一起吃年夜饭的意思。
②　杜金,泰语,春节的意思。

范　军

范军,1972 年 12 月生于中国山东济宁。2004 年毕业于南开大学文学院宗教文化与文学专业,获文学博士学位。曾任中国华侨大学文学院副教授,现定居泰国,执教于泰国华侨崇圣大学中国语言文化学院,担任世界汉学研究会理事,泰华作家协会理事,泰国留学中国大学同学总会文艺写作学会副秘书长,小诗磨坊成员。长期以来致力于宗教文化与文学以及海外华侨华人的研究,业余时间热衷于文学写作。

中年在诗外

难道真是老了?
如今再没有少年时
新鲜的敏感

遥远的少年
一切仿佛
生命中的初见
春花秋叶初日晴岚
夕照微雨凉月中天

甜蜜的忧伤
健康的疲倦
成长的无奈
年轻的不安

而今　而今
一切都已见惯
丑恶或者阴暗
甚至慨叹抱怨
都已心灰意懒

难道这是宿命
我只能站在诗外
站在并不远的远方
回望
纯真美好的从前

🌴 诗歌赏析

　　《中年在诗外》是一首充满感慨的诗，感慨岁月、生活和命运。该诗共分为五小节：第一节主要书写岁月蹉跎，人已渐老；第二节主要写少年生活一去不复返；第三节主要抒发感慨，情感杂糅，充满感伤和无奈；第四节又回到现实，情感中夹杂着抱怨和失落；最后一节感慨宿命，回望从前的美好。读完整首诗后，不由得会勾起人的回忆，忍不住想要融入诗中，回忆自己的青春。可以说，该诗字里行间都充满了对岁月的感伤。现在和过去在诗人笔下形成了鲜明的对比，在强烈的对比中更能感到深深的忧伤。诗人最后发出感慨：站在诗外回望从前。这不仅仅是诗人个人的感受，还是大多数诗人在经历了岁月的沉浮后的感受。文学创作来源于生活，又高于生活。的确，生活就是诗歌的源泉，诗人孜孜不倦地从生活中汲取养分，创作了一首首诗歌。

　　范军的诗歌并无华丽的辞藻，却在字里行间流露出自己内心的情感。诗人是有一定的诗歌功底的，其笔下的诗歌深深打动人心。

（李笑寒）

李学志

李学志，1981年6月19日生。现居泰国曼谷，供职于泰国曼谷博仁大学东盟国际学院。曾在《今日泰国》《泰华文学》等杂志发表散文、诗歌作品多篇，另有作品散见于泰国各华文报刊。微型小说《请相信我》《老王》收录于泰华微型小说集《微园》，散文《夜游湄南河》《阿尤塔雅纪行》《梦里的水乡江南》《秋思》等收录于《蕉雨情浓》等泰华散文集，另有闪小说《失踪》获得首届全球华语闪小说锦标赛优秀奖。

佛

风雨如磐的我静坐着
沉默不语

我只是安静地微笑着
看过风雨

数百年花落眼前如烟
不惊不喜

某天世人来焚香跪拜
我依旧静坐微笑不语

🌴 诗歌赏析

《佛》这首诗歌总共分为四小节。诗人以佛的视角看待这世间的种种，在诗人的笔下，佛的超脱溢于言表，在风雨中静坐，在风雨中微笑，而面对这世间的起落，佛的表现同样的超脱，不惊不喜。而在最后一段，当"世人来焚香跪拜"，向佛诉说他们的苦难时，佛祖依然微笑不语，这正是佛想要传达的真谛，解决这苦难的最好办法也就是从容地面对这世间的苦难。整首诗也表现了诗人对佛富有禅意的态度与对超脱从容的姿态的向往。

诗人的语言富有想象力，擅长将人的姿态与情感，代入身边的事物中去，再从中以人的视角观察，给人新的感悟。

（王思佳）

杨　棹

杨棹,本名杨搏,1983年1月生于河北邯郸。云南大学中文系本科毕业,做过广播电台摇滚乐节目主持人、滇西导游,后赴泰国南部边疆北大年府宋卡王子大学中文系任教,喜欢在路上的感觉,骑摩托车勇闯恐怖袭击频发的泰南边疆三府。硕士毕业于华侨大学与泰国华侨崇圣大学合办的中国现当代文学专业,现任教于泰国纳瑞宣大学中文系,亦是泰华作家协会会员。喜欢庄子哲思、日本俳句、莱纳德科恩诗歌,以及众多后现代主义作品如卡尔维诺小说等。

旧碎片

热气球在婚礼上爆炸
一个杀手正走在泥泞的雨夜
当8号黑球被一杆捅进底洞
一切都注定会有个结局

孩子手里攥着一块廉价巧克力
奔跑在正午阳光里
那滚烫的影子融化进大地
母亲昨夜挂在衣架上的雨滴
早已不再那么甜蜜

留声机的黑胶唱片还在转动
吉姆莫里森半闭双眼

把一首新诗念给高潮过后的骨肉皮听

啊哈,疯子的只言片语

一只绿头苍蝇在少女 A 罩杯乳房上留下探索的足迹

冲着教堂的方向

吐一串烟圈

还有多少希望被困在潘多拉的锦囊

孩子举起一本洁白的《圣经》

把正在交配中的两只苍蝇拍了个稀巴烂

平凡的一天,又少了两个卑微的灵魂

这些街道烟尘滚滚

一辆从 1984 年出发的甲壳虫

还徘徊在婚宴的高墙外

杀手用一颗子弹换取那块廉价巧克力

那味道就像刚从发炎的伤口上揭下的纱布

汗斑和伤疤喋喋不休地纠缠谁更精美

包皮和处女膜都默默无语

一只正在产卵的美梦被吵醒

杀手把枪口对准还未穿过的婚纱

嘭——嘭——嘭,射了三下

诗歌赏析

　　杨棹创作的诗歌有很明显的后现代色彩。在《旧碎片》一篇中作者提到爆炸的热气球、融化的影子、被拍死的苍蝇、纱布、被射穿的婚纱等意象,它们都是支离破碎的、不完整的琐碎事物。这种碎片化的写作方式在作品中有很多体现,作者诗篇中大量使用的意象都是非常具体的生活化描写,并且都是跳跃的、没有直接联系的。有违于传统诗歌的阳春白雪、婉转高雅,杨棹的诗歌中有了很多裸露的性描写,如"一只绿头苍蝇在少女 A 罩杯乳房上留下探索的足迹"，或者是"包皮和处女膜都默默无语"等，用最世俗和平凡的意象，把话直截了当地说出来，没有留下一丝的遮蔽，给人以冲击。这是第一重反叛。更加能说明其诗篇具有后现代色彩特点的是杨棹在创作中消解了大量传统思维中的美好意象。第三段中"一只绿头苍蝇在少女 Ａ 罩杯乳房上留下探索的足迹"，描写的少女的乳房是刚刚发育的纯洁美好，如同小鸽子起飞的形状，但是作者在文中却让肮脏的绿头苍蝇附着其上。第四段中"冲着教堂的方向吐一串烟圈"和"孩子举起一本洁白的《圣经》把正在交配中的两只苍蝇拍了个稀巴烂"更是直接消解了教堂的高洁和权威。

诗歌中作者使用很多零碎纷繁的具体意象，消解权威思想，通过对惯性事物的反叛，创作出具有后现代风格的诗篇。他的很多作品中都有非常明显的后现代色彩。

（王 璐）

印度尼西亚卷

莎　萍

莎萍，原名陈喜生，1935 年 12 月生于福建金门阳宅乡。1953 年开始学习写作，1958 年巨港中学高中毕业，1961 年厦门大学华侨函授部中国语文系毕业，现任印华作协副主席。出版个人文集《等待》和与夫人小心的合集《感谢你，生活》《茶的短章》《感情的河》《写给未来》《酿诗·春天》《小水滴与诗评》《小水滴与诗评·第二集》，主编《亚细安文艺营文集》《印华新诗二百首》《印华小诗森林》，主编文友合集《生命的火花》《春天的涛声》。

井

谁说井会兴波
没有人来投石
涟漪也泛不起
井边生满苔藓
井内挂满草蕨
误闯进来的青蛙
一辈子也跳不出去

没有人来照脸
清澈留伴自己
坚持寂守那一口缄默
唯有井才懂得其意义

诗歌赏析

　　《井》这首诗歌总共十一句,分为不对称的两节。在这首诗歌中,诗人通过对井的描写,表达了自己对井的赞扬,在词句之中更透露出以"井"自喻的意味。在第一节中先以"谁说"反问,开首点题,引出下文。又以"投石"和"涟漪"的因果关系,衬托出"井"的平静安然、不无故兴风作浪的特点。而对井边"苔藓"和井内"草蕨"的描写又为"井底之蛙"这样一个具有讽刺意味的典故做出了相应的解释,将"井"带有的故步自封的意味去除掉。而第二节,诗人更加明确地对"井"进行了赞扬,通过人借水"照脸"的动作,将井水同河湖水区分开来,突出"清澈留伴自己"的品格,表达了诗人心中对缄默坚定、平静清澈的"井"的赞扬与喜爱。而最后"唯有"则是将"井"自比,以"井"来表达自己坚定寂寞地保持缄默、不犯他人的态度。

(王思佳)

卜汝亮

卜汝亮，1943 年生于印度尼西亚万隆市，祖籍广东梅县松口。万隆华侨中学高中毕业，毕业后留任该校初中教师。现任印华文学社主席，印尼雅加达《国际日报》、印华文学社周刊《绿岛》主编。出版诗歌散文集印尼文版《千岛暮色》，印尼文翻译版《竹帘——中国新诗集》《雪、咏梅——毛泽东诗词集》，诗文集《我没见过中国的月亮》，散文集《千岛中华儿女》。

吼叫的大自然 ①

憋不住百年长积的火热
海底地壳如顽劣幼童
使性使蛮　暴烈滚动
骤然
大海迅猛向后退却
海滩急疾向前推进
无知的人群
欢呼千万水族垂死蹦跳海滩
惊呼百里海域珊瑚礁石奇观
骤然
退却海潮回卷反扑
万丈巨浪咆哮横扫
惊惧人群魂飞奔逃

---

① 记印尼亚齐海啸大难。

瞬息葬身巨浪滔滔

吼叫的大自然
唱着凯歌
慢慢重回平静
得意回味胜利
而惨败的脆弱的人
呜咽悲鸣
慢慢陷入寂静
开始咀嚼艰辛
断肠搜索记忆

海啸走远了
大地自在逍遥
留下
空荡荡的烂土
家园
心房
凝望

🌴 诗歌赏析

　　《吼叫的大自然》以拟人化的手法写出怒吼中的大自然。这是积压了太多怨言的自然，是积蓄了巨大能量的自然，是想要展现自己的自然。卜汝亮的笔下，自然是顽童，有着好动的性子；自然是莽汉，渴望得到胜利的喜悦。"退却"与"推进"的紧迫步伐，与无知人群即将面临可怖灾难形成鲜明的对比。怒吼中的大自然是壮美的，在人们为这壮美的景色欢呼的时候，丝毫不知道，危险已经迫在眉睫。在自然的无穷之力下，人类的那些许的反抗和挣扎根本无足轻重。一切都是在"骤然"之间发生，自然的反扑如此之快，人们欢呼的声音还没有消失，反扑就已经近在眼前。人类是高傲的，自诩为世间的高级生物，是这个世界的主宰，但是，人们忘记了，他们主宰的对象是大自然,而大自然是更加高傲的,是不可能甘愿被主宰的。等他们回味到自己的无能时,已然一败涂地。呼啸而来,逍遥而去,留给人们一个残破的世界,所幸,人们虽然弱小又脆弱,但是却不愿放弃希望。

卜汝亮的诗歌中鲜明地凸显出其人文主义的精神。在灾难面前,诗人思考的是这自然曾经也是温和而可爱的,但是在人类的不断侵犯中,大自然有了变化,她变成狂暴怒吼的状态,曾经不可一世的人类变得脆弱不堪。诗人痛恨人类的行为,而又同情当面对灾难时人类的弱小。

(符丽娟)

顾长福

顾长福,1943 年生于印度尼西亚东加里曼丹省三马林达市,祖籍广东台山。在三马林达市的华文学校毕业后,曾在母校任教多年。1966 年因印尼进入华校停办的严令期,举家迁居东爪哇泗水谋生创业,并开辟出独家品牌"利发市"饮品及酒品。曾出版《顾长福诗集》等著作,现任印华作协理事。

风 的 忠 告

嘘嘘嘘地吹响
悄悄地穿越过
峥嵘岁月的长河
怀抱的　　仅仅是
显身不亮相的风采

虽然
彼此没有承诺的默契
然而在我的瞳仁里
你却暴露得如此赤裸
让我看透你的无奈

古往今来
好歹总是系在同一条丝带

何须我来解开
时间给予了你
无限的宽容和宽待

我的临场
刷新了你的姿态　显示出
一斑斑娇柔瞩目的丰韵
参天的大树　　也只好
在风中颤抖摇摇摆摆

摇呀摇
摆呀摆
把枯黄统统淘汰
使沃土挥洒他的潇洒
翠绿一定将大地覆盖

古往今来环环相系
刻骨铭心的金玉良言
"忠言逆耳利于行
苦口良药利于病"
细嚼品味受益传承一代接一代

🌴 诗歌赏析

　　《风的忠告》也是诗人对于历史和时间的感悟。他以风为载体,在第一小节中描写了风刮过了历史长河,也象征着时间串联在一起绘成的峥嵘岁月。虽然风声并未对诗人透露什么,但是诗人能感受到风的无所不在、无所不能。因为风穿越了时空的变迁,一直存在在当下,它是最时新也是最古老的历史的见证者,它能看到所有事物真实的一面,看到诗人的无奈。诗人在诗中也说道:"时间给予了你/无限的宽容和宽待。"无论是风,还是时间,都是世间万物出生、改变、消逝的见证者和推动者,世间万物一直都具有不断循环的规律。诗人在诗中借风这个意象"古往今来环环相系",深沉地提出了他对于时间的感悟:"忠言逆耳利于行/苦口良药利于病。"希望读者能够品味其中的真意,获得一些启发。

(王 璐)

小 林

小林，原名林惠莲，1950 年生于印度尼西亚泗水城，祖籍福建泉州。曾在泗水大学、智星大学、比得拉中学教中文课。曾任印尼东区文友协会中文秘书，现任印尼东爪哇西河林氏宗亲秘书长。2012 年 7 月，幸获香港作家东瑞先生，马蜂、望西两位博士及叶竹文友的支持，出版诗集《瓶中诗》。

屈——特为钟万学先生而写①

一帘雨在五月里淅沥
溅湿包裹粽香的糯米
粒粒融在千支烛中哭泣
英雄魂　　千年史
总教壮悲决了堤
折转苍凉着哀痛和委屈
即使将头颅闲搁寒窗
任年轻亢奋的血脉断了筋
也要为义正廉洁
瞻仰主恩荣光一生
是天父之子必无畏于"屈"

---

① 钟万学先生是印尼雅加达省长，杰出的华裔参政者，虔诚的基督教徒，其祖父是来自广州的一位锡矿矿工。钟先生行政大胆、廉洁公正，一心为国为民谋福利，其实干态度受到众人的赞赏。可惜因身份、信仰遭受当局无理抨击，直至今日仍受尽铁窗之役。钟先生生活作风一贯简朴低调、光明磊落，是一代华人楷模，令我们感到无比自豪。曾荣获"最佳省长"之称，他的业绩名传荷兰、美国、英国、澳洲等地，是 2017 年度最受点赞的风云人物。

诗歌赏析

《屈——特为钟万学先生而写》一诗直抒胸臆,表达了对钟万学先生的支持与对钟先生的精神的高度赞扬。诗歌开头以"雨"和"淅沥"暗示出"雨"也为钟先生的事迹感到悲伤,而之后"糯米"和"哭泣",则通过拟人手法直接表达出对钟先生所遭受的不公待遇感到不平与悲伤,"英雄魂""千年史"与之前的"粽香"暗示屈原,并以屈原同钟万学先生的事迹形成映衬,既表达了对钟先生的赞美,又为钟先生遭受的不公待遇叫"屈",暗讽了当局的行为。接下来"即使""任"和"也要"的搭配直接写出了钟万学先生义正廉洁的形象,表达出对钟万学先生的赞扬。最后"无畏于'屈'"既与诗歌题目相互照应,直接点题,又将钟万学先生面对当局无理抨击的"屈"、英勇无畏的精神体现出来,也表达了对钟万学先生必将澄清冤屈的信念。

小林的诗歌不乏对生活美好的体味与向往,同时也有对现实不公的批判,但最终小林的诗歌还是充满了美好的期盼与希望。她的诗歌《屈——特为钟万学先生而写》表达了对具有高洁精神的钟万学先生的支持,对当局的无理、不公行为的批判,面对不公事件,她语气铿锵,是悲伤的、不平的,同时她在诗中也表达出对高洁英勇精神的赞扬,对无辜之人必将得到清白的美好期盼。小林的诗歌总是将美好的生活温柔地带到我们的面前,仿若一道阳光温暖和煦地照亮阴霾与寒冷。

（于　悦）

袁霓

袁霓,原名叶丽珍,1954 年出生于印尼雅加达。小学五年级时华校被封闭。1972 年开始写小说、散文、诗等,投稿于当地的《印度尼西亚日报》,1978 年搁笔,1987 年又恢复写作至今。擅写小说,文笔风趣,是 20 世纪 70 年代的勤劳写作人之一。1996 年 4 月和茜茜丽亚、谢梦涵合作,出版首部印华女性诗集《三人行》,1997 年出版短篇小说集《花梦》。现为印度尼西亚华文写作者协会会长,世界华文微型小说研究会副会长,印度尼西亚梅州会馆秘书长,印度尼西亚雅加达华文教育协调机构执行委员会副主席,印度尼西亚厦门大学校友会副理事长。

气 氛

一只战栗的小鹿
穿过利如刀削的流言
在草木都已变兵的
空间里　跳跃

避过蛇的影子
却又担心杯里的弓
是埋伏的定时炸弹
随时爆炸

也许早就爆炸了

看不到战场
却有战争
听不到枪声
却有血流

诗歌赏析

　　《气氛》一诗描绘了一种微妙的心理状态,这种状态下人们都仿佛是惊恐的小鹿,在这场没有硝烟的战争中,不知何时会中枪倒下。流言如刀,划过人们的耳畔,这些锋利的刀刃不知哪一个会射向自己,暗箭难防,只能提心吊胆地过着日子。草木皆兵,世界已经变成一个大战场,躲过"蛇的影子",又担心"杯里的弓"。这种惶惶不可终日的气氛将人们心中的恐惧不断地扩大,使得人们在不断地猜测、担心,新的流言就这样源源不断地散发出来,这是一个恶性循环,黑暗的阴影始终笼罩在人们的头上。人们不知何时战争会爆发,也许这没有硝烟的战争早已爆发,或许中枪了的人们都不自知,这是没有鲜血的牺牲,这牺牲没有任何的荣誉。这种氛围在现代社会中并不鲜见,诗人以暗喻的手法将这种状态写得生动逼真,使得读者仿佛身临其境,能够感受到这紧张而压抑的氛围。在这种氛围中工作和生活就仿佛生活在地狱当中,人们难以体会到任何人生的快乐。

（符丽娟）

于而凡

于而凡,原名周福源,1956 年出生于印度尼西亚中爪哇梭罗,祖籍广东梅县。1982 年万隆 Parahyangan 大学建筑系毕业。目前在雅加达开创建筑设计室。作品曾获得印尼建筑协会奖章。之前用印尼文发表散文,曾翻译成英文在英国学术期刊发表。2007 年编选并翻译出版双语中国古代诗歌选集《明月出天山》。2007 年开始中文创作,并获得"金鹰杯"散文比赛冠军;2009 年获得苏北文学节诗歌比赛第一奖、新加坡国际散文比赛优异奖;2010 年获得"金鹰杯"短篇小说优异奖。

声声慢变奏曲——古词新唱之三

这次是在喧哗中寻觅
这次没有凄惨戚心的寒雨
在炎热的长夜中
我们仍然被困扰在浮躁里
繁星如此拥挤
你却在车灯光里寄托梦想
街灯如此阑珊
我却在你眼光中探索欲望
在一个个似曾相识的彷徨
在一个个依然陌生的遗憾

不需用酒谴冷
为什么全都沉醉在这无望梦魇里?

没有黄花堆积

为什么声声慢里的愁字惘然成疾？

你在人海中流连徘徊

我在孤独中擦肩而过

舞池彩幻灯编织了水仙族的梦呓

快餐店日光灯冲碎夜游神的爱欲

而在被阳光敲破的水镜中

我们永远……

找不到另一个自己

🌴 诗歌赏析

　　《声声慢变奏曲——古词新唱之三》这首诗歌一共分为三节，是对李清照的《声声慢·秋情》一词的引申与变奏。第一节即与原词相联系，从前两句的"喧哗中寻觅""凄惨戚心的寒雨"向后两句的"炎热长夜""困扰在浮躁里"的情景转换，而后"繁星如此拥挤"这其实指的是生活中某些闪避不了的，令人浮躁、困扰的现代体验。而在第二节，无需用酒谴冷，世人都沉溺于梦魇之中，同样也没有见到黄花堆积，却有着满满的忧愁。第三节则显露出诗人无法找寻自己的痛苦与哀伤。

（金　莹）

叶 竹

叶竹,1961 年生于印度尼西亚丹绒巴莱卡里汶,现居泗水。与北雁合集出版《双星集》《双星集 2》,与香港作家东瑞合编《印华新诗欣赏》,主编《千岛诗页》双周刊。

家

超出了一切言语
你需要的是一道茶具
让双脚歇一歇

古井不许我走远
每晚用蛙声
把我钓了回来

谁愿意把你扔下
进去了就不想再出来
即使知道
困境中含有许多青苔

晴空很蓝
盖在井上
阳光游遍全身
那种颜色
不是玉生烟所能诠释的

诗歌赏析

　　《家》这首诗歌全诗共分为四小节。诗的第一小节非常简单直白地描写了作者在外漂泊多年后的感慨，而"一道茶具"成了督促自己歇脚归家的标志。诗的第二小节写得十分有趣，"古井"指代祖国，祖国不许他离开太远，于是便用"蛙声"将他钓回，这里运用了拟人的手法，使描写变得灵动活泼。而诗的第三小节直言不讳地表达了作者对于祖国不愿分离的思绪，甚至回到祖国便不再想外出的心理，虽然作者也明白祖国外有许多的困境需要他去面对，而这里的"青苔"应是指代阻碍作者归国脚步的种种困难。而最后一节是全诗的升华，让人不禁想起李商隐所作之句"沧海月明珠有泪，蓝田日暖玉生烟"。"盖在井上"更是一种巧妙的描写手法，给人一种蓝天被大面积铺开的感觉。而"蓝田日暖""良玉生烟"这些都是可望而不可即的景象，同时也诠释了作者思乡却不能归乡的现状。总体来说这是一首十分富有深意的乡愁诗歌。

　　作者用叙事和抒情结合的手法去描写诗中的故事和艺术化的人物，作者的语言也不是直接铺叙、抒写出来，而是通过他笔下诗化的故事，一层一层地展示给读者，让读者自己去揣摩，去回味，去感受。富有深意和诗意的文笔更是给人一种经历的真实感，便不以为纯粹是一种空中楼阁了。

（王思佳）

茜茜丽亚

茜茜丽亚,原名金爱钦,1944 年 11 月生于印尼中爪哇北加浪岸,祖籍福建福清。因环境关系只念到初中二年级,曾任职于印尼雅加达《印度尼西亚日报》,为该华文报副刊编辑。业余创作约三十年,作品以新诗、小说、散文为主,发表于印、新、泰、马、中等国家报刊,多次参加国际性华文文学会议和交流活动。1995 年由新加坡岛屿文化出版社出版与 16 位印华写作者的合集《沙漠上的绿洲》,1996 年出版合集《三人行》,2000 年出版个人集《只为了一个承诺》。2004 年 12 月,因对文学的成就和贡献,于印尼万隆举行的第九届亚细安华文文艺营上获颁亚细安文学奖。

哭泣的印度尼西亚①

天空变色时
火烟雾纠缠
你脸庞渐渐
模糊

泪水流成血海时
悲痛沉溺于无声

---

① 每每在电视荧幕看到发生在我们所爱的国土上的种种暴乱镜头,有无辜死伤者,还有好多好多家破人亡,流离失所,脸上刻画彷徨无助的难民,我心如刀割,热泪盈眶……

你眼眶渐渐
干涸

抓一把泥
堆砌安乐美景
瓦砾灰烬间
回荡你凄厉嘶喊：
是哪把无情刀枪
使血脉相连的
骨肉　流离失所
心创身亡？

哭泣的印度尼西亚
绘着彷徨无助的梦
哭泣的印度尼西亚
在巨轮辗转下仰望
哭泣的印度尼西亚
哭泣的印度尼西亚

🌴 诗 歌 赏 析

　　《哭泣的印度尼西亚》全诗共分为四节。在茫茫的火海中，诗人看到那些无助的面孔渐渐地变得模糊，甚至消失不见。在罪恶的血海中，诗人看到那些因罪恶失去什么的人痛哭到眼泪干涸。诗人看到那安乐的土地充满痛苦，人们刀枪相向，血脉相连的人被强迫分开，骨肉之间流亡失所。诗人对自己所热爱的土地上产生这么多悲痛的事感到痛苦不堪，哭泣的印度尼西亚，这土地该何去何从，诗人沉重地哀悼着。

　　诗人的语言韵律感极强，擅长营造气氛，制造出一种跌宕回旋上升的情感，同时深邃有力。

（王思佳）

狄　欧

狄欧,原名郑建国,1959 年 10 月 1 日出生于印度尼西亚苏岛占碑,祖籍福建漳州。自小受印尼文教育,毕业于印尼雅加达私大 UNTAR 经济系。华文知识来自补习和自修。1996 年开始写作,主要创作散文、新诗。习作曾经发表在印尼华文报刊和国外诗刊上。

走　远

久已走远
那一道清流
早已习惯了咸腥的大海
突然惦记
清流熟悉的原始
伫立于河床的岩石
已将自己任时间的河
磨成一身光滑
默然无语聆听
清流残存的梦呓
远了,又近了
近了,又远了

诗歌赏析

《走远》中表现的情感颇有张力。所谓张力,就是能给人较多想象的空间。"久已走远/那一道清流","清流"显然不是指河流本身而已,到底是什么呢?可以是一种思念,也可以是一种难以追回的情愫或回忆,总之"已走远"了。"早已习惯了咸腥的大海",诗情连贯,可那"咸腥的大海"又指什么?是人的心境还是客观世界,或者两者兼具吧。前面三句如水流淌的顺畅、舒适的诗句,到第四句"转了个弯"。"突然惦记"起了什么呢?读者会好奇,原来是"清流熟悉的原始"。诗到此处,读者是否也会联系到自身呢?无须再解读。

此诗在构思方面很独特,且凝聚着较强的诗意整体性。语言方面也比较细腻。《走远》的主要意象是"清流"和"岩石",前面五句主要以清流的视角叙述,后面五句则从岩石的视角叙述,最后两句几乎是两者的结合。拟人化的清流和岩石本身就如诗人,它在梳理着诗意的情思。在一首小诗中,做到意象之间如此自然而连贯地转换,而又使得诗的整体性更强,这是此诗较成功的地方,在印华诗作中是不多见的。

最后,值得提一提的是本诗的语言也比较细腻。尤其如"伫立于河床的岩石/已将自己任时间的河/磨成一身光滑",不光文字本身相当生动形象,而且"磨成一身光滑"显然还有一层深意。最后"远了,又近了/近了,又远了",回到诗的开头,到底走远了没有,也许在现实中已经不可及,但是在脑海中却一直徘徊着,所以"似远犹近"了。如果细细品读,最后两句看似简单,实则还有不少语言难以企及的诗情。有些情感,真如流水一样,看似远去,却又在眼下……所以笔者认为,小诗《走远》算是印华诗作中的优秀之作。

(望　西)

符慧平

符慧平,1974 年生于印度尼西亚廖群岛省老港,祖籍海南文昌。16 岁开始写作,作品多发表于印尼报章副刊及新加坡文学刊物。2016 年 5 月出版个人微型小说集《小小世界》,目前是一名华文教师。

思　念

长长的
细丝
系着两头
如发丝柔软
如钢丝强韧

梦里依稀的母亲
沉默
是怕一开口
就吐出了丝
缚住了我们

长长的
细丝
系着两头
一头拉扯
一头揪

🌴 诗歌赏析

　　符慧平笔下的《思念》是一首充满感恩的诗。全诗共三节,第一节主要是把思念比作细丝,形容其绵长,又把它比作发丝和钢丝,突出其柔软和强韧。第二节主要写一位沉默的母亲浓浓的爱,总是不敢开口,怕束缚孩子,可见母亲用心良苦。第三节主要写母亲抚养孩子的辛苦,这一节诗与第一节诗首尾呼应,可见诗人的巧妙安排。该诗是一首歌颂母亲的诗,主要写母亲的爱与艰辛。符慧平是一位重感情的诗人,其诗歌多书写对生活的感悟与思考。其实,可怜天下父母心,每一位母亲都为孩子付出了许多,她们不求回报只盼儿女生活幸福。母亲在孩子面前是付出最多的人,没有什么能胜过母亲的爱。

　　诗人符慧平的诗是对生活的感悟,多书写人生感悟。符慧平是一位心思细腻的诗人,其诗歌多充满哲理。

(李笑寒)

莲 心

莲心,原名陈桂萍,生于1977年,印度尼西亚公民,居住于雅加达。自由职业,印尼华文写作者协会总会理事,东南亚华文诗人笔会永久会员。获奖多项,作品多发表于各地报刊,著有个人诗集《那朵轻飘而过的云》、个人文集《足迹》。

冷暖人生——赠与爱茶人

我喜欢,烧一壶水
成全,茶与水的相遇
看一种交融,诠释缘起缘灭
揽一缕清香,静领趣淡趣浓
度一次举放,升华心之禅悟
化一片遐思,浅寄情怀爱意……
就这样,岁月静好
平凡的我,行走在岁月中

我喜欢,沏一壶饮
成全,痴与瘾的造访
点一面薄镜,清澈着魂灵
寻一口唇语,缠绵着皈依……
仿佛,天使下凡
仿佛,尘苦渐稀
就这样,醉了
醉了……

然后，再借着生的名义
在岁月中继续行走……

🌴 诗歌赏析

　　《冷暖人生》这首诗中，诗人用茶水的冷暖预示人生的冷暖，在茶叶一点一点舒展开的过程中，诗人由茶及人，感悟人生。正如诗人所写，此诗是赠与爱茶人的，只有真正爱茶的人，才能真正领会其中的深意。全诗分为两大部分，第一部分"我喜欢，烧一壶水"，第二部分"我喜欢，沏一壶饮"，两个部分之间相互对应。第一部分诗人用了排比的修辞手法，静看茶与水的相遇，"看一种交融""揽一缕清香""度一次举放""化一片退思"，在这个过程中，领悟禅意人生。第二部分诗人是成全"痴与瘾"，得到了一种升华。诗人把饮茶的过程写得别有意境，"点一面薄镜"就是与茶面的碰撞，"寻一口唇语"就是饮茶的归宿。就是这样的过程，让诗人沉迷其中，"仿佛，天使下凡/仿佛，尘苦渐稀"，就这样，沉醉其中。佛能洗心，茶能涤性。苦中有甜，甜中是苦，先苦后甘，人生亦如是。通过静品烧水、饮茶这样一个过程，感悟出人生的冷暖，领略出人生的真谛。整首诗，都有浓浓的禅意在其中，其实通过读莲心的诗，透过她的文字，感受到她也许是一个清风拂过，有着阵阵幽香的女子。

（张瑞坤）

菲律宾卷

陈扶助

陈扶助,常用笔名陈仲子、楚复生、知叟,1934 年 9 月 19
日生,祖籍福建晋江。著书四本:《北斗诗集》《陈扶助诗文选
集》《知叟隽语》《专栏文摘》。居菲律宾五十年,2001 年取得新
西兰国籍,稍后定居澳大利亚黄金海岸市,退休后在菲澳中三
地闲散。曾获中新社"南湖杯"全球文赛二等奖,中华诗词学
会回归颂诗佳作奖、词佳作奖,红豆相思节全球诗赛优秀奖,
1997 年人民日报海外版《回归临近气象新》论文优秀奖。

过吕宋平原

过吕宋平原,何止千百次。田园之美,犹胜敝乡。四十载栖息
于斯,未能与异土认同。乃知融合之说,或需时数代!

我赶早车,
驰过吕宋平原两百里,
呼啸的气流、高速的颠簸,
摇不醒满车厢慵慵的睡意。

借晓星的银芒,和
东方裂隙初展的曙白,
窗景流动着,
广袤裸露的田野,
美如方方绿玉凝翠,
静似古典处子含愁,

犹耽在幽幽残梦里。

这长夏之国,珍珠盈握,
曾以文明的雅量,
基督的博爱,
予游牧者分享水草,
分享大地母亲无私的乳汁。

我的五分三生命老于此,
葬华年于海之湄,
葬锐志于山之巅,
只剩下唐皮汉骨,
突出那异乡人的标志。

海鸥的家不是海,
水手的家不是船,
而我是——
去中国城寻根的蔓藤。

诗歌赏析

　　《过吕宋平原》以"寻根"为全诗的主题,记述了诗人一次归国回乡之旅及其旅途中的心绪感触。诗歌共五节,第一节描写诗人赶早车路过吕宋平原,交代了时间、地点、人物等背景。第二节中笔触伸向车窗外的美景,晓星、曙光、田野流动在诗人的眼波中,引出了诗人"幽幽残梦"。第三节则由现实中的景象转向浩渺的历史文明星海,诗人感恩于故土雅量的文明曾给予自己精神与灵魂上的滋养。第四节又回归现实,诗人以一位沧桑老者的身份感慨在这一方故土中遥度的岁月,并坦白道自己历经沧桑"只剩下唐皮汉骨",心中对于原乡母国抱以长久的眷恋。最后一节诗人由自己的处境进而联想到海鸥和水手,他们都是漂泊在路上的浪子,但是无论身处何方,家和根才是心中最温暖的归所。

陈扶助的诗歌有一种古典美感，诗人对于中国传统文化、历史、古典文学等的修养颇深，在营造诗篇时往往能巧用典籍，将自己的情感心境与古籍故事巧妙地结合，达到借古喻今的效果。我们由此可以感受到陈扶助对于中国文化之根的深沉坚守。

（岳寒飞）

柯清淡

柯清淡，1936 年生于闽南侨乡，12 岁随母南渡菲岛寻父。学涉中西，又颇历社会实践，故对文化冲突、种族与阶级矛盾、歧视及法制对世代华族的生存影响、中华文化在欧风美雨摧蚀下的弱势困境都具独特见解及辩证思考，并反映在其新现实主义作品中，如辛酸自传式的《路》、获选并收录进中国大专教科书的《五月花节》等。曾在全球性征文中获奖，故两次在北京人民大会堂上获国务院副总理亲授奖，为中华人民共和国成立近 70 年来，自小在海外异国定居的当地华人最先荣获新中国文学奖者。

登城诗抄（三首）①

其一　灵药

双手搂抱住——

长城的苍石

鼻孔嗅吸着——

石苔的涩味

我自幼身罹的相思痼疾

竟

霍

---

① 诗人初次返华，得进京往八达岭，登上万里长城。伫立城头四望，油然追抚起中华民族之历史命运，及联想余之生为海外遗民的身世，不禁诗潮澎湃……

然

而

愈！

其二　问祖

掌心按住城头苍石

一腔凄怆

一肚委屈……

五千年的炎黄史册啊！

能容许我这"番客"

在册角签下中文名姓　籍贯？

其三　返塞曲

琵琶何在？

昭君出塞时抱弹的

找它来！

我这名海外的华夏遗民

急着　要弹起

一支现代《返塞曲》

伴奏她遥唱的《出汉关》

借这长城悲风

贯入神州亿万耳朵！

🌴 诗歌赏析

《登城诗抄》是组诗，全诗表达了诗人初次返华登上长城的激动心情，并带有对历史的反思和身为海外遗民的复杂思绪，是情到深处不得不发的抒情之作。

《其一　灵药》记录了诗人初次踏上万里长城的激动与感慨，透过动作细节的描写，综合了触觉、嗅觉等感官细描，表现出诗人心中"落叶归根"之情的释放与长久以来思念母国的愁苦得到慰藉的感慨。《其二　问祖》是前一首诗歌的递进，诗人由触觉和嗅觉上的直观体验，进而向内心深处的复杂情思开掘，虽然身为华夏一族，可是却只能以"番客"的身份归来，其中的"凄怆"和"委屈"一言难尽。《其三　返塞曲》是三首之中抒情意味最浓的一曲。诗人在感慨、激动、"凄怆"和"委屈"之余，急切渴望通过一种方式抒发此刻的情绪，而昭君的琵琶曲《出汉关》最能恰当表达诗人的初回母国的情感状态，诗人畅想借这首琵琶曲将"华夏遗民"的愁苦与委屈唱给这片辽阔的神州大地。

柯清淡的组诗《登城诗抄》具备极强的代表性，全诗较好地反映了因为诸种原因流散在外的海外遗民凄怆、委屈、思乡的情感体验，这种情感状态长久以来萦绕在海外华族群体的精神和灵魂深处，在柯清淡的诗中得到了真切的表达和释放。

（岳寒飞）

许露麟

许露麟，福建晋江人，1938 年 10 月生于菲律宾。1956 年就读于台湾大学，毕业于菲马波亚机工系。1961 年开始写作，曾受教于台湾著名诗人覃子豪、余光中。曾主编菲华耕园文艺社的《拓荒》和《芳草》诗集。作品曾入选《菲华诗文选集》《台湾年度诗选》与《创世纪诗选》，1999 年移居福建厦门，现为菲律宾千岛诗社同仁，也参与诗友王勇发起的菲华诗歌创作交流群。

虚 拟 的 世 界 里

现在我们都活在
一个虚拟的世界里
以后我们可以活在
一个真实的虚拟的世界里
所有幻想中的事物
都能真正呈现在眼前

挑一个键子按下
今晚的陋室变成了宫殿
穿着龙袍坐着龙座
今朝是秦始皇
身旁有西施在给朕斟酒
王昭君抱着琵琶轻弹出塞
月光下的杨贵妃
舞起如蝉羽的云裳

再按一个键子

正在加勒比海的小岛上

忧愁如何去埋藏

一堆掠夺来的金银财宝

再按一个键子

召来了天马

在书房行空

有很多鱼在洄游

就是鸟不出

一首能飞翔的诗

🌴 诗歌赏析

　　《虚拟的世界》幻想了将来我们生活的世界,诗歌共分为三小节。第一小节总起,说明我们将来会生活在一个真实的虚拟世界,其重点在于"真实"。我们总说,现代人的生活已经从真实生活转向沉溺于虚拟生活,网络世界看得见、听得见,却摸不着,朋友交流也不再喜欢面对面坐着畅谈,而是通过手机、社交网络来维系。那么在未来,真实的虚拟世界会是什么样呢?作者在后三节中给了我们解释。

　　第二小节和第三小节具体描写了未来真实虚拟世界的形态。第二小节写了我们可以穿越古今,通过对历史人物秦始皇、西施、王昭君、杨贵妃等的描述,表明在未来的真实虚拟世界中,我们可以身临其境经历曾经的历史。第三小节则表示,将来我们不仅可以回到过去,还可以瞬间转移至国外,到任何你想去的地方,感受不一样的人生。这样的生活,在今后真的会实现吗?但不管能否实现,作者在诗歌的最后,还是表达了他的观点:再真实的虚拟,也还是虚拟,终究不是真的真实。"鸟不出一首能飞翔的诗"一个"鸟"字尤为生动形象。

　　许露麟的诗歌亦如他的小说,内容离奇,想象不拘一格。在这些"不可能"的故事背后折射出的是对现实问题的哲理性思考,给我们的思维拓宽了想象的空间;许露麟的诗歌,想象丰富、意象独特,蕴含深层次的现实思考和现实意义,发人深省。

（吴　悦）

吴天霁

吴天霁，福建晋江人，1940 年生于菲律宾南部棉兰佬岛。高中毕业于宿务市中国中学（现宿务东方学院）。东南亚华人诗人笔会创会理事之一，千岛诗社创始人之一，新潮文艺社理事，菲律宾华文作家协会理事。20 世纪 80 年代作品入选《中国情诗选》（台湾版），20 世纪 80 年代作品入选台湾《联合报》《联副三十年文学大系·抒情诗卷》，2011 年《神话 2》与《变面记》入选《亚洲诗选》（韩国版），以及菲华各种诗选集。著有诗集《耶稣的怀念》《吴天霁跨世纪诗选》。

鞋　印

你出走的鞋印
我始终把它保存——
在门口
我童年的游戏
乃比一比
你的鞋印，我的鞋印的大小

你还记得不？向右边
离门口不远处
那棵小小的椰子树
已经长成公立学校的旗杆了

而你的鞋印也已陷成

好深好深的窟窿
我的脚也陷
在那里面
四十年也陷
在那里面

🌴 诗歌赏析

  《鞋印》这首诗歌共分为三小节，全诗的核心意象是"鞋印"，诗人主要围绕着这一意象展开叙述。诗歌的第一小节以被"我"保存已久的"出走的鞋印"勾起"我"对童年比脚印大小这一游戏的回忆。第二节由一疑问句"你还记得不？"发问，引起了读者的好奇。随即诗人就在接下来的诗句中给予了解答，"门口""右边""不远处""小小椰子树"早已经长成"公立学校的旗杆"。光阴在此时此地累积、沉淀已久，"小小椰子树"不再是原本的模样，而其言外之意，"我"也不再是当年那个比鞋印大小的小小的"我"。诗歌第三节，再次回到"鞋印"之上，"鞋印"已陷成"好深好深的窟窿"，表明这是"我"无数次踩入其中的结果，实际上这也是"我"四十年时光陷在其中的表现。"鞋印"——"椰子树"——"鞋印"，诗人主要围绕着"鞋印"写出来光阴流逝之感，保存已久的"鞋印"也将成为时光轴上的一个抹不掉的烙印。

（刘世琴）

静 铭

　　静铭，原名蔡孝闽，1941 年 1 月 31 日出生于菲律宾马尼拉，是土生土长的菲籍华人，祖籍福建晋江。笔名静铭、闽钟、闽人、追云、白雪村。中文肄业于华侨中学，英文毕业于马波亚工专机械工程系。辛垦文艺社创社元老，学林诗社、岷江诗社、瀛寰诗社社员。作品散见于《菲律宾商报》《世界日报》《联合日报》。新诗曾入选《世界情诗选集》《菲华文坛》《辛采集》《辛垦集》《菲华国文志》《葡萄园诗刊》《南洋商报》等。担任商报记者、编辑、商报副主编数十年，现从商。

倒 影

在水中歪曲
在水中发抖
瞧！我拥有一湖液体的天
一朵贫血的云

艳阳下
我爬上云端
把希望撒满宇宙
让它闪亮如钻石

沉思间
我随手把山峦捞起
把老树拔掉

而北归的燕子
从我指缝中飞过
带回一年的泪
艳阳下
我拥有一个异国的天
一朵思乡的云

🌴 诗歌赏析

　　诗人将倒影中的世界用形象的手法描绘出来。水面常常被喻为镜子，反映着现实中的事物，但是在静铭的笔下水面不是平静不动的，而是会不断歪曲的。在水的倒影中诗人看到的是"一湖液体的天""一朵贫血的云"，诗人以极为丰富的想象力将倒影中的天地呈现出来。诗歌的第二节诗人将这种想象力进一步发展，以云端的希望亮如钻石将诗歌中欢快的感情表现出来。但是诗人在第三节中想要在水中把山峦和老树拔起，北归的燕子从诗人的手中飞走，在诗人的心中留下"一年的泪"，这被燕子带回的泪水才是诗人在这倒影中真正想表达的。倒影下的是"一个异国的天""一朵思乡的云"，诗人想从倒影中看到什么，我们无从得知，但是诗人看到的这天和云都是诗人思念故乡的写照。

（符丽娟）

弄潮儿

弄潮儿，原名张奕仁，1944 年生于福建晋江池店镇古福村，菲律宾当代华文诗人，自幼喜爱诗文。20 世纪 70 年代末移居菲律宾，从事文教工作近 10 载，执教鞭之余勤于文艺创作，多次获奖。80 年代末弃教从商。商余对文艺仍锲而不舍，在华文报辟有"西窗烛影"文艺专栏，近 20 年从未间断。《弄潮儿诗词选》结集作者历年古诗词创作，从书中可窥见作者感情真实的一面和其人生的情操与独特的审美观。

那一年的那一夜呵

在风景迷人的宿燕寺山下
在龙眼树环抱的亭店村里
有一座神圣的侨乡学府——
福建省泉州凌霄中学

在名闻遐迩的凌霄中学里
有一群天真活泼的孩子
组成一个温馨友爱的大家庭——
初中第十八组红领巾班

那一年的那一夜呵
我们双脚泡在冰冷的海水里
用面盆淘洗着黑黝黝的铁沙
去支援大哥大姐大炼钢铁

那一年的那一夜呵
我们蹲在后山坡上的窑洞旁
把白天砍来的相思树木
烟熏火燎地烧成黑木炭

那一年的那一夜呵
我们深挖着东岳山的红土壤
然后一车车地送往华州
奋战在修筑晋江防洪堤的工地上

那一年的那一夜呵
我们围坐在灯火辉煌的教室里
骊歌轻唱
泪光闪闪

有多少个那一年那一夜呵
五十六年来未曾远去
那一段段刻骨铭心的记忆
伴随着我的白发闪闪发光

🌴 诗歌赏析

　　《那一年的那一夜呵》是诗人回忆他学生时代的故事的诗。全诗一共分为七小节,可以分为三部分来看。一至二小节诗人回顾过去,他将目光转向他的母校——福建省泉州凌霄中学,不论是诗中赞美故土"风景迷人",还是赞美母校"神圣""闻名遐迩"等,都表示诗人在那里度过一段难忘的时光。第三小节至第六小节则是对于前两段记忆的延伸,通过每段开头重复"那一年的那一夜呵",讲述了诗人印象最深的四个片段。第三小节是诗人和同学们在海边淘洗铁砂支援大炼钢铁的故事,"冰冷的海水""黑黝黝的铁沙"都是当时环境艰苦的表现。同样的困难依旧出现在第四小节第五小节中,无论是砍树烧炭,还是挖土修堤,诗人乃至年轻一代的学生都献身于国家建设,献出自己的一份力。这三个事例都是非常典型的时代变迁的印记,是诗人永生不能忘记的记忆。而第五小节中,尽管是艰难困苦岁月下的奋斗,回望母校自己所身处的班级,留下的仍是美好的歌声和友情的泪水,这是对前三段的转折,也是诗人真正想要表达的主题。无论是艰难困苦还是学生时代纯洁的友谊,都是诗人想要抒发的感情,都是每每想起都会含着泪的微笑。

（王　璐）

施文志

施文志，笔名文志，1946年生。20世纪80年代菲律宾华文文艺复兴期间，先后加入新潮文艺社、辛垦文艺社、菲华文艺工作者联合会、千岛诗社。菲律宾华文作家协会发起人之一，曾任四届秘书长；菲华专栏作家协会发起人之一，现任秘书长。并在《商报》之"大众论坛"、《世界日报》之"小广场"、《潮流》杂志撰写专栏。文学作品曾获1984年菲华新诗奖佳作奖，1985年河广诗奖新人奖，1986年《世界日报》文学奖之散文组第二名。作品发表于菲律宾、中国及东南亚各华文报刊。著有诗文集《诗文志》，诗集《解放童年》，中菲双语诗集《解放童年 Pinlayang Kamusmusan》。2011年荣获菲律宾作家联盟（UMPIL）颁予最高文学奖——菲律宾诗圣描辘沓斯奖。

乡　愁

没有蝴蝶飞
没有青蛙跳
没有鱼儿游

没有小河水长流
没有田野稻米香
没有山坡青草青

没有季节的感受

没有土地的寂寞
小小羊儿要回家

🌴 诗歌赏析

　　《乡愁》这首诗，如果单看题目，肯定会觉得感情基调会放在"愁"字上面。但是读完整首诗，会觉得诗人的侧重点在"乡"。排比的修辞手法贯穿全诗，把诗人怀念的家乡画面都展现了出来。我们仿佛可以看到诗人家乡的"蝴蝶""青蛙""鱼儿"，可以听到"小河"的流水声，可以闻到"稻米香"，还有迎风而来的"青草"的味道。我们还以为诗人是在回忆童年，但是诗人用了最重要的两个字"没有"。这两个字才是诗人情感的关键所在，无论有多么美好，那样的画面都已不存在。"小小羊儿要回家"这里的"小小羊儿"正是诗人自己，诗人很想回家，把自己比喻成"小小羊儿"很好地衔接了前面那一幅充满了"青草"香的画面。别人的乡愁也许都是和月亮、酒联系在一起，而诗人的乡愁真真正正地闻到了家乡的味道，既有了"乡"之美，又有了"愁"之切。

（张瑞坤）

绿　萍

绿萍，原名蔡秀润，笔名紫云、绿萍，1947年8月26日生于菲律宾岷里拉，是土生土长的华裔菲人。中文肄业于菲律宾中正学院文史教育系，英文毕业于远东大学商科贸易系。20世纪60年代开始写作，辛垦文艺社基本社员，曾任该社主任、编辑、社长等职，现任该社咨询委员。菲律宾华文作家协会理事，亚洲华文作家协会会员。作品曾入选《辛采集》《辛垦集》《茉莉花串》《菲华散文选》《玫瑰与坦克》《绿帆十二叶》《中华散文选篇赏析辞典》《薪传十年》《第十届亚细安华文艺营散文集》《菲华微型小说集》《菲华图文志》，与幽兰、秋笛、晨梦子联合出版《秋云幽梦》。

气　球

这条尾巴
被人抓住
沿街贩卖

一肚子怒气
无处发泄
还得硬起头皮
任人拖来拉去
牵上扯下

忍辱偷生

整天提心吊胆

怕脑袋

突然爆裂

落个悲惨的下场

默默地等待

人类疏忽的一瞬

我立刻飞向

自由

诗歌赏析

　　《气球》这首诗四个部分，用了拟人的修辞手法，借气球表达了自己追寻自由的心情。首先，"这条尾巴/被人抓住/沿街贩卖"描写气球被人抓住，沿街贩卖的失落。接着就直抒胸臆，一肚子的愤怒无处发泄。但是也只能忍辱偷生，因为害怕突然的爆裂。最后，只能默默地等待，希望人类可以有疏忽的一瞬，立刻飞向自由。最后一个部分，其实是全诗情感的一个爆发和升华，前面所有的铺垫，都是为了引出最后的"自由"。虽然诗人是把气球比拟成了人，其实反过来，也是在借气球表达人的情感。这个气球就代表了像气球一样活着的人，期待着自由的到来。

（张瑞坤）

蒲公英

蒲公英,原名吴梓瑜,1948 年生。20 世纪 60 年代开始写作,曾获 1969 年菲律宾《大中华日报》五十八年度菲华青年小说创作佳作奖,1986 年《世界日报》文学评奖散文组佳作奖、新诗组佳作奖,2002 年亚细安文艺营文艺奖。出版诗集《四十季度》《公英阁诗抄》,主编《让德文选》。在菲律宾《商报》写"公英阁小札",以"老吴"笔名写"老吴专栏"。

另一种乡愁

乡愁
已经不是一杯
浓浓的
香茗

几曾
汹涌于梦中的长江黄河
掀不起波涛

四十余载的蕉蕉椰椰
四十余年的杯杯咖啡
还有冰镇的啤酒

妻子儿女更是一根根往下
扎的根

还有

满头

苍茫

蜕变

成

另一种

乡愁

🌴 诗歌赏析

　　诗人在诗篇开头就认为"乡愁/已经不是一杯/浓浓的/香茗"，茶是中国传统的饮品，代表中国古老的文化，诗人认为乡愁已经不是苦涩的茶，更用"长江黄河"的意象，表明乡愁已经不像故乡之水能够泛起波澜。身在海外的华人游子逐渐淡忘了对于祖国的思念，淡忘了对于自身身为华人的认知，由国外的新文化代替了中华民族的传统文化。不仅是诗人本人，他的妻子、儿女们，也因为离开祖国，根植在菲律宾的土地上生活、生儿育女，逐渐变成一个"外国人"了。全篇诗中诗人消解了传统意象中关于乡愁的解读，在思念家乡、渴望回到故土的基础上，提出了另外一种乡愁，诗人愁的是身为中国人而淡化对祖国的思念、忘却古老中国的传统，最终从心灵深处完全脱离家乡。

（王　璐）

山 石

山石,原名施逸谋,1949 年生菲律宾,祖籍福建晋江。肄业于兰心书院,从业印刷厂。新诗零散发表于菲律宾报刊上,菲律宾新潮文艺社社员,爱好文学、绘画、电脑制图。

大 金 殿 的 猫,还 有 我

我赤着脚　你已禅坐
大金塔　我随喃喃的晚风
绕过密密集集的塔群
倒扣钟形的金圆塔
雕檐层层的金殿塔
金亮的烛光　伏地蛇行

你是否在每座佛像前祈求过
让苦难如灼热的烛光最终消熄

当趺坐着的众生起身　喃喃的赞颂敛收
你是否要放下爪牙　和你嗜追嗜捕嗜杀的习性
你是否在每座佛像前祈求过让你脱离无终的轮回

诗歌欣赏

《大金殿的猫,还有我》是一首属于轻声而又虔诚地述说的诗,诗人述说的对象是那一只"禅坐"在大金殿的猫,同时这对象也是生活、广大的世界。

这也是一首有着大慈悲与大悲悯之情怀的诗,在"喃喃的晚风"中,在"金亮的烛光/伏地蛇行"时,诗人希冀与企望的是那"苦难"能像"灼热的烛光最终消熄"。这更是一首充满禅悟的诗歌,因为诗人在最后与猫的对话中,追问的是它是否在佛前"祈求脱离无终的轮回"。这是一种对于生命终极的追问,也是一种深刻而悠远的生命哲思。

山石的这首诗,是对于世界人生的抽象思索。诗人山石的诗歌的关注点在"人",诗中有悲天悯人的大情怀,其诗歌艺术的出发点在"人",其诗歌创作的归宿点和落脚点也在于这个"人"字。这是山石诗歌内涵中最明显的特色所在了。

（任金刚）

刘一岷

刘一岷,1951 年生于福建晋江,1963 年移居香港,青少年时期开始写诗并参加香港的文社活动,第一首诗发表于香港《伴侣》杂志。1978 年移居菲律宾至今。创作较多的时期是 20 世纪 80 年代初,作品散见于菲律宾华文报刊及中国国内文学杂志,出版诗集《小镇车站》。

走近大象

这庞然巨兽是如何臣服于人类?
虽然你如此温顺
当平生第一次　我以手掌轻触你粗糙的皮肤
还是为你的伟岸威武所震慑

从你温柔的表现中
我坚信你有着预见后果的智慧
你所有的谨慎的动作
都来自一颗不愿伤害的心

沉默和服从成为常态
你为人类工作　人类给你食物
你来到我们中间　是基于共生的需要吗?

还是基于更可悲的事实

温和与谦卑

最终屈服于狡狯和残暴？

🌴 诗歌赏析

　　《走近大象》全诗分为四个部分，开头首句诗人就发出疑问："这庞然巨兽是如何臣服于人类？"其实这句话就已经蕴含了诗人内心想要表达的情感，整首诗就是围绕这个疑问来寻求答案的。第一部分诗人描写生平第一次用手掌触摸大象的皮肤，诗人用"温顺""伟岸""威武"几个形容词来描写大象，尽管大象性格很温顺，但是依然是庞大威武的存在。第二部分诗人在描写大象精彩又谨慎的表演。在诗人心中，大象是一种充满"智慧"的动物，字里行间都透露着诗人对大象的喜爱，但是也透着一种哀愁。第三部分开始直抒心意，诗人终于按捺不住内心的困惑，"沉默""服从"这些字眼说明诗人内心不愿意看到这样的场景，但是又充满疑惑：这究竟是为了什么？诗歌的最后一部分其实是对第三部分的补充，"温和与谦卑最终屈服于狡狯和残暴"。其实在诗人心中已经有了答案。这是一首典型的以物喻人诗，诗人笔下的大象也许不仅仅是指大象，也是指所有服从于生活，面对狡狯和残暴时沉默的人。整首诗总共有三个问句，这三个问句恰恰构成了整篇文章的核心，诗人在诗中带着答案寻找答案。

（张瑞坤）

张 琪

张琪,1956 年生于台湾,笔名张子灵、张灵,祖籍山东。20
世纪 80 年代移居菲律宾,圣多玛大学(UST)文学硕士。文心
社菲律宾分社社长,千岛诗社副社长,菲律宾华文作家协会理
事,亚华作协菲分会副秘书长,华青文艺社工作委员,《世界日
报》专栏作家,菲律宾中正学院校长助理兼中学部中文主任、
大学部中文方案主任,菲律宾华文学校联合会教师教学研究
会会长,顶石建筑公司总裁、设计总监。创作新诗、小说、散
文、随笔、评论,出版诗集《想的故事》。

面貌四重奏

其一　欢喜

翩翩起飞
把欢欣和喜乐
配对成新婚夫妻
那微甜的誓言
正好在睡前满溢

其二　愤怒

举起一把毁灭的斧头
用了天才的想法
疯子的手段
挥砍向
收藏好的美梦

其三　哀伤

十字架背在脊骨间

那不是苦难　只是

不死的原罪控诉

吮吸血脉已裂的痛楚

只等着,只能等

刹那间的救赎

其四　快乐

柔美如云的丝巾

起了微风

恰似一缕亲吻

从脸颊延至项颈

一路山水荡开

幽谷峻岭响起了

一朵朵的清脆

让有耳的人听见了

诗歌赏析

《面貌四重奏》这首诗不禁让人想起了贝多芬的弦乐四重奏,仿佛让人听到了"喜怒哀乐"的声音。整首诗一共四个部分,每一个部分都表达了诗人的一种情感。第一部分的主题是"欢喜"。"翩翩""欢欣""喜乐""微甜"都围绕"欢喜"来写,把"欢欣"和"喜乐"比喻成一对新婚夫妻,彼此诉说着"微甜"的誓言,在睡前满溢。一幅温馨喜悦的画面就呈现在我们面前。诗人构思用词都特别巧妙,仿佛看到了许多喜悦的音符在我们面前跳跃。第二个部分的主题是"愤怒"。诗人用了几个极具张力的词语来写愤怒:"毁灭""天才""疯子""挥砍"。每一个词其实都别有含义,就像踩下了钢琴下面沉重的踏板,发出了愤怒的音响,落地有声,让人联想。也许在诗人眼中,天才和疯子是有共同点的,他们扼杀了所有的美梦。这一部分不同于第一部分,并没有出现愤怒的词语,但是让我们感觉到了愤怒的存在。第三部分在写"哀伤"，诗人笔下的哀伤让人想到了上帝的救赎，一切苦难与痛楚，都等着上帝的拯救；一切原始的罪恶，都等着上帝的救赎。其中蕴含了一种信仰，这种信仰也许就是为了治愈哀伤。最后一部分写"快乐"。诗人的快乐是一首柔美动听的旋律，"微风中的丝巾""温柔的亲吻""幽谷荡开清脆的声响"，把物、景、声音都融为一体，展现出一幅快乐的画面。诗人心中的快乐，其实更多的也是一种自由，就好像前面经历了种种，最终"守得云开见月明"的开阔。整首诗就是一首完整的四重奏，把喜怒哀乐蕴含其中。生活是一首包罗万象的歌，每天唱不完的是喜怒哀乐。

（张瑞坤）

雨　柔

雨柔，原名陈淳淳，1962 年生，祖籍福建石狮。厦门大学中国语言文学系毕业，1995 年移居菲律宾，2005 年开始在菲律宾报刊发表作品，现为菲律宾作家协会会员，出版有诗集《心之韵》、文集《心灵的原乡》，2007 年任《菲律宾商报》文艺副刊编辑至今。

礁　石

你曾渴望成为英雄的雕像，受人敬仰；
你也曾梦想成为高楼大厦上的垒石，让人羡慕；
你甚至想成为铺路的基石，为人类服务；
可是没有一个石匠发现你。
你注定终生与海相伴，
任海水为你洗出一身的苦涩，
任烈日把你烤出一脸的沧桑。
但是，你不曾为自己的命运叹息，
你孤独地守着大海的苍茫，
为坚毅的灵魂等待。

当旭日在海上冉冉升起时，
你把祝福挂在渔家的风帆上。
当夕阳的霞光染红了海面，
你把希望挂在渔姑的脸上。
当星月的柔辉恣意地亲近你时，

你告诉苍穹,感动你的是那点点渔火。
当你默默地读醒大海时,
你与狂潮吻出绚丽的浪花,
醉了明眸,倾倒笔墨。

在一个宁静的夜晚,
一行深深的脚印
带着一缕淡淡的乡愁停留在你的身边,
你蓦然发现自己坚硬的身躯,
早已承载起海蛎和苔藓的生命,
当那声迟来的叹息划过你的灵魂
坠入苍茫的大海,
你的心激起苦涩的涟漪。

🌴 诗歌赏析

　　《礁石》这首诗歌,诗人通过第二人称叙述来表达对"礁石"的经历的叹息和对"礁石"孤独却具有坚毅精神的赞扬。全诗共分为三个小节,诗人通过"礁石"的理想及现实的对比,将坚韧孤独的礁石形象生动地描写出来。第一小节中,诗人通过第二人称将"礁石"简化为"你",形成对话,引出"礁石"之"想",与"没有"被"发现"相对比,突出"礁石"在梦想未能成真后仍旧踏实地坚守在自己原本的岗位,赞扬了即使平凡孤独仍旧坚韧的"礁石"品格。第二小节中,诗人则用排比的句式,将"礁石"不被关注却仍旧热爱大海与世间的高尚品质表现出来。最后一个小节,诗人将"礁石"的形象落脚于现实,以"脚印"暗喻发现"礁石"的人,并通过"叹息"表达出对"礁石"孤独一生的悲伤以及"礁石"美好的才华及品质不为人所知的感慨。

　　雨柔的诗歌大多通过生动形象地描写某一件事物,将自己内心的感受表述出来。比如《礁石》,诗人将孤独坚韧的"礁石"形象表现出来的同时,也表达了"礁石"的高贵品质不为人所知的惋惜与感伤。雨柔总以她细腻温柔的诗句将世间的美好展现在我们眼前,引领我们去寻找、去发现。

(于　悦)

苏荣超

苏荣超,1962 年生于香港,祖籍福建晋江,13 岁移民菲律宾。菲律宾圣道汤玛斯大学工业工程系毕业。作品散见菲华及海内外报章杂志。现任东南亚华文诗人笔会理事、菲华作协理事、菲律宾千岛诗社副社长、亚华作协菲分会理事、菲律宾《世界日报》文艺专栏作家。著有诗文集《都市情缘》一书。

我们相遇在一首未完结的诗中——怀念诗人云鹤

在时间的角落
你带着情怀从未来飘然而至
推开阳光和云彩
走进一首未完结的诗中

断句转折里
我们互道衷情
意与象跳跃在彼此心中
你朴实而精致的话语
穿透现实
让我细心品嚼
温柔的滋味

隐喻的思念很长很长
象征的岁月却又太短
风雨兼程着呼唤

为空虚而华丽的心情
添加标签

当我仍在研读日子的张力
你已伫立在超现实的方位
向往事挥手。微笑

人生这首后现代
依然明朗而晦涩着

诗歌赏析

　　《我们相遇在一首未完结的诗中——怀念诗人云鹤》共分为五小节,怀念了与诗人云鹤相识,互道衷肠的相处,以及对云鹤的诗歌和思想的赞美等点点滴滴,表达了作者对诗人云鹤深深的缅怀之情。作者巧妙地把"断句""意象""隐喻""象征""超现实""后现代"等评诗用语结合到全诗之中,符合诗人云鹤的身份,更是把云鹤与诗牢牢地融合在了一起。"天下没有不散的筵席",而"有的人死了,他还活着",作者深切理解生老病死乃生命常态,我们所能做的就是"生如夏花之绚烂,死如秋叶之静美"。

(吴　悦)

蔡 铭

蔡铭,1965 年生,福建晋江人,1977 年随父母移民菲律宾。1983 年获菲华新诗奖佳作奖,1984 年获河广诗奖、新人奖首奖,1985 年获学群诗文奖首奖。千岛诗社发起人之一,曾任第六、第七届社长。

移植树

自从把你移植
在我朝北的窗外
风吹你飘
雨打你垂
我就感到
一棵树移植的悲伤,想你
落根在高楼林立的市镇
向天空伸展的枝叶
必然处处碰壁
而高楼的地基
也必定挡住
根的展延,如此
你并不能紧紧地揽住
这块土地

远离深山密林,我明白
你也有离群的孤寂,和

存在的枉然，虽则

在季节变换的时候

路过的鸟类

会在你身上栖息

带来一些远山的

颜色和声音

然后成群地离去，这样

也只能激起你

落叶纷纷

在我朝北的窗外

日夜相对

看你枯萎的样子

我开始担心，担心你

会跟你身旁的电线杆

日益相似

诗 歌 赏 析

　　《移植树》这首诗歌借描写被移植到"高楼林立的市镇"的一棵树，抒发了自己移居异国他乡的离散之情。在这首诗中，诗人以"移植树"自喻，借物抒情，表达在异国他乡的陌生距离感和不适应，以及对故国的深深思念之情。在朝北的窗外，那一棵移植树被迫"落根在高楼林立的市镇"。这本不是适合它生长的土地，因而也经不住风吹雨打。移植树的悲哀就在于被困于一个不适合自己生长的环境中，想要"向天空伸展枝叶"却"处处碰壁"，想要向地下展延自己的根，却被"高楼的地基"挡住，总是"不能紧紧地揽住这块土地"。"远离深山密林"的"离群的孤寂"和"存在的枉然"，"我"感同身受。换季时，"路过的鸟类/会在你身上栖息"，会"带来一些远山的/颜色和声音"，然后成群离去。你虽缄默无言，但"我"发现了你的悲戚，那"落叶纷纷"正是你抛洒的热泪。"我"与你"日夜相对"，看见"你枯萎的样子"，"我"开始担心，担心有朝一日，你"会跟你身旁的电线杆/日益相似"。本该在茂密的深山枝繁叶茂，却被迫移植，在陌生而又不适的环境中日渐枯萎，不由得让人感叹：树犹如此，更何况人？

　　蔡铭的诗歌多抒发对于故乡、祖国的深深思念之情。诗人善于抓住意象，通过对这些寻常意象的拟人化描写，写出自己的满腔思绪。诗歌无论是在描写还是在抒情上，都可以说是造诣深厚。读蔡铭的诗歌，似乎能看到一个远离家乡的游子，用含着泪的双眼遥望着祖国大地，感情真实，令人动容。

（刘世琴）

王　勇

　　王勇，1966年10月生于江苏常州，祖籍福建晋江安海镇，1978年定居菲律宾马尼拉。亦文亦商，已出版诗文集十二部。在东南亚积极倡导闪小说、闪小诗创作。经常获邀出席国际华文学术研讨会并宣读论文，多次应邀担任文学奖评审。诗作多次获奖，2017年4月以中文现代诗创作荣获全菲最大、最权威的文学组织菲律宾作家联盟诗圣巴拉格塔斯文学奖。现任菲律宾马尼拉人文讲坛执行长、世界华文微型小说研究会副会长、菲律宾安海经贸文化促进会会长、菲律宾华文作家协会秘书长。

西津渡^①

夜晚探你，清晨访你
站在云台山的月下风中
你都在轻轻述说着传奇
从三国的蒜山渡
到唐朝的金陵渡
再从宋朝一直说到
今天的西津渡
不知吸住了多少的眼睛

李白来过王安石来过

---

① 西津渡为中国江苏省镇江市著名景点古迹。

孟浩然来过张祜来过

米芾来过苏东坡来过

陆游来过

马可·波罗也来过

候船或登岸

题字或吟诗

我问昭关石塔

我问脚下每一块青石

我问推我的寒风

我想追上他们的衣袖

却深深

被西津吸住了脚步

不忍放开步伐

怕踩痛

足下青石的

心跳

诗歌赏析

　　《西津渡》是一首游记诗,诗人参观了西津渡后,深有感受,便写下了这首诗。从诗中就能体会诗人兴奋、激动和不舍的心情。在诗人的描述下,从历史中的三国一直到现在,西津渡充满了传奇色彩和历史色彩。西津渡不仅历史悠久,而且吸引了文人墨客在此游玩。文末,诗人采用第一人称直抒胸臆,感情充沛。总之,从字里行间都能体会到诗人对景点古迹西津渡的喜爱之情。一直以来,文人都喜欢游山玩水,从中寻觅更多的创作源泉。可以说,诗人王勇不虚此行,西津渡给了他很多灵感。都说文学来源于生活,的确,生活就是最好的源泉,诗人凭借一颗敏感的心书写生活。

(李笑寒)

林素玲

林素玲，1966 年 6 月生于菲律宾，祖籍福建厦门。现任菲律宾华文作家协会、菲律宾中国华东联谊总会、菲律宾宋庆龄基金会等理事。数学系学士，商业管理研究院进修。先后任华校教职、企业财务部门经理、大学顾问并曾开办幼教中心。热爱艺文、书画创作，热心佛教、教育、公益活动。已出版微型小说（含闪小说）、诗文集九本，译著七本，曾参与百余集电视剧《包青天》菲律宾语的翻译工作。

父亲的布角衣

咱厝
有个裁缝师表姐
父亲说，奶奶
常捡起零碎的布角
一针又一针缝成
一块又一块的被子
飞到海外

那些美丽的被子
每晚陪父亲入梦
陪我们长大

后来
父亲把被子

剪缝成外套
绣上"游子吟"
当成最豪华的礼服
即使在别人的眼里
是另类的独一无二

直到有一天
布角衣
成了父亲的寿衣
裹着奶奶的温暖

只因,在奶奶的
每一针缝缝补补里
我看到
老人家坚强的
白发与皱纹
穿过针孔
抵达马尼拉

正如我们
无法释放的
泪滴,巴石河
黄河流经我的眼睛

🌴 诗歌赏析

在《父亲的布角衣》这首诗歌中,诗人通过回忆陪伴父亲一生的事物"布角衣",在表达了父亲对奶奶思念的同时,侧面表达了诗人自身对于父亲故乡和亲人的爱与思念。全诗分为六个小节,诗人按照时间顺序,讲述了"布角衣"与父亲不可分割的故事,表达出了"布角衣"对父亲这个"游子"的特殊意义。诗人以故事回忆的口吻开头,引人入胜,在第一小节便切合了"布角衣"这个题目,阐述了"布角衣"的来历,为诗歌下文做好了铺垫。接着在父亲将"被子"变成"外套"、变成"寿衣"这样的演变过程中体现出了父亲对于故乡及故乡亲人的思念与深沉的爱。在最后两节中,诗人将自身代入其中,讲述她从"布角衣"上看到的跨越距离、国度的爱,也是由"针孔"连接起的、密不可分的血脉亲情。

　　林素玲的诗歌多是借事物抒发自己对故乡的思念和爱恋,同时体现了诗人家中、身边传承着的对于故乡的眷恋和割不断的血脉亲情。像《父亲的布角衣》是通过对父亲生前珍爱的、代表了故乡的事物的描写,表达出了父亲对故乡的思念与眷恋,而且这种思念与眷恋,已经通过这些物品默默地在诗人心底扎了根,诗人也因此生出对故乡的向往与思念。或许诗人生长在异国他乡,但诗人父母一辈人漂洋过海到达异国生存、打拼的经历,使他们仍旧不可抑制地对那个生养他们的故乡有着深深的眷恋,这样的眷恋便默默存在于他们生活的每个角落,影响着他们的后代,使这种思念也不断地在异国他乡传承下去。

(于　悦)

椰　子

　　椰子,原名陈嘉奖,1969 年 7 月 7 日生于福建一个依山傍海的村庄。毕业于大学新闻系,曾任职于省级日报社,从事新闻工作。三十岁时移居菲律宾,从穿街走巷的推销员做起,步入竞争激烈的建筑材料批发行业。十年前开始涉入诗歌长河,沉潜在热爱的事物中。除了远方和诗歌,质朴的木头和铜臭的钢铁,交织在脑海。诗歌的浪漫和理想与谋生的低俗和现实集于一身。现任菲律宾千岛诗社副社长、菲律宾华文作家协会副秘书长。

诗人的晚餐

桌上
刚出炉的新书
一行行香喷喷的文字
轻松地滑入我的胃肠

楼下
又是堵塞的时刻
车灯蠕动
如同搬运食物的蚂蚁
缓缓地消化时光

诗歌赏析

　　《诗人的晚餐》很有意思,此情此景,也许正是诗人现在的状态。诗歌先写"桌上",再写"楼下"。"新书"和"文字"就是诗人最可口的晚餐,诗人用了"刚出炉""香喷喷"这种字眼,把自己这种独特的散发着香气的晚餐呈现在我们面前,别有一番滋味。"轻松地滑入我的胃肠"这句话和本诗的最后一句"缓缓地消化时光"形成对比。诗人正在轻松地享受美好的晚餐,看到了楼下堵塞的时刻,把车里面的人比喻成了"蚂蚁",写出了人们在城市里奔波劳累,就像蚂蚁搬运食物一样。"轻松地"和"缓缓地","滑入"和"消化"都是互相对应,互相对比,描绘了两幅不同的画面,不同的感觉;也表达了诗人和路人不同的心情。诗人最巧妙的地方就是把具体的晚餐食物和抽象的生活融合为一体。乍一看是在写晚餐,既然是晚餐,就需要细细品味,就品出了人生百态喜怒哀乐的味道。

(张瑞坤)

心 受

心受,原名洪美琴,1973 年生于菲律宾马尼拉,后移居菲律宾南部。大学毕业于怡朗市 University of San Augustin,获商科会计学士衔,现为中文教师。作品多为小诗、散文与小说,散见于华文报刊。积极参与文学活动,为东南亚华文诗人笔会理事、菲律宾作家协会南部主任、菲律宾新潮文艺社文艺副刊网络编辑、菲律宾《世界日报》文艺副刊专栏作家。

途 中

踏上你走过的足迹
寻不到你留下的痕迹

我捎一片回忆
给你

在不知名的路上
放肆地
想你

诗歌赏析

《途中》这首诗分为三个部分。可以用"寻找""回忆""思念"来概括诗人想要表达的感情。第一部分诗人想要寻找曾经的痕迹,可是随着时间过去,早已找寻不到,开头就奠定了全诗因为对过去的思念而惆怅的感情基调。

第二部分诗人巧妙地化抽象为具体,想要把看不到摸不着的回忆捎给某人,再次强调自己的思念之情。最后一部分情感终于找到了一个宣泄口,无论是不是曾经走过的路,无论你在哪里,我都可以"放肆地/想你"。最后一句是全诗的高潮,更是诗人感情的高潮,思念之情再也不想藏起来,使整首诗惆怅的感情基调不再那么压抑,而是一种洒脱的释放,虽然找寻不到,虽然只剩下回忆,但是也要放肆地想你。就好像生活本就有许多愁苦,但越是这样,越要有最真诚的思念。

大多数的思念之情,是相思许多愁;但是这首诗,诗人选了一个不同的落脚点,告诉我们回忆也可以是现在最好的陪伴。虽然感情基调不一样,但是无论怎样,我们都感受到了诗人怀念的曾经与点点滴滴的记忆。

(张瑞坤)

王仲煌

王仲煌，1973年生，祖籍福建晋江，童年移居菲律宾马尼拉。1990起于菲律宾各华文报副刊发表现代诗及散文，2002年起参与专栏写作。曾于《潮流杂志》《菲律宾商报》《菲律宾华报》等副刊撰写专栏，现任千岛诗社副社长，菲华专栏作家协会、亚洲华文作家协会理事。著有诗集《渐变了脸色的梦》、文选《拈花微言》。

吹吹风

晾衣线上
一件衣裳飘荡

我也得
吹吹风
伸展两臂
把自己挂到天空

童年的稻草人
仍守护青绿的原野

一下两下三下
鞭打我的
不是风
是远方的海

诗歌赏析

　　《吹吹风》共分四小节，从晾衣绳上的衣服、儿时的稻草人联想到需要"吹吹风"的自己。张开双臂，拥抱清风和蓝天，想必这是疲惫的作者给自己的一个放松。其实，需要吹吹风休息的，除了疲惫的身体，更是身负重压的心灵吧！童年的稻草人，守护的不止原野，或许还有作者快乐的童年、儿时遥远的故乡和美好的理想。这些时时激励着、鞭策着作者前行，使作者不敢有一时一刻的懈怠和放松。

　　王仲煌的诗歌从小处着笔，在平淡之中表现真性情。其语言优美、想象丰富、意象密集，善于运用象征等手法，表现生活和人生。作者心思敏捷、感情细腻、笔调温润，在他的轻描淡写、云淡风轻之下，是思想的升华，表现了生活的琐碎、人生的坎坷。"生活虽然一地鸡毛，但仍要欢歌高进"，作者通过诗歌，表达了，也教会了我们要适时放松紧绷的弦，懂得感恩，懂得如何铭记过去、更好前行。

（吴　悦）

文莱卷

梁友情

梁友情,1939 年生于文莱市(斯里巴高湾市),祖籍福建永春。热爱文学,尤其偏爱读诗写诗。20 世纪 80 年代末,曾创作少量新诗,后因忙于业务停笔。2001 年重新执笔,2003 年失明,继续创作大量诗篇。写作已成为生活的一部分,突破困境、不懈努力,十多年创作千余首诗歌。著有诗集《放歌行》《心观世界》《缤纷诗歌》。

回 乡

终于　我归来
背负　异乡情节
重演离乡时
沉重心情

依稀记忆　认路归来
花草夹道相迎
手植相思树掉下泪花
倾诉别后思念

垂老爱犬　老远赶来
相认　亲热逗我
摇摆尾巴　扑落我
满身风尘

甫进家门　壁上
泛黄照片　注视我不知谁
疑惑端详　误认为
离散多年兄弟
双亲遗照　一如生前
慈祥看我　还流露关怀

🌴 诗歌赏析

　　《回乡》全诗可分为四小节,诗人开头用"背负""沉重"表现自己近乡情
更怯的心情,也体现出诗人长期没有回乡,兴奋却又忐忑不安的心情。接下
来两节,诗人将"相思树""花草""爱犬"等意象拟人化,用他们对自己的"欢
迎",印证出自己的"依稀记忆",反映出对故乡的亲切感。最后一节,诗人通
过"误以为",引出"双亲遗照"表达出对双亲的怀念,进一步体现出诗人对故
乡的思念。

　　梁友情的诗歌中包含着对故乡的深切思念和热爱,他善于利用各种意
象来描写环境与表达他的心境,进而表达出对故乡的记挂与怀念,更加符合
漂泊在外的游子期盼团圆的心境。如《回乡》通过家乡的"相思树"和"爱犬"
"照片",在体现出诗人对故乡的热爱与亲近的同时,也体现出故乡对游子的
关爱与亲近。

(于　悦)

张银启

张银启,又名荣煦、海庭,1940 年出生于文莱油城诗里亚,祖籍广东揭阳。文莱华文作家协会创会秘书、东南亚华文诗人笔会创会理事。著有合集《破雾跫音》《文华荟萃》《南方的火花》《展翅启飞》,著作《海庭短诗集(中英对照)》《文华文学》《痕迹窥探》。

小　丑

戴上面具　忘了自己
带给大家
台下装得饱满
一个精彩演出

想起自己　想到亲人
小丑忘不了自己
天真小孩跺脚大叫
看看看
小丑会哭

崩溃的眼泪
背后的故事
谁发明小丑

诗歌赏析

　　《小丑》为我们讲述了一份职业,全诗共分为三小节,其表达的含义层层深入。第一小节介绍了小丑的工作,是戴上面具表演,逗人开心;第二小节描写了本该以"小丑"角色示人的演员却表现出了真实的自己,他是痛苦而非快乐的;第三小节由表及里,以痛苦的眼泪控诉残酷的现实。"谁发明小丑"其实叩问的,是造成这种强颜欢笑,忘记自己、践踏自己来取悦他人的社会现实。"天真小孩跺脚大叫",这个小孩,就如《皇帝的新装》里的小孩一样,只有他才能说出真相。

　　张银启是一位饱经风霜、历经岁月积淀的老诗人,什么都经历了,什么都看开了,如此才能以简单轻巧的笔调记录下最为沉重的岁月和生活。诗人善于运用象征手法来表现诗中意象,用最简单的事物和文字,来表达丰富内涵和深刻意义。

(吴　悦)

德　安

德安,原名孙德安,笔名鹰、哨卒、水上草,祖籍福建厦门。1942 年出生于文莱,现为文莱作家协会会长、东南亚华文诗人笔会会长、亚洲华文作家协会会长、世界华文作家协会副会长、世界华文微型小说副会长、文莱斯市中华总商会文教主任、文莱中华中学校董事副秘书、《文华文艺》编辑,诗歌评审。著有《千年一顾》《百年一得》《文莱河上图》《诗歌行——有你真西》,主编《名人笔下——和平之乡文莱》。

文莱河上图

晨钟轻敲
小舟过桥
青山披纱花姿窈

风吹旗飘
师生互招
千屋万脚玩浪泡

撒网垂钓
轻柔祈祷
蓝天白云陪烟绕

船返妻娇

夕阳微笑

滚滚江水奔天角

🌴 诗歌赏析

　　《文莱河上图》呈现了文莱清静、平淡的生活情景,平添一抹烟火气息。《文莱河上图》的图景跨越了一天的时间光景,从晨起到夕阳,诗人捕捉了一天中景与人的变化,情与景交融构成静谧的意境。晨钟、小舟、青山、花、滚滚江水,文莱的景色在诗人笔下缓缓流淌,即便未亲眼所见,画卷已在眼前徐徐展开,可见文莱的风景已印刻在诗人脑海中,成为记忆的一部分。"师生互招/千屋万脚玩浪泡""撒网垂钓/轻柔祈祷",热闹却又平凡的生活场景跃然于图景之上。德安出生于文莱,对文莱的风土人情十分熟悉,有着深厚的感情。这首诗是德安对文莱情感的诉说,同时也唤起了当地人的本土记忆,更是将这一片土地推向世界。诗人以自己的笔触记录情愫,言有尽而意无穷,将对土地的热爱融入诗歌,久久回荡。

　　德安情感细腻,文字在他的笔下如涓涓细流般划过,清浅绵长。因他善于捕捉身边的情与景、人与事,诗歌便也呈现了鲜活的生命力。他乐于寄情于诗,让自己的思想和情怀在诗歌中继续回荡。

(孔舒仪)

越南卷

刘为安

刘为安,笔名牖民、逸民、黎安、春秋,1939年生于越南鱼米之乡薄寮省,祖籍广东高要。爱好诗文,20世纪60年代开始在越华文坛活动及在西堤工商界驰骋。年轻时曾获西堤华文报散文优胜奖。现任胡志明市华文文学会副会长、《文艺季刊》主编、刘氏宗亲会立案理事长、颍川华文学校荣誉董事长。著有散文集《堤岸今昔》、诗集《雪痕》、散文集《后园》等。

莲

僻壤

泥塘

你不受污染

长出

粉红色花瓣

绿绿的莲蓬

涵盖了天地间

唯你一枝独秀

纯洁

娇艳

芬香

诗歌赏析

周敦颐在《爱莲说》中描述莲:"出淤泥而不染,濯清涟而不妖。"刘为安在《莲》一诗中也如此对莲加以赞美。诗人与莲的相遇是偶然,却被莲的"纯洁/娇艳/芬香"所吸引,喜爱之情溢于言表。莲自古即被文人雅士称颂,缘于它的美丽多姿——"粉红色花瓣/绿绿的莲蓬",同时为它于"偏僻泥塘"中昂然生长的姿态——"涵盖了天地间/唯你一枝独秀"折服,莲清新脱俗的气息弥散在诗间。《莲》全诗以细腻的笔墨对莲的外形、生长环境进行描摹,虽未使用过多笔墨雕琢莲的内在精神,却于景中寓莲的意蕴,以静默淡然的笔触暗藏莲的生长姿态。诗人对莲刹那间的一瞥,留下了绵长的情绪,他并不掩饰对莲的惊艳之感、喜爱之情,将内心情感定格于诗中,向读者展示莲的独特与高贵。

　　刘为安写景亦写情,他善于发现身边的美景,发掘其中的内在本质,寓于诗歌间缓缓阐述。他捕捉个人内心情感,释放于诗歌中,将对其的刻画与形容发挥得淋漓尽致。

(孔舒仪)

秋　梦

秋梦，原名陈友权，1943 年生于越南西贡，企业家。曾就读于越南万幸文科大学文学系及英语中心。业余从事新诗、诗论等写作及翻译。作品除了发表于越南报刊，还发表于海外《创世纪》等诗刊及马来西亚、澳洲文艺园地。

桥 的 心 事

不知从何时开始
我爱俯望
脚下一面多皱纹的镜子
看三十年来自己的容颜
是否和它一般苍老

每天，我背着会走路的太阳
背着，会说话的鞋子

隐约听到有人在说话
在这一头，或那一头
有人说的是离愁
有人说的是乡愁

我偶然发现自己的双手
一只
在岸的这头

一只

在岸的那头

🌴 诗 歌 赏 析

　　《桥的心事》用第一人称进行描写，将桥拟人化，以连接两岸的桥梁表达出自己对故乡的思念。全诗可分为四个小节，在诗的前两节中，诗人首先通过"我"的自述，引发读者思考的同时引起读者的好奇心，同时又以"多皱纹的镜子"和"苍老"比喻出微风中泛着波纹的"河水"，"会走路的太阳""会说话的鞋子"生动地描写出太阳东升西落，桥上人来人往的景象。而后两节借"听到""这一头""那一头"直接写出"离愁"和"乡愁"，暗喻两岸人民的分离，远离故乡的人说"乡愁"，与家人分别的人说"离愁"。最后一小节中桥的"双手"则表达了桥对连接两岸的渴望。诗人以桥自喻，表达了希望能够架起两岸之间的友谊桥梁，使两岸的人不再受到"离愁"和"乡愁"的困扰。

　　秋梦的诗歌在生动中又包含对生活的感悟和对未来的期盼，用浪漫主义的描写手法，将生活中的感悟和期盼生动地描写出来。如《桥的心事》将自己化作一座桥梁，感受着两岸人民的"愁"，在用拟人手法生动描写桥连接两岸现实的同时，表达了希望能成为连接两岸人民友谊的桥梁，两手牵着两岸人民，共同前进。

（于　悦）

过 客

过客，1943 年出生于越南海防市，祖籍广东新会。曾担任胡志明市各少数民族文学艺术协会古诗分会会长，著有散文集《行万里路》。

故 乡

我北方的故乡——
像巴掌般小，
开门就是扑面的黄沙，
整年海风，不辨春夏。
我在海边拾贝，
迎接黎明，送走万舟竞发。

故乡呵护我的童年，
但容纳不下太多的梦想，
长大后负笈他乡，
老来愁断九曲回肠。

妻低声诉说：
昨夜梦见拍岸的海浪，
这也是妹子的故乡。
故乡虽小，
但一定能装得下，
我俩颤动的心房。

等到东篱菊花香，

我将带你回到生疏的故乡，

我俩抖索着，

漫步海边的长廊。

诗歌赏析

　　故乡是来处，也是归处，诗人在《故乡》一诗中抒怀自己对故乡九曲回肠的思念与眷恋。在诗人的诉说中，故乡是童年的港湾，是幼时的乐园，是曾经的避风港，但却无法承载成长的梦想与抱负，而此时诗人与妻子却渴望重回故乡，执手漫步于故乡的海边。本诗折射了当下普遍的故土情结，都市青年离开乡土在外奋斗，数十年背井离乡与乡土日渐生疏，但孤身在外的委屈、煎熬、无奈依旧寄托于故土，似乎唯有故乡能包容一切，重回乡土的呼声日渐高涨。社会语境中，故乡不仅是客观存在的现实，还是情感回归的指征。一方面，故乡是游子回乡寻根的去处；另一方面，故乡是人们的情感寄托与精神归宿。诗人指出，"故乡虽小，但一定能装得下，我俩颤动的心房"。此时的故乡已不再是无法承载梦想的巴掌般大小的地方，而已成为诗人与妻子寻找安慰的归处，这便是故乡，令人魂牵梦萦却又不失安全感的故土。诗歌意境立足于写实，诗人善于捕捉当下人们真实的心理状态，内化于诗歌，呈现真实可观的文字，实现思想传递与情感表达的圆满性。

（孔舒仪）

陈国正

陈国正,1945 年出生于越南南部西区永隆市,祖籍广东高要,高中时已和文学定情。1966 年曾任《水之湄》《湄风》文刊编辑,个人著作有《秋汛之外》。1999 年任《越华文学艺术》特刊执行编辑直到 2007 年因经费问题停刊。2000 年主编《越华散文选》,2006 年主编《西贡河上的诗叶》诗选。现任胡志明市华文文学会副会长,《越南华文文学》季刊副主编兼执行编辑。2011 年元旦出版个人诗集《梦的碎片》,2015 年出版个人诗散文集《笑向明天》。

放怀沐在爱河里——敬致父亲

我多么想走向童年
宁可像一只嗷嗷待哺的喜鹊
每天可以从你生命中
找到
丝丝阳光

风雨来时路
有一种无形博大的力量
撑住一片天
容我藏身

六月的诗歌装订成一册
心灵归宿的典范
点点芳馨
温纯柔美为你

即使化作窗外被潮湿飘浮的云朵

盛夏六月
有了理性
更有了智慧之光
岑寂伫立在
殷殷厚爱如山之巅
稳重给了我
学会不倒的精神

让这深邃而漫长的人生岁月
放怀沐在爱河里
回转
激荡

诗 歌 欣 赏

　　这一首《放怀沐在爱河里——敬致父亲》用真挚而节制的话语，娓娓诉说着诗人对父亲给予自己的父爱的追思、怀恋与感恩。不管是谁，不管年纪几何，只要一想起自己的父亲，都会重新变成一个柔软的孩子。诗人也一样——他希望自己重新变成一只"嗷嗷待哺的喜鹊"，可以从父亲"无形博大"的力量中获得生命的"丝丝阳光"。父亲以及父爱在诗人的这首作品中象征了一种光明、温暖和扶持幼小生命的意义。"岑寂伫立在/殷殷厚爱如山之巅/稳重给了我/学会不倒的精神"，同时，父爱也不缺乏可靠和指引的意义。父爱让诗人沐浴在无私的爱河里，给予他安全感和生命意义的指引，在他"漫长的人生岁月里"久久回荡着。

　　诗人用独特的语言和真挚的情感表达了自己对"父爱"的追忆与感恩之情。而在艺术上的独特之处，是诗人避免了直接的情感的抒发，而采用各种极具象征意味的意象来寄托自己内心丰富的情感，使自己的真情实意不仅显得更加的形象，而且也更显深刻与蕴藉。

（任金刚）

刀　飞

刀飞,原名李志成,1947 年生于越南海防市,祖籍广西防城。曾主编《飘飘诗页》《风笛诗展》,20 世纪 60 年代与越华诗友合著《十二人诗辑》,2010 年出版个人诗集《岁月》。

心　事

往事吊起
是一井浮光的蝉影
正想说起从前
已扑翼

翻出墙外的枝头
最难耐秋来的时节
唯一还未蜕变的知了
最了解
在渐渐枯黄的叶丛间
我的心事

🌴 诗歌赏析

《心事》全诗共分为两节,第一节巧妙地运用了比喻的手法,将以往的回忆比喻成浮光中的蝉影,而“扑翼”更是体现了往事的不可捉摸。第二节仍然用“知了”这个生物来续写自己的心事。难耐的秋季,未蜕变的知了,更是描绘出了诗人当下的淡淡愁绪。在渐渐枯黄的叶丛间,诗人咏叹着自己的伤秋之情。

　　刀飞的诗歌,其实颇有小诗的韵味,不像普遍的诗歌那么冗长,精简锤炼的语句和段落,将作者想要表达的情绪完美地诠释。作者也拥有非同寻常的表达方式和耐人寻味的心境。

(王思佳)

林松风

林松风，1948 年 4 月生，祖籍广东潮州揭东玉林厝。越南财经大学毕业，现居越南胡志明市。20 世纪 60 年代开始写作，作品散见于越南西堤各华文报章及中国台湾、东南亚等地报章。近年作品发表于越南胡志明市、中国台湾、东盟各地。2013 出版单行本诗文合集《岁月如歌》。

不写诗的日子（二章）

（一）

春来不写诗，倚窗倾听
芒园枝头之燕
呢喃轻歌
伊风尘未洗
喜故巢梦温。二月
梅花盛开满园，且待群蜂酝酿
芳芬美酒

炎夏艳阳天，艳阳斜照
凤凰红。唉，我病怀故乡湄河
故乡小涌两岸不也
花影燃烧蓝天际云轻冉
一万八千个日子，别时
青装初着，归来
双鬓白发似霜

来去匆匆,若逆旅过客

风也雨,霞兴露

（二）

昨夕喧哗哗许多个午间

蝉鸣已杳,紫秋初凉雏菊香

秉烛唐季断编残简

且提灯蜀中寻觅

太真仓皇出逃遗落那只

金丝绣鞋

吊杜工部草堂,访李白

采石一江月华

化作千古豪情——

于你伸手捞起一刹那

罢罢,何不携手重九登高?

晨曦初泛,寄寓南梁燕儿又

飞来与我道别,别时柔情似水

订约

明春。明春重温

放牧绿野如茵

山峦碧溪悠扬笛歌

腊月搓冬圆———粒粒一粒粒

滑落锅子,叮叮咚咚

噢,明天冬至,屈指

五个不写诗的

春、夏、秋、冬

🌴 诗歌赏析

《不写诗的日子(二章)》第一章中以春夏两个季节来写不写诗的日子是
怎样的。春天不写诗,可以倚窗聆听春天的乐章,燕子归来,在枝头轻歌,长途旅行后的燕子终于回归故巢,这是对旧时巢穴的眷恋,也是对春回大地的欢喜。春天不写诗,可以看满园的春景,花香袭人,蜂儿飞舞。春天不写诗,但是春天已经是一页美好的诗篇。不写诗的夏天是艳阳天,在这艳阳天中幽然生出的是对故土的眷恋。故乡的湄河静静流淌,而我已经离开她"一万八千个日子",这确切的日子一天天地数着,展现出我对远离故土的不舍,盼望着能够早日回归故土。这些日子让"我"从当初离开时的翩翩少年,变成了如今的两鬓似霜。第二章是不写诗的秋和冬。秋天不写诗,蝉鸣已经消失,秋菊淡然开放,这是秉烛夜读的好时节。寂静的夜晚适合读李杜的诗篇,适合探究历史轶事,诗词歌赋足以慰藉这不断的寻觅之情。冬天不写诗,是与燕儿道别的时候,柔情似水的道别,依依不舍的约定,来年的春天必然又是一个欢歌笑语的春天。冬已至,春可期。这是诗人在五个不写诗的春、夏、秋、冬所感,是诗人寂寞情怀的消遣,不写诗的日子,可以欣赏春景满园,可以在夏日愁绪满怀,可以在秋日探访先贤,也可以在冬日期待下一个春天的到来。

林松风的诗歌中饱含许多生活的哲思和对生命的思考。诗中抒发着自己的真情实感,对友人的思念,对故乡的眷恋,这些是藏于诗人心中的深情,唯有诉诸纸间方能聊以排解。对写诗这件事情诗人抱有极大的热情,但是因为种种原因无法写诗,这五年的时间,诗人都在细碎的日子中期盼,春夏秋冬的变换,改变不了诗人心目中对诗歌的眷恋。

（符丽娟）

燕　子

燕子,原名陈小燕,1949 年出生于越南西贡,祖籍湖北天门。初中毕业于越南知用学校,曾在报社、旅行社工作,最后应聘诗人吴望尧前辈的化工厂,获录取工作于化验室一直至 1979 年,并于同年移居德国至今。

我只是一个影子

我只是一个影子
曾在水上飘过
曾与所有的倒影
一起呼啸过

在日出日落中
影子与影子不断去
交替与重叠
也曾消瘦也曾悲戚

而影子本无痕
又似真来却又假
未怕风云践踏
更不随山雨洗泥尘

诗歌赏析

　　《我只是一个影子》中燕子深刻地思索着人生，以"影子"作比，写出影子的遗世独立，更以影子写出诗人内心对人生和世界的思考。"我只是一个影子"，存在，又仿佛不存在，这是对生命存在状态的思考。"曾在水上飘过"，这水面就仿佛是人生的道路，飘荡在人生道路上的影子与其他的影子相遇，只是短暂交际，又匆匆别过，人生如逆旅，只能自己一人独行。"影子与影子不断去"和"交替与重叠"，更是形象地写出在人生的道路上的人与人之间的短暂交往、不断离去的过程。"而影子本无痕"，不同于其他沾染了俗世的事物，他非真非假，而又洁净独立。诗人对影子的深入思考也启发着人们对人生存在状态的思考。

　　燕子的诗歌充满哲理与禅意，是深刻思考之后的结晶。燕子以其禅意的方式思考着人的存在方式：以真实还是以虚幻？人生会留下何种印记？还是只是仿若飞鸿踏雪，杳无印记？对生死的思考也是燕子诗中想要探寻的目标，燕子认为死亡并不是生命的终结，而是另一场突破的开始，只有诗意会永远留存在心中。

（符丽娟）

石　羚

　　石羚,原名吴远福,1949 年生,原籍广东合浦。中学时期
开始投稿于堤岸各华文报刊文艺版,但因战乱,1975 年前发表
之作品已失存。停笔至 1986 年才重新写作,即获《解放日报》
举办之诗歌比赛奖项,连续获得散文、诗赛奖。作品散见于各
报刊、文艺杂志、诗刊等,尚未结集。

杜　鹃

双手捧着　你
凄厉的殷红
让我把悲怆合上吧
就留下美丽传说
人生长无奈
那堪听鸟哀啼
只是三月
花笑时
我会跟着喜悦

诗歌赏析

　　《杜鹃》通过写杜鹃鸟和杜鹃花的传说来展现它们所代表的象征意义。
相传远古时蜀国国王杜宇很爱他的百姓,禅位后隐居修道,去世以后化为杜
鹃鸟(又名子规鸟)。每到春季,杜鹃鸟就飞来唤醒老百姓"快快布谷！快快
布谷！"嘴巴啼得流出了血(其实是杜鹃鸟的口腔上皮和舌头都是红色的,古

人误以为是"啼"得满嘴流血），鲜血洒在地上，染红了漫山的杜鹃花（可能是古人美好的想象）。近代，杜鹃花又象征着千千万万的烈士鲜血，它记载了那段悲壮的抗战。

杜鹃鸟和杜鹃花，已经融入中国悠久的历史文化，在历史的演进中形成了特有的文化意向——杜鹃鸟凄凉哀怨的悲啼，常激起人们的多种情思、伤秋悲春；杜鹃花的绚丽多姿，又使人心情愉悦、充满希望。作者通过《杜鹃》所要表现的主题也正是如此，铭记历史、忘却悲伤，"待到山花烂漫时，她在丛中笑"。

石羚的诗歌象征意义鲜明，比喻拟人亦是恰到好处，作者擅长通过意象来反映现实哲理问题，想象丰富、思维广袤，常常给人以茅塞顿开之感，可见作者对人生具有独到体会。

（吴　悦）

施汉威

施汉威,1950 年生于越南西贡,祖籍广东鹤山。越南胡志明市师范大学毕业,作品散见于国内外诗刊、网站。现为颍川华文学校资深教员,越南华文文学会《文艺季刊》副主编。

蟋 蟀

英姿焕发斗志轩昂
目睹对手败退的狼狈
得意震动浅黄的薄翅
凯旋的音阶一声比一声
鸣得嘹响

已告死亡
强勇之姿犹似
霸王自刎之磅礴
触须轻垂探地
是否寻索回归的途径?

小小泥穴
英魂的最后归歇
没立碑文
那声声掷地铿锵的振鸣
时间的隙缝里
缭绕激荡

诗歌赏析

　　《蟋蟀》一诗中,诗人描绘了蟋蟀或胜利或战败的姿态,借以形容人在顺逆境时的人生态度。诗人笔下的蟋蟀毫不掩饰胜利时得意的神色,震动浅黄的薄翅,鸣奏凯旋的歌声,而当面临困境时亦未流露出颓唐的姿态,且以项羽乌江边自刎的气势形容蟋蟀的失败。"小小泥穴"是蟋蟀最终的归处,无碑无名无痕,永久停留于曾经,却在时间缝隙中留下了永恒的绝响。诗人以此诗告诫年轻人,人生时常在顺逆境中轮回交替,顺境中潇洒恣意,享受胜利的果实,逆境中保守初心,寻找突围的出口,虽只是经历普通人的一生,但仍是不平凡的历练。人生不如意事十有八九,如若罔顾、逃避人生际遇中的不顺,则无法体会生活给予我们的欢喜雀跃、悲欢离合。走过千山万水、经历风霜雨雪终将在心中留下浓墨重彩的一笔。蟋蟀小小的身躯尚且承载了极短暂的一生,而我们拥有强健体魄与精彩人生,更应该在人生数十年中发掘内心潜质,即使身陷囹圄亦能昂首以对,实现自我人生价值,这是当下年轻人应有的精神面貌与品质。

　　诗人的文字有着温暖人心的力量,毫无保留地诉说自我对生命的体验,激励年轻人散发向上的热情。他与诗歌合二为一,诗有尽而意无穷,值得久久回味。

(孔舒仪)

浮　萍

浮萍，原名温汉君，祖籍广西防城，1953 年生于越南广宁省芒街县马头山脚，现居越南胡志明市。现为万丰五金机械公司主理人、越南温氏大宗祠理事长、越南湄江吟社社长。

一叶浮萍有根

无土，土在故乡
故乡很远
方向也迷失了
连梦呓中呐喊声也变得
杳无乡音

是水逐浮萍
连一点晚霞的彤红也没带走
有的只是一种与生俱来的绿
惨惨的绿色
也别怪水太无情
本来就无奈

前面是个混浊旋涡
沉沦，没顶
神啊！
请赐予一双翅膀罢

![诗歌赏析]

诗歌赏析

　　《一叶浮萍有根》用诗歌勾勒出一幅浮萍对根和故土向往的画面。诗歌共分为三小节,第一小节讲述浮萍的现状,在没有土地的他乡漂泊流浪,如同迷失了自我和方向,但是浮萍在无意识的梦中依然流露出对回归故土的渴望。第二小节描述了水成为浮萍走向故土的阻碍,没有生活向往的彤红,那惨淡恐怖的绿色,与生俱来的隔绝,让浮萍感慨命运的悲哀与无常。第三小节流露浮萍出面对重重苦难的"旋涡"心中的无助和苦痛,迫切地恳求有一双翅膀能带他越过旋涡、飞过阻流,抵达魂牵梦萦的故土,不再四处飘零。

　　浮萍的诗歌如同画作,贴近生活、勾勒回忆。在这些诗歌中能感受到真切的情感、浓浓的思绪。诗歌中情景交融,感情深沉,而又含蓄凝练、言简意赅,充分体现了诗人"沉郁顿挫"的艺术风格。

(吴　悦)

故 人

故人,原名冯道君,1956 年生,现居胡志明市。原《西贡解放日报》文友俱乐部主任,越南胡志明市古诗会副会长,冯氏大宗祠理事长。著有三人现代诗合集《空白》。

傍晚一朵停驻的云

任由风儿轻柔拨弄
慵懒得不想移动
日暮的心冷冷
一如雪塑菩萨在面壁趺坐
往年梦中的故乡桑梓
心怡的天涯海角
已经褪色
变成半灰半白
傍晚一朵停驻的云

🌴 诗歌赏析

《傍晚一朵停驻的云》是一首回忆性的漫想曲。首句由风吹拂面唤醒诗人的感觉神经,然而这冷风的触发所引出的诗情是夹杂感伤情调的,旧梦中的故乡人事已经渐渐褪色,封存在记忆里的梦幻美景也变得模糊朦胧。时间是记忆的天敌,在岁月蹉跎中,故人的眷恋与偏执已经不得不变成"半灰半白"的一朵云,傍晚停驻的"云"一方面是诗情的发源地,另一方面则含蕴了诗人对于时光流转、物是人非之现实的伤感、无奈与惋惜。

纵观故人的诗歌创作,我们可以发现他的诗歌语言偏向洗练与简洁,既不刻意藻饰,也不晦涩难懂。其诗风清新明朗,化繁为简,于轻描淡写中道出诗中情理意蕴,往往令人回味流连。

(岳寒飞)

陈铭华

陈铭华,1956 年 12 月生于越南嘉定,祖籍广东番禺,1979
年 9 月定居于美国洛杉矶。洛杉矶加州州立大学电子工程系
毕业,现职电子工程师。中学时期开始写诗,1990 年 12 月挹
诗友创办《新大陆》双月刊,兼任主编。著有诗集《河传》《童话
世界》《春天的游戏》《天梯》《我的复制品》《防腐剂》等。1996
年《春天的游戏》一书获台湾侨联总会海外华文著述奖诗类首
奖,2010 年获第 12 届亚细安华文文学奖,2017 年获韩国亚洲
诗人奖。

树 犹 如 此

我不可能再成为别的事物了

别再伐木,好吗? 木房子、木家具、木屐、木纤维衣物……所有温润、舒
适、熨帖的这些感觉我也可以给你

当你认为我是一棵树的时候,我便是那一棵树了

🌴 诗 歌 赏 析

《树犹如此》这首诗歌通过一棵树的自白,表达了希望人们关注周围的
生态环境,呼吁人们保护环境的思想感情。陈铭华在这百字之内的简短诗
歌中演绎了一场启人深思的一棵树的内心独白。诗歌第一节"我不可能再
成为别的事物了",揭示了这一棵树经历了多次加工、制造、塑形。而诗歌的

第二节更是以近乎乞求的语气在向人类诉说："别再伐木,好吗?"一声"好吗"让人心酸,这是多么苍白无力的请求啊,这是劣势群体发出的微不足道的抗议。"木房子、木家具、木屐、木纤维衣物……所有温润、舒适、熨帖的这些感觉我也可以给你",这棵树在呼吁,请求人类不要肆意改变它的面貌,"木房子、木家具、木屐、木纤维衣物"这些都不是它原本的样貌。树仅仅想以一棵树的形象站立在森林里,为此它愿意奉献它所能给予的所有温暖,但请不要剥夺它生存在这个世界上的权利。诗歌的第三节则是以一句颇具思想性的句子结束,"当你认为我是一棵树的时候,我便是那一棵树了"。如果当你看到一棵树时,不再觉得它是一块好木材、建造房子的上好材料,而仅仅把它当成一棵树来欣赏、看待,那便是这棵树所期盼的真正模样了。在这首诗歌中,虽只有一棵树,一场独白,但却足以让我们深思,树犹如此,人何以堪。

陈铭华的诗歌总能关注到与我们人类生活、生存息息相关的一些客观现象,并且以他独特的视角去审视这个现象,从而使我们人类去正视、深思这一现象。无论是"树"的独白还是"魂魄"的飘然归来,当人们面对这一看似不合理、不真实或并不存在的物质之时,先是质疑,质疑之后又会去思考人类自身的真实性。有些我们司空见惯的现象或许有其不合理之处。黑格尔说,存在即是合理的。可也不尽如此。陈铭华的诗总能在这真真假假、虚虚实实间给人抛出一份深刻的思考。

（刘世琴）

冬　梦

冬梦，原名马炳威，1957年出生于越南，祖籍广东中山。寻声诗社社长、寻声诗社网站站长。世界华人文化研究会常务副会长兼联络部部长，新加坡《新世纪文艺》越南编务顾问，美国《新大陆》诗刊名誉编委。作品入选越南《越华现代诗钞》《越华散文选》《越华采文集》《香港近五十年新诗创作选》。个人著有诗集《墙声》《十根手指咬出一种痛》《岸不回头》《冬梦短诗选》。2014年获印度尼西亚第14届亚细安华文文学奖。

吃西瓜——总会想起一些伤感的回忆

手起刀落
剖开
冰凉的乡愁
难得又红又甜

可惜小黑核密布的
粒粒伤感的心事
面对我
为什么不能尽情倾吐

诗歌赏析

《吃西瓜——总会想起一些伤感的回忆》这首诗歌共分为两节，诗人通过"吃西瓜"这件日常小事勾起了自己关于故乡的一些伤感回忆。诗歌第一节主要讲述切西瓜的过程，"手起刀落"的麻利，剖开的却是那"冰凉的乡愁"。或许，诗人儿时也曾在故乡品尝过这"难得又红又甜"的西瓜，那时或许是一家人围坐在一起其乐融融，共享甜蜜。而如今，转眼间，却沧海桑田，唯有"冰凉的乡愁"真实可感。诗歌第二节将伤感的"心事"化作这"粒粒""小黑核"的西瓜子，本想要大口品尝、体味这西瓜的滋味，可总不尽兴。只因"粒粒伤感的心事"夹在这"又红又甜"之间，故而使人不能"尽情倾吐"。乡愁，于作者而言，早已深深融入他的血液之中，混杂在他的生活之中，成了每日必做之事。或许是吃一块西瓜，又或许是品一口茶、听一首老歌、读一封书信，都能在不经意之间勾起诗人的万千思绪。这样细腻感人的情感，着实让我们动容。如果说余光中将"乡愁"融化在那一枚邮票、一张船票、一方坟墓之中，而使其思乡之情表达得淋漓尽致，冬梦则成功地将他的"乡愁"寄托于这不能尽情吞吐的"小黑核"之上，把他无限的乡愁、无法倾吐的感情演绎到了极致。

冬梦的诗歌内容形式简单，笔调质朴，但却蕴含着极深沉、细腻的情感。诗人总是以他敏感的笔触敲击在人们心灵最柔软的部分之上，从而把他的感受清楚明确地传递到读者身上，使人感同身受。读他的诗歌，总能从他那简单的字里行间读出那份沉甸甸的情感，诗人在自己所写的每一块方块字中都嵌入了自己深藏已久的回忆，等待着大家去一点点探寻、挖掘。而这种深藏的回忆或喜或悲，或浓或淡，看似缥缈实则粒粒真实可感。冬梦的诗歌也符合"诗以言情，文以载道"，而情，恰好是其诗最打动人之处。

（刘世琴）

依 雯

依雯,原名李玉珍,1954年生于越南西贡,祖籍广东南海。耀汉高级中学、首都英文书院英文系肄业,现职家庭教师。作品散见于各地华文报刊、网站,现为东南亚华文诗人笔会会员。

梦想　零下一度

一直走去的路很平坦

岂会步伐蹒跚

双脚踩着大地

气喘吁吁向前

背影在挑战

抬起头来　仰望天空

挺起胸腔踩着

踏实感受到大地的气味

岁月在左　命运在右

曾踩碎落了多少个梦想

渴望枯萎　无从抉择

一封封叠在抽屉里的梦想

如何抑压心窝中的忿

虚无和落寞

能否满足一秒遐想

让我畅快淋漓

潇潇洒洒地走一回

站得更高　走得更远

梦想似一个气泡

飘散着淡淡愁

一场人世间经历在演绎

一桩桩寻觅清晨到日暮

却无从表白

守候它身旁

不生不灭会呼吸的痛

抽屉里不可知的秘密

未解之谜

总会在黎明前提示"明天会更好"

有一种情绪会潜伏在不愈的伤口

有一种情感被随波逐流

哪怕是地老天荒

断断续续把梦想至零下一度

诗歌赏析

　　诗人在《梦想　零下一度》中诉说追寻梦想的艰辛与不易。诗人的梦想曾被踩落、被叠在抽屉中，令他意气难平，有着难以言说的苦闷。但是诗人追逐梦想的信念和脚步从未停止，感受"不生不灭会呼吸的痛"，期待着"明天会更好"，因此"哪怕是地老天荒/断断续续把梦想至零下一度"。诗人抒怀对梦想的执着，以自身经历激励年轻人追逐梦想。现实世界中，梦想是人们对美好愿景的向往，实现梦想的道路崎岖且漫长，是经挫折打磨和苦难历练升华的人生境遇，只要人们坚定追寻梦想的信念，怀揣一往无前的勇气和决心，终将抵达梦想的彼岸。这是诗人对梦想的坚持，同时也是年轻人应当具备的品质。

　　依雯情感细腻，以追寻梦想的信念鼓舞人心，诗人的创作立足于情感表达，以情动人，弥散着厚重的情愫。情感与文字的杂糅直击诗人内心深处，无须含蓄，直接倾诉最真实的想法。

（孔舒仪）

梁心瑜

梁心瑜,1961 年出生于越南胡志明市,祖籍广东新会。2008 年开始学习写作,作品散见于越南《西贡解放日报》《文艺季刊》《越南华文文学季刊》《寻声诗社》,新加坡《新世纪文艺》《东南亚华文诗人网》《菲律宾新潮文艺社月刊》。东南亚华文诗人笔会会员,寻声诗社成员。

大　海

时而谧静时而汹涌
恣意转换
说你冷漠
海燕愿与你为伴
说你善变
却有执着的浪花
你的深邃难以
读懂

诗 歌 赏 析

《大海》既抽象又形象地表现了大海的多变。有句话说"女人心,海底针",可见大海之深邃、难以捉摸。大海的宽广平静让人折服,大海的善变凶残让人生畏,大海是孕育文明的摇篮,大海也是连通你我的通道。诗人对大海的吟咏饱含深情,仿佛是在面对着自己难以读懂的情人——对其无可奈何,恰是令人着迷、爱不释手。

诗人梁心瑜心思细腻、感情充沛、思维独特,诗歌体现了其立体化的审美观,把读者带进了如诗如画的海边胜境,读者和景物融为一体,人在景中,景中有人。诗人的诗歌语言平实,但是搭配其独特的思维表现,读来别有一番滋味。梁心瑜对于感情的理解则更为深邃,让人难以忘怀。

　　　　　　　　　　　　　　　　　　　　　　　　　　　　　　(吴　悦)

赵　明

赵明，原名姚伟民，1961年生于湄公河畔。越南财政会计专业学校、厦门大学海外教育学院中文专科毕业。28岁开始写作，作品发表于越南，北美，中国香港、台湾，以及东南亚地区华文刊物、华文文艺网站。《越南华文文学季刊》副主编。越南华文《西贡解放日报》1990年征文第一奖，香港"2006年度诗网络诗奖"优异奖。2012年出版新诗、散文、小说、译作集《守望寒冬》。

湄江那些旧事

（一）

我用青春扬起双桨

你用微笑把我藏在眼中

在江水的鼓噪下

与盛开的夕阳追逐

我把阳光贴在水浪

你用笑声搅得满江晕红

有了椰树的掩护

我便在河弯处画出一潭子翠绿

让你的笑意粘上盛开的荷花

在莲藕里埋下成长的故事

当月亮惊醒时

你又一次在我眼里

燃烧

（二）

你握着一把把刚睡醒的种子

在燥热的土地上尽情飞舞

朝阳镀红你的面颊

希望绽放在初开的苗芽

我挑起满桶子激情

使劲浇下永不言累的汗水

当月亮将你的眼睛结成熟透的果子

我便把美好的期待

寄托在下一个

丰满的秋天

（三）

大雨终于冲走了满村子焦灼与

埋怨

你爹和我爹便得了借口

他俩好歹也要

喝

一杯

庆贺庄稼重生

我就是爱趁机捕捉

你那透过厨房里母亲身影后

闪闪烁烁的

醉意

（四）

晚风轻轻走过

河两岸又不约而同地

黑起了脸

那多嘴的蟋蟀开始

喋喋不休地诅咒

越拉越长的夜色

我却一点也不在乎窗外的月亮
为什么一直偷懒
让我隔着九尺距离
读星星在你眼里
歌唱

🌴 诗 歌 赏 析

　　《湄江那些旧事》是由四首诗歌组成的组诗。我用青春荡起双桨,诗的开头,诗人就以这个浪漫的比喻,将我们带到诗人潮水般的回忆中来。诗人回忆着自己在江水上与儿时的友人在江中戏水的美好回忆。阳光照射在水面上映射出红色的光,椰林静默地守候在两边,河水中的荷花,恍惚中原来都是月色下的一场梦境。诗人回忆着自己在农忙时务农的场景,刚睡醒的种子代表着生命的希望,在燥热的土地上的飞舞,表现出诗人青年时的热情与朝气,挑起桶子的激情,诗人在挥洒汗水的同时也表现出对收获的喜悦。同时诗人对下一个收获的季节表现出美好的期待。

　　整首诗描述了诗人年轻时的一件小事,大雨驱赶了干旱的灾祸和人们的焦虑。父亲借这喜事决定和友人小聚喝杯酒,庆贺庄稼不会枯萎。而诗人却在这样的场景中捕捉到了温暖又充满诗意的瞬间,父亲默默注视着厨房中忙碌的母亲。晚风吹过,诗人回忆着湄江河岸的夜色。河两岸黑起了脸,俏皮地表现了河岸的沉寂与夜色的深沉,诗人的情绪是有些紧张的,窗外喋喋不休的蟋蟀声,在越拉越长的沉寂夜色里,诗人因看不清身边人的脸有些焦急,他甚至无心想为何今晚没有月亮,借着星星努力地深情地又青涩地观察着身边人的眼睛。

(王思佳)

钟 灵

钟灵，原名谭仲玲，生于越南西贡，祖籍广东中山，从小爱好文艺创作，现职文具市场推销员，东南亚华文诗人笔会理事，著有诗集《钟灵诗选》。

现 代 都 市

电锯和机械手
把十几米高成行的树木
——连根拔起
没有谁再去细想浓荫
口沫横飞的议论
尽是未来高铁的路线
哀伤唯独鸟雀的眼神
现代都市
不能再说栖身

诗歌赏析

《现代都市》中诗人刻画了社会现实图景，快节奏的生活促使人们不断开拓生存空间，以此带来更加便捷的生活方式，而以牺牲生态环境为代价显得得不偿失。城市空间的扩张是历史的必然选择，随着人口增多与行业发展，时代潮流裹挟下的人与社会都需探索生存空间，但作为历史进程的见证者与陪伴者，自然应是与人类社会一同前行的共同体，并非是发展过程中的利用品。《现代都市》中，"没有谁再去细想浓荫／口沫横飞的议论／尽是未来高铁的路线",社会发展的巨轮越转越快,未来的宏图让人们无暇思考失去绿荫的后果,唯有鸟雀哀伤,无法再栖身于都市。诗人警醒人们,应当理性面对都市的发展与开拓,如若城市充斥着钢筋水泥的建筑,城市将不复往日的生机,成为冰冷的孤城。再者,自然有着令人敬畏的力量,现实事例已多次向人们展示生态的重要性,人们对自然的伤害,自然终将反噬于人类社会。都市发展与自然保护应当相辅相成、相得益彰,人与自然唯有和谐相处才能真正构建和平的都市空间,促进人类文明的进步。

钟灵的诗歌都体现出强烈的社会使命感,从细节处着眼全局。诗人意在借文字的力量唤醒社会的人性关怀,关注个体生命状态的同时,也在关心人类生存发展的未来。

(孔舒仪)

余问耕

余问耕,原名周智勤,1963 年生于越南堤岸,祖籍广东东莞。寻声诗社秘书,寻声网站副站长。香港世界华文文学家协会永久会员。作品入选越南《越华现代诗钞》《越华采文集》《诗的盛宴》,中国《2002 年诗选集》《2003 年诗选集》,个人著有诗集《越诗汉译》。亚细安华文文艺营越南代表团秘书长。2012 年获马来西亚第 13 届亚细安华文文学奖。

忆吴岸

去年昆明诗会又见到您
比起二十年前在新加坡见面
您的样子没多大改变
只是头发跟胡子更白了
虽然十多年前已听说您患癌
但这些年来每一次相聚
都看到您红润的脸颊
结实的身躯
加上那飘逸的胡须
好一副仙风道骨模样
您还说一直来在练气功
二十年来　诗
您写得越发的好　奖
获得越发的多
心境也越发乐观年轻

坐在靠窗的车座上拿着
手机拍着沿路的风景
看到帅哥您要为他拍照
看到美女您要跟她合照
除了这些
您还会乐人乐己地
弹琴唱歌
突然传来的噩耗
教我心酸……教我惆怅
不知此刻在天国上
您是在写诗还是在歌唱

🌴 诗歌赏析

　　《忆吴岸》是一首追忆故人的诗歌,从诗歌的内容中可以看出诗人对吴岸先生的钦佩之情,以及对吴岸先生去世这个噩耗的悲痛之情。该诗并没有用过多华丽的辞藻,却将吴岸先生的诗品和人品娓娓道来。在诗人心中,吴岸先生就是榜样的化身,面对癌症不畏惧,一副仙风道骨模样,诗越来越好,奖越来越多,心境也越发年轻。可命运总是捉弄人,吴岸先生去世的噩耗突如其来,令诗人难以置信,既心酸又惆怅。诗人追忆吴岸先生,字里行间流露出真挚的情感,读后令人动容。读完这首诗,不得不感慨:时光催人老,光阴有限莫蹉跎,把握青春年华。

　　余问耕作为 60 后诗人,其诗歌在无形中流露出一种淡淡的忧伤。他笔下的诗多充满了对过往的人和事的回忆,回忆中有些许忧伤和伤感。不过,他的诗歌并没有颓废的色彩,而是在追忆中给人向上的力量、前进的动力。

(李笑寒)

叶华兴

叶华兴,1978 年生于越南胡志明市,祖籍广西防城。对诗
有梦想、有热诚,作品多发表于寻声网站、当地报章及新加坡
文艺刊物,是寻声诗社一颗颇受瞩目的新星。

早上好

一句早上好
一杯暖暖的咖啡加奶
一首诗
一件香甜的糕点
一幅画
生活实在的意义
柴米油盐酱醋茶
别抱怨有些些寂寞
因庆幸你会跟我分享
同时与我永远
快乐地相陪

诗歌赏析

《早上好》洋溢着轻松愉悦之感,诗歌立意于现实生活,未加以华丽辞藻
修饰描摹,从琐碎间感受生活的美好。现代都市生活未免浮流于物质、虚荣
的表象,人们关注自身的生命状态与生存境遇,追逐所谓的人生巅峰,忽视
了身边的点滴幸福。诗人以"柴米油盐酱醋茶"形容生活的平淡与琐碎,也

以"咖啡""奶""诗""糕点""画"丰富生活的意义,呈现了普通大众的生活状态。诗人道出,我们不必觉得生活寂寞,"你"与"我"之间的相知相伴构成了快乐的元素。生活不是一座"围城",许多人过于在意自我而忽略了与他人的相处与交流,故而失去了生活中的明媚色彩。"早上好"是陪伴与问候,是对生活的关注,对生命的关心,诗人意在以此诗传达个人对生活的热爱,希望当下忙碌的人们能够关注身边的人和事,寻找生活的乐趣,让个人生命充满温度。

诗人善于发现生活之美,将真挚的情感置于细节处,虽然平淡,但是令人温暖踏实。生活细水长流,偶有惊喜或意外,但是于无声处我们总在收获幸福与快乐,只要拥有发现美与接纳美的心意,这也是诗人寓于诗中的感触。

（孔舒仪）

林晓东

林晓东,原名林大富,笔名林晓东、林小东,1980 年生于越南胡志明市,祖籍福建同安,胡志明市师范大学毕业。著有诗集《西贡情侣》《缘分的渡口》《和平鸽的苦恼》《冰泪》《那双眼睛》,散文集《念念不忘是那风筝》。世界华文文学家协会永久会员,东南亚华文诗人笔会常务理事,东南亚华文诗人网主编,越南华文《西贡解放日报》执行编辑,越南胡志明市华文文学会《文艺季刊》执行编辑,越南福建温陵会馆理事。

我给金庸和洛夫造新房子①

你们从遥远的地方来到我的家
灯光下,一步一步
走入我的心

今天,我建造一幢大房子
请金庸吴承恩
住一楼
三毛和海明威
住二楼
洛夫和艾略特
住三楼

---

① 最近在新居订造个书架,高和宽各两米,感觉像一幢楼,故写了这首拙诗。这是我的第二个书架,珍藏着特别喜欢和伴我走过难忘岁月的书。

还有吴岸云鹤何乃健……

夜阑人静,我看见
王重阳与东邪西毒论剑话英雄
洛夫临长安约李白用月光写诗
荷西牵着三毛的手走向撒哈拉
驼铃声声,声声响
带着我的童年我的青春
越走越远

诗歌赏析

　　《我给金庸和洛夫造新房子》是在诗人看到自己珍藏的书后有感而写的。诗歌分为三部分,第一部分虽然只有短短的三句,却深刻地体现了作者通过阅读金庸、洛夫等人的著作,和他们有了精神上的沟通,仿佛他们从遥远的地方来诗人家做客,做深切的交谈。第二部分表面上是诗人希望筑造一幢大房子给诸位名家居住,与他们做交流;而深层次的是表明以自己的思想作为房屋,通过书与那些名家的思想为伴。第三部分是对与他们比邻后的遐想,王重阳、李白等传说般的人物在我脑海中浮现,那是我年少时的梦呵!

(吴　悦)

曾广健

曾广健,笔名仁建、宏源,1981年生于越南胡志明市,祖籍广东清远。现职胡志明市华文《西贡解放日报》记者、文艺版责编、共青团书记,青少年文友俱乐部创办人兼主任,胡志明市华文文学会执委,《越南华文文学》季刊编委,越南曾氏宗祠理事。2011年出版新诗集《美的岁月》,2014年出版诗文集《青春起点》。荣获"南部东区优秀青年"与连续3届"胡志明市优秀华表"称号及其他奖项。

点缀你的梦

龙腾狮跃
锣声鼓响闹得此起彼伏的
浪潮

载歌载舞
泛起了人潮汹涌的
欢乐

灯谜只是静静地
待你去解开她朦胧的
心事

一片灯海欢欣在东风中
摇曳斑斓的

诗意

我撷取一盏
挂在你的窗前
点缀你梦端

🌴 诗歌赏析

　　《点缀你的梦》全诗分为五节，每小节三行，从结构上来看，比较紧凑。开篇展现了龙腾狮跃、锣声鼓响、载歌载舞的热闹欢快景象。还有开发智力的猜灯谜游戏，于是在一片灯海中充满了诗意。"我"撷取一盏，点亮你的梦端，多么贴心呀！该诗是一首充满幸福味道的诗，感染着读者，将读者带往一个幸福的世界。在诗人的笔下，灯谜也有了生命，等待别人解开她的心事。前面的四节诗都是伏笔，直至末尾诗人才点题。"我"就是一个无私的奉献者形象，默默地付出，只为了点缀你梦端。该诗并没有用什么华丽的辞藻，却浑然天成，足见诗人对文字的驾驭能力。总之，该诗是一首悠扬的乐曲，余音绕梁。

　　曾广健的诗歌比较简短，而且结构紧凑、主题鲜明。他的诗歌多直抒胸臆，没有过多华丽的辞藻，读起来有一种淡淡的美。作为 80 后诗人，他的诗有独特的韵味，值得年轻的诗人去学习。

（李笑寒）

李伟贤

李伟贤，1981 年生于越南胡志明市，祖籍广东东莞。胡志明市国立大学所属市师范大学中文系学士，曾任越南《西贡解放日报》经济采访部主任记者。2003 年获得《读者文摘》第一届全球读者征文比赛十大优异作品奖。著有诗集《燃烧岁月》《雨一直下》，散文集《屋梁》。寻声诗社文字编辑，2016 年获菲律宾第 15 届亚细安华文文艺营文学奖。

煮一壶沸水

清晨
煮开一壶沸水
浸泡早已不知冷暖的
心

心事无从释放
问
能否让我
随烟消散

看着你在沸水中
慢慢萎缩
然后膨胀

幸好

仍在忐忑跳动

将沸水倒出
呷一口
没有味道
但我的唇
烫了

诗歌赏析

　　人生履历会在个人心中留下印记,品尝过生活的酸甜苦辣从而更看淡了世事,这不是对生活的无情与漠视,而是司空见惯于或开心或沮丧的姿态。这一壶没有味道的沸水,恰如我们的生活,它平淡无奇却又波澜起伏,令一颗心在其中无休止地翻滚、折腾。人们疲倦于应对生活的琐碎与现实,却又因生活的出其不意而兴奋得跃跃欲试,常态化的人生布局构成了奇妙的生命体验。诗人在结尾处留下了转折——"但我的唇/烫了",呼应此前在沸水中浸泡着的不知冷暖的心,暗示内心对生活的渴望与期待。诗人以此告诫读者,善于倾听并关照自我内心,无论是经历了生活的风吹雨打,或是被平淡无奇的日常磨平了棱角,生活都值得我们细细回味,生活给予我们的温度,同样需要我们追寻与感知。

(孔舒仪)

林珮珮

林珮珮,1984 年生于越南胡志明市,祖籍福建同安。胡志明市师范大学毕业。现为越南华文《西贡解放日报》记者,著有诗集《是你给我带来春意》。

接　吻

当嘴唇
滑过柔情似水的
面颊
落在
湿润、温热、柔软的
另一个唇
如磁铁般
吸住了针
如此强烈
仿佛
沉入一个
甜蜜醉人的深井中
吻化了
礼教
吻破了
尊严
吻灭了

传统

还有一切……

🌴 诗歌赏析

《接吻》是一首描写十分细腻的诗歌,在细致的描写中蕴含了深刻的哲理。在描写接吻时诗人运用了一个新颖而又恰当的比喻:如磁铁般吸住了针,将接吻这一动作描写得相当传神。淡淡的描写后,诗歌就进入了升华阶段。这一吻不是简单的吻,它吻化了礼教,吻破了尊严,吻灭了传统。诗歌的结尾出乎意料,打破了传统的写作风格,引人注目。此时的吻已不再是男女之间的调情,而是对封建礼教和传统的对抗,具有了更加深刻的意义。该诗歌温情的背后具有强烈的批判意味,批判了封建礼教和传统。

林珮珮的诗歌中充满了积极向上的一面。诗歌中没有过多华丽的辞藻,用语贴切。读完林珮珮的诗,会有一种心灵的契合,感觉这些诗歌离我们的心灵很近。林珮珮作为越南文坛的青年诗人,其诗歌具有一定的韵味,值得读之,思之,悟之。

(李笑寒)

蔡 忠

蔡忠，原名赵忠，生于 1984 年，祖籍广东潮阳。爱好写文、作诗、书法、画画、音乐等。现为世界华文作家交流协会永久会员、世界华文作家协会会员、亚洲华文作家协会会员、《越南华文文学》季刊编委、《文艺季刊》编委、胡志明市书法会会员等。诗作与散文见刊于《越南华文文学》季刊、《西贡解放日报》文艺创作版、《文艺季刊》，亦披刊于中国台湾《创世纪》《笠诗双月刊》及中国大陆《中华文艺家》、美国《新大陆》诗双月刊等园地。2006 年参与集体著作《西贡河上的诗叶》等。2011 年参与集体著作的书法集有《古诗精选》《诗浪》。2012 年元月出版个人新诗集《摇响明天》。

人间尽是新希望

笑语给磨炼得锋利
几度哀歌
来路寒风霜雪

把这的身躯
藏在冰天雪地里
会否冻结成
一片空空
忘却了
梦的碎片

摔跌　挣扎　爬行
教会了归燕认清方向
赶在明天更辉煌

崎岖凄迷只不过是鞭策脚步的
亮丽
激起一脉豪情
笑看雄鹰千里云外
把理想放飞

深情过的吻
让生命重新起帆
擦亮迷途的月色
惊醒晨曦
东方那处，有着站起来的
一株向阳
人间尽是
新
希
望

🌴 诗歌赏析

　　诗歌《人间尽是新希望》是一首自由体诗歌，全诗分为五节，每一节的词组、意象的排列都不尽相同，但是整首诗的内在情感和情绪是赞颂人间的希望之光，所以诗歌的节奏便随着情感的流淌显示出某种内在的递进性、统一性、和谐性。诗歌第一节交代周围环境，即一个寒风扑面的冰雪世界，第二节引出抒情主人公，即一位在冰天雪地中的前行者，第三节进一步刻画主人公在严酷环境中"摔跌""挣扎""爬行"的艰苦长征。后两节诗歌语调转入乐观开朗，"笑看雄鹰千里云外/把理想放飞"两句写出抒情主人公对于人生理想的坚定信念和持之以恒的追求，这种强大的信仰精神足以支撑追梦人克服眼前的挫折与困难,保持一种永恒前行的决心。最后一节中"一株向阳"不仅象征着"新希望",更是诗人阳光、乐观内心的生动写照。

　　蔡忠作为一名年轻的文坛诗人,其诗歌中蕴含一种青年人的活力与朝气,对于理想的追求、对于人生现实困境的反思与审视常被作为其诗歌创作的素材和主题。蔡忠善于诗歌意境的营造,初看其诗会被其中残酷冷峻的意象体系所动,但其诗歌实质上是要表达一种迎难而上、逆境中前进的勇敢和不妥协。除了诗歌之外,蔡忠在散文、书法、绘画等领域均有涉猎,可谓一位多才多艺的年轻文艺者。

(岳寒飞)

小　寒

小寒,原名汤惠茹,1985 年生于越南平阳省,祖籍广东花县(现花都区)。寻声诗社社员、网站图片编辑,越南胡志明市华文文学会会员,东南亚华文诗人笔会会员。

小草正在酣睡

小草正在酣睡
当然我不会打扰
我会轻轻地步到它旁边
为它拍下
熟睡时可爱的样子
小草正在酣睡
当然我不会打扰
我会静静地陪在它身边
为它拍下
醒来时精灵的样子
可以吗?

诗歌赏析

《小草正在酣睡》通篇使用拟人手法,通过反复的手法,来表现对小草的喜爱。"我会轻轻地步到它旁边"一个"步"字表现出作者轻手轻脚,生怕吵醒或弄疼小草的生动体态。诗人把小草比作婴孩,不管是睡着时的样子还是醒来时的模样,对于孩子成长过程的每一刻、每一分、每一秒都不愿意错过。作者在诗歌最后发问"可以吗?"读罢,让人情不自禁地答道:"可以,当然可以!"

　　作者笔名"小寒",文如其名,在淡淡的忧伤中,存留一丝阳光和希望。诗人小寒想象力丰富,感情充沛而细腻,善于观察发现,也擅长见微知著,在平淡的生活中提炼出暖心的文字和感情。诗人常使用反复、拟人、夸张等较能表现情感的手法,来抒发胸臆,亦使诗歌读来朗朗上口。

(吴　悦)

缅
甸
卷

许均铨

许均铨,1952年生于缅甸仰光市,祖籍广东台山。著作有《澳门许均铨微型小说选》,小小说集《一份公证书》,微型小说集《西蒙的故事》《浪漫禁区的情愫》,主编《亚细安现代华文文学作品选·缅甸卷》、《缅华文学作品选》1期/2期/3期、《缅华笔会会员诗书画作品集》,合编《缅甸佛国之旅》《归侨在澳门》《缅甸华文文学作品选》,编辑《缅华散文选》《缅华诗韵》等。《驿站的岁月》获第八届澳门文学奖散文优秀奖,2016亚细安华文文学奖。

致五边形诗文组合①

不惧烈日
更不畏狂风　骤雨
在寂静的大地
你选择了　发芽

舒展一片片　碧绿的嫩叶
向蓝天报到
绽放一簇簇　艳丽的花卉
为太阳献礼

---

① 五边形诗文组合是缅甸近50年来首个成立的华文文学团体,由一群80后华裔创立,出版过诗集。

你的诞生

是给酣睡的大地

带来春天的信息？

还是你　催促春天缓慢的脚步？

你在荒芜的原野

挑战了生命的极限

你在文学的舞台

谱写出经典的永恒

🌴 诗歌赏析

　　《致五边形诗文组合》是诗人写给五边形诗文组合的一首励志诗。此诗分为四小节，第一小节歌颂了诗社的诞生，用"烈日""狂风""骤雨"来比喻诗社建立的困难和面对困难不畏艰险仍旧成长的坚定信念。第二小节描绘了诗社成功建立后硕果累累，"碧绿的嫩叶"是诗社不断发展和扩大，"艳丽的花卉"则是诗人们创作的成果结晶。第三小节和第四小节则是前两小节的延伸，诗人在此提出了诗社存在的意义问题，它不仅启迪人心，展望未来，更是在艰难困苦中挑战自我，升华生命的主题。

（王　璐）

叶　星

叶星,1966 年 2 月生于湖北随州,1988 年大学毕业,1990 年担任原《海南工商动态》杂志社编辑部主任,1992 年移民缅甸定居,并担任当阳市南华中学校长,2005 年任腊戌市圣光中学副校长,现任腊戌黑猛龙高级中学副校长、腊戌果敢文教基金协会副会长、缅北果文文教会副秘书长,兼任《金凤凰中文报》记者等职。发表小说、杂文及教学论文等 100 余篇,另著有长篇国别史《缅甸华文教育发展史》,发表新闻报道 1000 余篇。2006 担任《缅华人物志》(第一卷)副主编,2009 年任《缅华人物志》(第二卷)副主编。

掸邦的秋雨

失恋
因你的骚躁
而无眠

少女的思绪
就这样
绵长

同时绵长的
还有高原蓝
篱草苍

诗歌赏析

　　《掸邦的秋雨》诗中以"秋雨"为主要意象，勾勒出一幅秋雨中少女绵长愁思的清澈画面。恋情是过往的美好，而此时失去恋情的人徒留绵长愁思。叶星将因愁绪而难以入眠的画面勾勒得十分细致，骚动的内心难以平复，曾经的美好还仿若眼前，翻来覆去思索的都是过往，这愁思更加难以排解。诗人以"高原蓝"和"篱草苍"来结尾，是将满怀的愁绪和无尽的天空相比，更加体现出这秋雨中的愁思之绵长无尽。

　　叶星的诗歌中透露出的是他的真情实感，以朴素的诗句，简单的旋律，写出内心最真挚的赞歌。年轻的内心总是有着数不尽的期待和憧憬，诗人将这些美好的想法诉诸笔端，以跃动的旋律写出诗人内心青春的火焰。叶星的诗歌让人感受到年轻跃动的心灵和对美好事物的无限憧憬。

（符丽娟）

王子瑜

王子瑜,1973 年生于缅甸掸邦北部,缅籍华裔。2006 年在新浪开设"紫雨词话"个人文学博客,主要写作诗集、杂文集、时评、微小说等,著有长篇纪实小说《掸邦女儿国》。2013年加入缅甸五边形诗文组合,成员名"广角"。出版有诗集《时间的重量》,原创音乐作品有《烟农的儿子》《我爱你果敢》等地方题材歌曲。

时 间 的 感 觉

小时候
时间是一只黄色的蜗牛
无论怎么追怎么赶
就是满足不了童年快快长大的梦想

年少时
时间是一匹白色的骏马
那奔驰的速度如风似电
使人来不及看清楚他俊朗的模样

成年后
时间像是一条慵懒的蚕
它不紧不慢不多不少地啃食着我的生命
不知不觉人生已被他蚕食得只剩下残缺的一小半

老年

时间就像一个即将耗尽电池的老电子表

吃力地用秒针数着日出日落

随时都有可能戛然而止不再走跳

诗歌赏析

　　《时间的感觉》这一首诗歌一共分为四小节,以年龄作为区分讲述了作者心中童年、年少、成年和老年四个时期的不同感觉。第一小节中诗人将时间比作"蜗牛",缓慢爬行的蜗牛表现出童年时的作者希望时间快点过去,能够早点变成大人的急切心情。第二小节中诗人把时间比作了"白色的骏马",马奔驰的速度快如闪电,使人看不清它的样子。表明这个时期的时间流逝飞快使诗人记忆模糊。成年后的诗人将时间比作"慵懒的蚕",蚕这种动物,虽然身体渺小,但是它一刻不停地吞食桑叶以备化茧成蛾。这个时期的诗人感受到了时间慢慢地流逝,年过半百的诗人的人生也过去了大半,在诗的字里行间感受到了诗人与童年时急切盼望长大不同的怅然。最后一小节诗人将老年的时间比作即将耗完电池的"老电子表",随时可能因为没电而停摆。整首诗借鉴了余光中先生的《乡愁》的结构特点,展现给我们诗人独有的思想感情。

(王　璐)

谷　奇

谷奇,原名谷从赟,1978 年 1 月生,缅甸第三代华人,商人。业余爱好写作,缅甸古韵新声诗社成员,出生于缅北小镇南坎,初中毕业于当地华人学校,后移居仰光就读于仰光大学(缅文),后从商。作品散见于报刊、中国西南当代作家合集《国际华人选辑》、缅甸文学作品选等。

参　禅

当剃刀挥下半世尘埃
山门也堵住了世外的纷扰
长老赐予的僧袍
裹住了这身中毒的灵魂
过午不食的戒律
让五蕴空空如风。

晨钟响起
我在风中醒来
黎明前的月亮皎洁如霜
佛号引领着凡心入定
不懂四圣谛
没悟八正道
心灵仍如甘泉洗涤
褪染洁谧。

清晨

脚沾几滴晨露

徐步走在荒山小径

不急不缓

没有兰芷松清

不解拈花禅意

只带素心浅行

步步清韵。

傍晚

愿择一朵云彩

在尘埃之外逍遥

世间一切因果渺若微尘

婆娑竹影　往事如烟。

这座山庙　有框无门

四时敞开

门外凡心如尘

门内素心无城。

诗歌赏析

　　《参禅》一诗是作者在寺庙中生活时的感悟。全篇可以分为三部分，第一部分是第一段，讲述了作者刚入山门时的场景，描绘了"剃刀""山门""僧袍"等寺庙中特有的意象，剃刀割下三千烦恼丝，山门关住红尘，而僧袍包裹住灵魂，这些事物将尘世和佛门隔离开来，造就一片新天地。

　　第二部分是第二段至第四段，以时间为划分点将在寺庙中生活的一日划分成三部分，讲述了"黎明""清晨""傍晚"不同时间段发生的事和路过的景。"不懂四圣谛"和"没悟八正道"相对应，但黎明的"晨钟""月光"和"佛号"洗涤人心，清晨走在山中小路上，虽"没有兰芷松清"，也"不解拈花禅意"，但是只要带着一颗虔诚的心，就能够获得人生的体悟。傍晚的云彩游荡在尘埃之外,第四段中作者讲求的是不带功利的生活,往事匆匆流逝,看淡世间一切是非因果,才能提升自身的境界。最后一段也就是第三部分,描述了有框无门的寺庙,无门说明进入佛门没有界限没有条件,这个框框住的是人的本心,人的本性,只有驻守自己的本知,门内门外并无区别,这也是作者对于禅修的感悟。

（王　璐）

蓝 翔

蓝翔,原名朱添来,1982 年生于缅甸密支那市,祖籍广东台山。现为汉语教师、东南亚华文诗人笔会会员、缅华笔会副理事长、菲律宾新潮文艺社海外社员、越南寻声诗社文字编辑,作品散见于《缅甸金凤凰周刊》、《泰国世界日报》、《菲律宾世界日报》、东南亚华文诗人网。

秋 虫

竹棚　草丛
明月　夜里点了灯
星星　提着荧光棒
风儿　领着啦啦队
晚会开始

蟋蟀　织布娘　蛐蛐
轮番　一展歌喉
整个夜
秋虫
一曲又一曲
一曲又一曲
天明

　　《秋虫》中诗人将秋夜中的欢奏曲以拟人的手法描写得生动有趣。秋天夜晚的竹棚草丛中,有一群欢快的乐手在准备一场秋夜的晚会。明月为这晚会准备好了华丽的灯光,星星也准备好了荧光棒为这晚会喝彩,风儿带着啦啦队为晚会加油,精彩的晚会即将开始。这晚会的主角是在草丛中居住的居民,他们都有自己的绝技,蟋蟀、织布娘、蛐蛐等歌手轮番上场,演奏秋夜的华章,这欢快的宴会一直持续到天明,秋虫的歌声使这夜晚别有风情。诗人以欢快的笔调将秋夜中秋虫的盛宴描绘出来,让人们能够感受到秋虫的欢乐。这是自然的欢宴,也是人们久违的欢宴,只有能够重新聆听秋虫的欢宴的人才能重返自然的怀抱。

　　蓝翔的诗歌中充满想象的诗意,将秋夜中的欢宴诉诸诗句之中,秋虫的絮语与放歌都在诗人的笔下呈现。从这首诗歌中可以看到诗人心中无限的诗意。

(符丽娟)

王崇喜

王崇喜，缅甸华人，笔名号角。喜爱现代诗、书法、绘画。2005年留学台湾。2012年与缅华文友张祖陞、段春青、黄德明创立五边形诗社。2015年3月，与五边形诗社成员首次于缅甸仰光承办第八届东南亚华文诗人大会。

个人作品曾先后发表于中国大陆《诗歌月刊》，中国大陆《零度诗刊》，中国台湾《野将花诗集》《乾坤诗刊》，中国香港《散文诗世界》，新加坡《新世纪文艺》《锡山文艺》，印尼《东盟文艺》，泰国《桐诗文学》季刊、《湄南河诗刊》、《世界日报》文艺副刊、《新中原报》，菲律宾《世界日报》文艺副刊·五边形专栏，缅甸《缅华诗韵》《缅华文学作品选》《金凤凰报》等多个文学报刊上。个人出版诗集《原上》。

山里山外

（一）
山里山外
吹几声口哨

鸟儿就臣服了吗
树叶就凋零了吗
溪流就安静了吗

（二）
麻雀欢腾的声音
是这个季节的心跳

白云看看热闹
走了

只有空荡的山谷
冷冷地回应两声
秋,您好!
山里,山外

（三）
乔木脱去厚重的大衣
与农夫裸露着胸膛

山里,山外
只有丰满的稻穗
懂得谦卑
只有无声的夜幕
挑来露水

（四）
当月光以温柔的手指
抚慰大地

林里的山泉
哼起了小夜曲
奔向
梦的深渊

几声口哨
在山里山外

诗歌赏析

《山里山外》一共四部分,采用总分的结构来书写。第一部分提出了山里山外的三个问题：鸟儿就臣服了吗？树叶就凋零了吗？溪流就安静了吗？而后三个部分都是在回答这三个问题。第二部分将"麻雀欢腾的声音"比作"季节的心跳"，与白云做对比，白云飘走了，而只有空荡的山谷给予回应。麻雀的叫声是生命活力的象征，它是不惧风雨一直存在的，也是诗人一直坚持的信念。第三部分中虽然树叶凋零了，但也是谷物成熟的季节，诗人将沉甸甸的稻穗拟人化，指出它虽然硕果累累，仍然保持一颗谦卑的心，赞扬了谦虚之美。第四部分诗人将月光比作温柔的手指，在照耀大地的同时慰藉了经历艰难困苦的伤痕。而小溪并不会因为苦难停止奔流，反而仍旧绵绵不断地流淌，这是诗人坚持自我不断努力向前的信念，是苦难过后保持自我的高贵品质。诗人以山里山外为角度展开了三个独具特色的问题，使读者耳目一新。

（王　璐）

黄德明

黄德明,笔名奇角,1986 年生于缅甸腊戍,五边形诗社成员。缅北果文学校高中毕业,现居美国。

呐　喊

山想着一枝花朵
树就轻轻地发了一棵新芽
山想看看云
飞鸟就从地面上飞了起来
山想走出这个世界
人和野兽就踩出了一条路
山想看看大海里的星光
天空正默默地注视着它
山想到太阳
它正坐在那条河流上
等待着日出

🌴 诗歌赏析

《呐喊》整首诗采用了大量的拟人修辞,讲述了以山为视角的自然变化。这篇作品中山像一个人一样会思考,有梦想,他希望看一朵花、一朵云、整个世界、大海里的星光、日出,这些梦想都会得到实现。山和这些景物都是共存的,花谢花开、云起云舒,开阔的世界和日月星辰都在变化,而山一直是沉默不变的。从某个角度来看，就像山在指挥世界变化一样。诗人从独特的角度来创造诗歌，展现出自己与众不同的审美角度，使读者在阅读的同时充满兴味。

（王　璐）

明惠云

明惠云,笔名云角,1986 年生于缅甸。缅北腊戍果文高中毕业,现居泰国曼谷。于 2013 年 12 月 9 日加入五边形诗社,作品收入《五边形诗集》第二集合集,中国澳门《缅华文学作品选》第一、第二期,菲律宾《世界日报》文艺副刊·五边形专栏,印尼《东盟文艺》,中国台湾《乾坤诗刊》海外当代华文诗展,等等。

八月的礼物

抹上
三月桃瓣珍藏的唇色
双颊晕开两朵朝霞
携着擦得锃亮的太阳

还有,差点落了
八月深情的见面礼
认真严肃地,戴到无名指上
对着镜子
从头到脚,照了一番

轻快走出门外
我还想
在指环上刻上什么
比如:我们

🌴 诗歌赏析

　　《八月的礼物》这一首诗歌是诗人爱的告白。第一小节中运用了大量美好的意象如"三月桃瓣""两朵朝霞"和"锃亮的太阳",都具有明亮鲜艳的颜色特点,展现出诗人昂扬、充满幸福的心情。这些意象点缀在身上,使读者展开丰富的联想和想象,具有电影镜头拍摄的美感。除此之外,第二小节中提到了"八月深情的见面礼",这是戒指带给诗人的最直观印象,"认真严肃""从头到脚"等词语的表达,也侧面证明这个饰物对诗人产生了重要影响。诗人在最后一小节中想在戒指上刻上什么,"我们"这个词语既俏皮又带着一丝欲语还休的感觉。诗人内心深处到底想要说点什么呢?只有她自己知道了。

(王　璐)

老挝卷

陈　琳

陈琳,1957 年 10 月生于四川,老挝华人作家、诗人与油画家。他以民间生活为题材,书写和描绘社会普通民众的百态人生,作品常见于东南亚报刊。著有《行走东南亚》一书,与马来西亚拉曼大学辛金顺教授合著《诗/画对话》,与中国台湾成功大学林宪德教授合著《迷雾原乡》,长篇著作《我爱台湾》在《亚洲日报》连载。

塔克拉玛干的思念

有一种思念挥之不去,在那荒无人烟的地方,却是我艺术的起源。

云过荒原
牧歌悠悠扬扬
手携夕阳
徒步人生路上
梦里的塔克拉玛干
我遥念的故乡

绿意萌芽
苍凉的芦苇荡
飞沙走石
戈壁滩上
一腔跳动的心脏

心在呼唤

大漠的风沙
我的早餐
海市蜃楼
是遥远的艺术天堂
我是一只笨鸟
但我还在飞翔

梦里的塔克拉玛干
我的摇篮
龙卷风伴我成长
冰雪为我添一件衣裳
夕阳西下
艺术的长廊
横跨天穹之上

诗歌赏析

　　《塔克拉玛干的思念》记录了诗人陈琳对于其创作灵感之源泉的塔克拉玛干沙漠的回忆与留恋。全诗分四节,第一节以优美的戈壁景致将读者带入诗境,"云""荒野""牧歌"及"夕阳"等将戈壁滩空间上的辽远空旷和盘托出。梦中诗人变成了塔克拉玛干沙漠上的徒步人,在夕阳下听着悠扬的牧歌徒步前行。第二节继续写景,"萌芽""芦苇""飞沙走石"的戈壁滩,虽然生存环境恶劣,但是渺小的生命种子仍然以倔强顽强的姿态发出缕缕绿意盎然的新芽,这里不乏生命的律动和缤纷。第三节由写景转而叙写诗人自己,大风起兮风沙飘扬,"我"仿佛看见了海市蜃楼,那是诗人梦想的艺术圣地,诗人将自己比作一只笨鸟,但是仍然坚持在寻找前行的方向,这里诗人用了一种自谦的语气。第四节集中表达了诗人对塔克拉玛干沙漠的热爱与颂扬之情,诗人将它比作自己艺术生命的摇篮,在如此恶劣严酷的环境中,诗人反而体会到生命的顽强不屈与天地的洪荒魄力,这也正是诗人艺术创作取之不尽用之不竭的源头活水。

　　陈琳的诗歌总能将人带入一个辽远广阔的空间，暂时忘却了时空的界限。偏爱回忆和找寻是陈琳诗歌的一大突出特点，陈琳善于在怀旧的过程中历数过往记忆里美好的种种细节碎片，我们在感叹诗人记忆力惊人的同时，也被带回到曾经过往的美好瞬间之中。

　　　　　　　　　　　　　　　　　　　　　　　　　　　（岳寒飞）

柬埔寨卷

蚁松裕

蚁松裕,字逢成,1935 年 9 月生于柬埔寨,祖籍广东澄海。曾从事华文教学工作,后经商于比利时、法国。现任法国潮州会馆特别顾问、欧洲龙吟诗社名誉社长、世界华人文化研究会顾问、香港散文诗学会荣誉顾问、《香港散文诗》期刊顾问、香港风雅颂诗词学会荣誉会长、香港《夏声拾韵》期刊荣誉社长、《龙吟诗词》(第六辑)主编。散文诗及古诗词作品散见于海内外报刊,著有《诗词书法集》。

怀念屈原

汨罗河畔,
你抗拒合污,选择与清水为伴。
沅湘江旁,
你仰天长啸,愤慨激昂。
从此,龙的故乡飞起一只金凤凰,
从此,神州大地文风滔滔,汹涌浩荡。

你用生命铸造一代高风亮节的民族英魂,
你的无畏精神孕育那悠远绵长的国风。

谁愿让瑰丽理想付诸落花流水,
谁愿让社稷在政治瘟疫中沦亡。
《天问》让大地震撼,让九天低头,
《离骚》体现了你的英雄本色,铸就你的生命辉煌。

诗也绵绵,情也绵绵。
声声悲鸣在大地间回响,
曲曲壮歌酿就源远流长的千古绝唱。
浩浩乾坤蕴藏着那无垠的文林学海,
祖祖辈辈都歌颂着这牵动人心的颂章。

如今,趁着盛世东风,
骚客雅士聚集一堂,
鼓劲挥毫泼墨,
让文风美韵响彻万水千山,
让千载国粹四海飞扬。

诗歌赏析

　　《怀念屈原》全诗共分为五个小节,诗人从历史、精神角度对屈原进行赞扬,同时以古喻今,诠释诗人对现实"文人骚客"聚首共谱新篇章的欢喜。在第一节,诗人首先赞美了屈原不与世俗同流合污的行为,诗人从"汨罗江"引入,与"怀念屈原"的主题相互呼应,再以世俗之"污"与江水之"清"形成对比,进一步对屈原高尚的品德进行了赞扬,最后一句"文风滔滔"为下文最后一节做铺垫,并与"骚客雅士聚集一堂"相互呼应。第二节的两句直接表达了作者对屈原的欣赏,赞美了屈原的高尚品格,并赞扬了其对后世造成的影响。第三节则借两句反问开头,以屈原的诗歌《天问》和《离骚》,从而更具体地将屈原的精神对后世的楷模作用进一步凸显出来。第四节由对屈原文采、精神的描写转向对其文章在历史中对后世的深远影响的描写,起着引出下文的作用。而最后一个小节突出了全诗的重点,着眼于现实,以"东风"暗喻形势支持,"骚客雅士"的聚首也象征着对屈原精神、文采的传承与发扬。最后两句作者直抒胸中抱负,表达出要将屈原精神、中华文化发扬光大的愿望。

　　蚁松裕的诗歌处处体现出诗人对祖国的优秀精神、优良传统的赞美与热爱,同时也抒发出自己的精神向往。《怀念屈原》借对中国古代历史人物优秀的精神和志向的赞扬,引出现代人对历史、传统,如屈原及屈原的精神的发扬问题,表达出自己向屈原学习的意向及将中华文化发扬光大的意愿与抱负。蚁松裕将中国精神、中国形象以诗歌的形式展现出来,将自己心中的热爱与赞美毫无保留地释放出来,来呼吁,来传播,使更多的人看到中国的美丽精神。

(于　悦)

郭亨青

郭亨青,又名三丹,1937年出生于柬埔寨,祖籍广东潮汕。1952—1954年,初中就读于金边端华学校。先后在南京金陵中学、天津工商附中及天津师院数学专科学习。曾任天津市中学、天津河西教师进修学院数学教师,1974年3月回柬埔寨途中滞留香港,后成为香港永久居民。在港期间,于香港远东裁剪学校修读纸样设计,就职于香港管理专业协会人事科。香港风雅颂诗词学会理事及《夏声拾韵》副主编。现为柬埔寨华侨华人香港联谊会会员,香港端华校友会名誉顾问。

黄花回眸

阳光之下
引水道旁
一株莫名的小花
拂去倦意抹去恐惧
撩拨心怀绽放笑容
带着羞涩的靥红
溢放着冲出泥泞的芬芳
在那里轻唱低吟

远处
清泉幽幽绿草茵茵
满山遍野的百花丛丛簇簇
彩蝶痴蜂翩翩起舞

我自傲然

不忧不惧进退自如

坦坦荡荡随遇而安

决不随波逐流人云亦云

春的脚步

远而渐近近而又远

几度花残花盛

无数草木枯荣

虽追不上你飘忽影踪

却忘不了你深情回眸

只因我

——生就孤芳

永留自赏

🌴 诗歌赏析

　　《黄花回眸》这首诗歌中,诗人通过路边偶遇的一朵黄花,表达出不随波逐流、"孤芳自赏"的心境和态度。全诗可分为三个小节,诗人从初遇、相识、达到共鸣三个层面,对路旁绽放的黄花给予了赞美。第一小节,诗人初遇黄花,运用拟人手法,对黄花进行了描写。"拂""抹"去"倦意"和"恐惧","轻唱低吟"带着些许的"羞涩",将雨后路边黄花的形象生动地展现出来。第二小节,诗人以黄花为第一人称叙述,同远处的花丛相对比,突显出黄花"坦坦荡荡""随遇而安""不随波逐流"的可贵品质,同时借物抒怀,表达出自己不随波逐流、随遇而安的坦荡心境。最后一小节,诗人进一步描写冬去春来、花开花落,黄花的影子已经无处追寻,但黄花的品质已经深植在诗人心中。

　　郭亨青的诗歌通过物象表达出自身的情感和感悟,用诗歌向我们展示着他眼中的世界,也以他的诗歌激励感染着我们,若那一株黄花"生就孤芳/永留自赏"。

(于 悦)

曾家杰

　　曾家杰,1938 年 1 月生于香港,作家、摄影师。20 世纪五六十年代曾在越南南方和柬埔寨从事华文教育工作。中国摄影家协会会员,2003 年获法国颁发的学术教育棕榈骑士勋章。20 世纪 70 年代起,在香港一所外国文化机构任职,直至退休。其间组织过港法作家座谈会等活动,翻译过两部法语剧本,以照相机记录港法文化交流活动。同期,业余时间为多家中文报刊撰稿,推介外国文学作品,翻译国际新闻,撰写摄影评论。副刊文稿曾结集出版,著有韩素音《星星,月亮,拉萨》中译本等。

修筠挺节

一幅《修筠挺节》字画,
以修筠拟人,
以挺节励志,
在品德情操
已被欲望枪毙的人间,
在是非黑白
不再梳理辨证的今天。

嘿嘿!
富贵不能淫?
贫贱不能移?
威武不能屈?

孟子啊,您老人家知道吗,

奉为大丈夫准则的十五字真言,

除了三个不字,

不少现代人

全部演绎得淋漓尽致。

嘿嘿!

穷则独善其身?

达则兼善天下?

孟子啊,您老人家知道吗,

不少现代人

不穷在知识,

不穷在际遇,

他们穷在理智破了产!

离经叛道,

背信弃义,

吃里扒外成了时尚,

个人灵魂国家尊严民族气节

通通可以……可以

典当!

诗歌赏析

　　《修筠挺节》通过现实中的画作《修筠挺节》入手,通过画作中竹子宁折不弯的品质,同现如今的因为利益放弃原则的现象形成对比,抨击了现如今人们只追求利益却无止境地放弃原则的现象。全诗可以分为三节,第一小节中,首先对《修筠挺节》的画作进行了赞扬,"筠"指竹子的青皮,借指竹子,而"修筠挺节"比喻人要有骨气节气,要像竹子那样挺拔地做人,最后两句中"今天"引出下文中对现代人的评价。第二、三节中引用了孟子的话,与现代人的行为形成强烈的对比,最后一节更是直接指出现代社会中的一些人为了利益一切东西都可以"典当"的现象,通过揭露对这种现象形成抨击,呼吁人们能够找回气节。

　　曾家杰的诗歌中处处都透露出他的人生态度与个人气节，像《修筠挺节》便是以竹子来形容宁折不弯的高尚气节，同时用这种方式对比体现出现如今人们在个人气节、骨气方面的缺失，并由此发出对这种现象的抨击，以及呼吁人们能够学习竹子，保持自己的自尊和骨气，不要因为利益而放弃气节。诗人也希望能够通过诗歌使更多人意识到应该更加关注人生，关注个人的气节。

（于　悦）

钟瑞云

钟瑞云,1947年12月2日生于柬埔寨贡吓省,广东梅州人。1964年于柬埔寨金边市端华中学专修(高中)毕业后到广州市升学,先于华侨补校就读,后转调南京上学。1970年赴香港,于裕华国货公司工作,1976年移居巴黎至今。

梅　花

水云深处,
一树梅花,冷露傲行。
千山杜芳魂,一片丹心。
凌驶风霜,松柏尊迎。
绿林达眺,疑似画中,
遮雨湘廉今模平。
心如镜,飞笺墨雨洒,
暖回天晴。
翠树叶凝珠莹,
艳阳吾晒枝横纵。
红梅恣绰约,矗入苍穹,
华绽秀色,茎白鹤鸣。
浅浅粉痕,嫣嫣娇羞,
且乐抒怀妙境游。
风尘逝,
淡淡的思愁,
别了故乡!

诗 歌 赏 析

    《梅花》借对梅花的描写,在赞美梅花独傲风雪的风姿的同时,表达出对即将作别的故乡的不舍与惆怅。诗人借景抒情,打破以往咏梅花表风骨的方式,改以梅花寄托自己对故乡的不舍与思愁。诗歌前半段主要对梅花的形象予以赞赏,如"傲行""尊迎",通过拟人手法,将梅花独立傲然于寒冬的形象生动地体现出来,"疑似画中"表达了诗人对眼前景象的赞美与慨叹。后半段,诗人则主要描写了四周环境的美丽,"翠树""艳阳""红梅""白鹤"一系列的景物将四周的景象完美地呈现在读者眼前。随后,诗人用"风尘逝"转折,将"且乐抒怀"同"思愁"形成情感上的变化,给人以落差感,表达出诗人在游乐过后即将离乡的悲伤。

    钟瑞云的诗歌在字里行间总蕴藏着一种淡淡的悲伤,这种悲伤像《梅花》一样,让你在沉醉于美景之时猛然转折,以落差之感使读者体味到诗人当时作别故乡的不舍与感伤。但无论是什么样的感伤,钟瑞云的诗歌贯穿的是对家殷切的期盼和对故乡深深的依恋:身为游子,怎能不念故乡?

(于 悦)

郭　庆

郭庆,字秀光,常用笔名翁明、半空和尚,1948 年生于柬埔
寨金边市。曾执教鞭及从事中柬语翻译,20 世纪 70 年代生活
于柬埔寨广袤的农村中,1981 年定居法国。爱好诗词、楹联、
戏剧、歌曲和旅游,曾主持欧洲时报合唱团多年,现为欧洲龙吟
诗社副社长,诗作详见香港《近四百年五百家诗选》《夏声拾韵》,
巴黎《龙吟诗词》等诗集。回忆录《我和柬埔寨西北华侨工作纵
队》《半个菜农到一校之长》《难忘的岁月》《再逃难黄金易货避居
越南》《偷渡》等著作已由中国华侨历史博物馆收藏。

新世纪文艺创作群

那是一群才情横溢的才子才女
据说是"龙的传人"
他们散居于东南亚和港澳台地区
还有遥远的欧美城乡

这是一群退而不休的老人
或专职于文化阵地的青壮年
说着不同的方言
写的却是同一种文字

散居世界各地
却有一个共同的目标
传承中华民族文明

弘扬中华民族文化

或许大家素未谋面
却以兄弟姐妹相称
他们乐观幽默、互相取笑
他们宽宏大度、从不计较

缠斗唐诗宋词
创作小说新诗
文思敏捷、妙笔花生
创作严谨、见解精辟

他们是
汉文化传播者
更是传统文化维护者

🌴 诗歌赏析

　　郭庆笔下的《新世纪文艺创作群》是一首情感态度鲜明的颂诗，主要歌颂了那些才情横溢、孜孜不倦的创作者。该诗主要分为六节：第一节主要交代了华人创作群的居住地；第二节交代了华人创作群由老、中、青三代组成；第三节主要说创作群有一个共同目标——传承中华民族文明，弘扬中华民族文化；第四节主要说创作群和睦相处，像是一家人；第五节交代了创作群的写作文体，有唐诗宋词、小说新诗；最后一节就是对他们的赞扬，他们是汉文化的传播者和维护者，功不可没。该诗主要讲述了新世纪文艺创作群的基本情况，对他们传播中华文化的执着之心加以赞扬。在新世纪，海外华人依然坚持说华语、写华文，这种精神值得敬佩，他们以实际行动教育后人；时刻记得自己是"龙的传人"，不忘本。

　　郭庆的诗中能看到他乐观的生活态度。作为 40 后诗人，虽已年迈，但他依然对生活充满激情，令人钦佩。

（李笑寒）

许昭华

许昭华，又名宜光，1949 年 8 月 15 日生，广东揭阳人。柬埔寨归侨，现居香港。广州中医药大学医疗系毕业。现任世界华人文化研究会常务副会长兼秘书长、香港风雅颂诗词学会常务副会长、香港散文诗学会副会长、香港诗书联学会会员。香港美声合唱团文学顾问、新加坡《新世纪文艺》柬埔寨编务顾问、《青源诗社》暨《青源诗刊》特邀顾问、《长河》(世华期刊)执行副主编、《夏声拾韵》(风雅颂期刊)执行副主编。著有诗词集《闲斋漫拾》。

碧 海 悠 情

带着千年夸父的梦，
飞天的爱，
携着朵朵的浪花，
你从岁月深处走来，
天风浩荡与你同行。

一份难解的情怀，
走近你，
为一份深深的爱！
蓝蓝的海，
是生我养我的地方，
即使远在天涯海角，
你总像妈妈一样在我的身旁。

美丽的小贝壳，
闪烁在那海水里，
在那沙滩上。

潮起，潮落，
赶海的小花，
用歌声，
用心灵，
深情地诉说，
为那海上的明月，
故乡的碧波，
带去友谊的嘱托！

🌴 诗歌赏析

　　许昭华笔下的《碧海悠情》是一首让人心情愉悦的诗歌。全诗共分为四节：第一节就奠定了整首诗的情感基调是欢快愉悦的，充满了爱；第二节主要表达了对故乡的怀念与感激之情；第三节借用美丽的小贝壳来表达情感；最后一节升华主题，表达了对故乡深深的爱意。该诗借用了大量的意象来抒发诗人的情感，这些意象在诗人的笔下有了生命，显得楚楚可爱。诗人有着像海一样宽广的胸襟，尽情地抒发情感。

　　许昭华的诗歌并无华丽的辞藻，但却充满了感情，渗透在字里行间。诗人有一颗宽广的心，总是包容世间万物，并且站得高，看得远。其诗歌总是充满一种豪迈之情，读了让人久久不能平静。

（李笑寒）

林新仪

林新仪,1954 年生于越南西贡,后随父母亲移居柬埔寨,祖籍福建厦门。1978 年初返回中国,翌年考上大学,攻读机械专业。大学期间,连续在《广州文艺》《福建文学》《水仙花》等文学刊物上发表散文、短篇小说等作品,目前正在笔耕自传体长篇小说《血色回归路》三部曲。

穿旗袍的妈妈

她从鼓浪屿的老榕树下走出来
穿着素色旗袍
与父亲携手漂洋过海
立足在南洋一个小佛国上耕耘中华文化
在教室的讲台上授课
在侨社的宴会上致辞
穿旗袍的妈妈
那么美丽动人、端庄素雅
好一枝东方淑女之花
和平的阳光,在妈妈多姿多彩的旗袍上
年复一年铺陈着金色的朝霞……

后来,战火燃起、互相残杀
妈妈的旗袍黯然失色,被撕碎、被践踏、被埋葬
在良知与人性的坟茔里……

二十年光阴流逝，与妈妈重逢在

遥远的白云的故乡

当年风姿绰约穿旗袍的妈妈

已是老态龙钟、弓腰驼背……

妈妈走了

生如夏花之绚烂，死如秋叶之静美

九死一生的磨难抢走了她的青春和健康

却永远也磨灭不了我心中那个高贵的形象——

穿旗袍的妈妈。

🌴 诗 歌 赏 析

  林新仪笔下的《穿旗袍的妈妈》是一首让人感慨叹息的诗歌。该诗歌采用讲故事的方式将妈妈的故事娓娓道来，穿素色旗袍的妈妈与父亲在南洋立足，传播中华文化，后来战争让妈妈的旗袍黯然失色，最后妈妈走了，但高贵的形象却永远留在"我"心中。诗歌一波三折，让人唏嘘不已。该诗歌紧紧围绕着穿旗袍的妈妈展开叙述，紧扣题目。"旗袍"其实就是中华文化的一部分，而妈妈就是传播中华文化的使者。另外，该诗歌的第二节还强调了战争的残酷，战争摧残了人类的良知与人性。诗歌的字里行间都流露出对妈妈的怀念之情。岁月无情，亲人会离我们而去，留下无尽的思念。事实告诉我们：珍惜眼前人，莫要等到失去了才醒悟。林新仪的诗歌散发出一种浓浓的追忆往昔的味道，让人感叹不已。

（李笑寒）

张朝晖

张朝晖,1956 年 6 月 22 日生,广东普宁人。柬埔寨归侨,1972 年定居香港。现为美声合唱团艺术总监兼指挥,美国合唱指挥家协会、中国声乐家协会、香港作曲家及作词家协会会员。英国列定大学硕士,曾任香港教育署音乐课程发展委员会主席。曾出版《张朝晖声乐作品选集》《张朝晖合唱作品选集》,其中有五十多首作品曾在中国香港、苏州、武汉,以及加拿大、韩国等地公演。曾策划、指挥及演绎四十多场专题音乐会,包括《清唱剧长恨歌及李白诗组曲》。

故乡的星空

昨夜梦里回故乡,
在河畔寻觅孩提足印,
浪花中闪烁着依稀的童年梦境。
寻觅,寻觅,
夜航的花灯船,
草丛里的蟋蟀声,
唤起我难忘的美好回忆。

昨夜梦里回故乡,
在河畔寻觅孩提足印,
月色迷蒙,
映照着熟悉的土地。
寻觅,寻觅,

谧静的古寺庙，
悠扬的笛声，
回味我生命中陶醉的时刻。

我愿化作一颗星，
默默地，默默地，
在故乡的星空，
守护我眷恋的土地，
沉醉在故乡怀抱！

诗歌赏析

　　《故乡的星空》是一首怀念故乡的诗。全诗分为三节：第一节主要写童
年梦境；第二节主要写对故乡的追寻；第三节主要抒发感情，愿像星星一样
守护故乡。诗人借用"花灯船"和"蟋蟀声"来唤醒童年美好的记忆，又用"古
寺庙"和"笛声"来唤醒对故乡的记忆，可见诗人对故乡的爱恋。故乡对每个
人来说都有不一样的意义，大多人都是怀念故乡的，愿将记忆定格于此。诗
人眼中的故乡是美丽而又迷人的，让人难以忘怀。故乡在诗人笔下变得袅
娜多姿，无限美好。故乡对诗人来说就是生命的摇篮，永远都无法割舍。

（李笑寒）

林彩霞

林彩霞,1958 年 6 月 24 日生于柬埔寨磅针省,现居美国洛杉矶。暨南大学外语系文学学士,美国新墨西哥州立大学美国文学研究硕士。从事中医针灸,任教于洛杉矶南湾中医学院。

回　首

眼波平静
她对镜梳起头发
鬓边银色斑斑
眼角鱼尾条条。
厨房里水开了
响声穿越了时空
落到了热闹的凡尘间;
那儿有驿站的喧嚣
也有行人的迷惘
风雨尘埃
前赴后继一涌而来。
眼波流转
溢出清眸中浅浅的盈盈秋水;
当年目光如水宛如清汤,
如今天涯海角过尽千帆。
曾几何时
幸福悄悄地躲到时光深处

生根发芽。
灵魂不再追求完美
只寻求安静的宅院
与自己共话桑麻。
眼波垂下
看到心坎
有海,有远方
还有万年不变的风雅。
眼波前望
不见江湖
只见星光灿烂
眉目如初
回首又见归路

🌴 诗歌赏析

　　《回首》是一首追忆往昔的诗歌,可以说诗如其名,掺杂着些许对人生的感慨。诗中的"她"已不是妙龄少女,鬓边已经是银色斑斑,眼角也是鱼尾条条,一个年老色衰的女人呈现在读者面前。厨房的开水声和驿站的喧嚣已占据了昔日的宁静,就连当年清澈的目光也随之消失。曾几何时,留下了深深的感慨,感慨幸福,感慨灵魂,幻想着还有远方。其实,这些都只是对生活的愿景,不可能再回到从前,逝去的终将逝去,时光不等人。诗人笔下的"她"具有集体概括的意义,在现实生活中有无数个像"她"这样的女人,都是一样的命运。诗人作为一名女性,清醒地认识到了普天之下女人的命运,感同身受,发出了无限的感慨。生活就是如此,逃不过岁月的魔爪,人的容颜更是如此。

　　林彩霞的诗歌多是对生活的感悟,颇为深刻。她作为一名女诗人,心思细腻,对生活观察得极为仔细。她的诗歌并无华丽的辞藻,但却吸引人驻足吟读。

(李笑寒)

跋

《新世纪东南亚华文诗歌精选》与《新世纪东南亚华文小诗精选》，收入了新加坡、马来西亚、泰国、印尼、菲律宾、文莱、越南、缅甸、老挝、柬埔寨等十国的诗作。

这两本诗作，从组稿、筛选，到编审，直到撰写赏析短文，整个团队经过将近一年时间的紧张工作，今天终于与读者见面了。我们感到无限的欣慰，因为我们荟萃了当今具有代表性的东南亚华文诗作，可让读者全方位地领略东南亚华文诗歌多姿多彩的风貌。

东南亚地区是中国早期移民的重镇。东南亚华文诗歌的源头，则可以追溯到中国先辈的移民。有了早期的中国移民，才产生了东南亚华文诗歌。当今东南亚华文诗人，多数是早期中国移民的后裔，本地国籍，实属当地的居民；也有部分属于新移民。他们生活在现实社会中，扎根于蕉风椰雨的土地上。在他们诗歌的吟咏中，既有本土情结，又隐露着一条不随时光推移而消失的"根"——"中国情结"。

在写作的技法上，东南亚华文诗人，既有受到中国古诗词的影响，又有受到中国（大陆、台湾、香港）现代新诗和本土及西方诗歌的影响。在他们的诗歌中可窥见融入"情景交融""物我同一"的意境，以及"感物起兴""观照均衡"的意象；也可窥见吸收现代主义、浪漫主义、象征主义等新思维，他们依靠想象，不同程度地运用改变事物的比喻、象征、暗示等手法进行创作。在本土与中西融合的互动中，形成东南亚华文诗歌混血的"宁馨儿"。

东盟共有十国。这次我们通过当地有关组织的推荐和其他种种渠道进行约稿、催稿的方式，终于获得各国诗人大力的支持，收到175名老中青诗人的诗作，共有1833首（诗歌888首，小诗945首）。由于篇幅关系，我们经过筛选和两次的压缩，优中选优，最后仅存392首（诗歌169首，小诗223首）。这些诗稿较全面地反映了当今东盟十国华文诗歌创作的广度、深度和高度。

鉴于历史的特殊缘故,在20世纪中叶,东南亚有些国家的学生到中国留学后,又回不了出生地,有一部分便落户于香港、澳门等地,虽经过几十年的"大浪淘沙",但他们的心还是怀念和牵挂着那块充满童年回忆的出生地,作品还是有着出生地诗歌的基因,对过往出生地岁月的记忆、政治的沉浮,已成为他们人生中不可或缺的重要组成部分。尤其是当这些人生记忆,与当年的政治环境联系在一起的时候,便隐透出东南亚华侨、华人的历史遭遇和现实处境。因此,我们这次把这部分"一颗心两边挂"诗人,以宽容的心对待,将他们的诗歌书写也纳入出生地的诗歌群里。我们想,这对出生地的诗歌发展与繁荣也无不好处。

如何编选《新世纪东南亚华文小诗精选》呢?小诗的基本特点在于"小"。小诗最短,可以1行,甚至1个字,也可以是2行、3行、4行、5行、6行、7行、8行、9行、10行,甚至12行。我们这次编选,定"6行内"的为小诗。一是在理论上有所依据,即《易经》曰:"六爻之动,三极之道也。"二是人们对"六"字有偏爱与特殊的认识之所至,如"六六大顺""六六大吉""天地之变尽于六"等;三是泰华"小诗磨坊"经过11年"6行内"小诗的创作实践,其成果得到学术界多数人的认可。

为了便于读者的品读和学者的研究,在编排上,我们采用了按国别分类:诗歌10卷,小诗9卷。各卷内按诗人的年龄进行排序,每位诗人的小辑则均由诗人简介、代表性诗作与诗歌赏析三部分所组成。

在此,我们要感谢十国华文诗人的关爱和支持,给我们积极地惠赐诗稿。尤其要感谢希尼尔、林锦、陈政欣、杨玲、袁霓、王勇、冬梦、林小东、许均铨等帮助我们组稿。也要感谢岳寒飞、李笑寒、孔舒仪、于悦、王璐、金莹、任进刚、符丽娟、刘世琴、王思佳、张瑞坤、吴悦、望西等学者,从大量诗稿中进行认真、严格的筛选,写出各自有导读性、启迪性的评文。同时要感谢浙江越秀外国语学院中文学院、华文文学与华人文化研究中心等单位提供的平台和支持,更要感谢浙江工商大学出版社成全"选集"的出版。

由于"选集"涉及面广,作者众多,时间短促,必有遗珠与瑕疵,请多多见谅。

编　者

2018 年 4 月 30 日